MC Schulz
Tödlicher Fallrückzieher
Kriminalroman

AF279865

MC Schulz

Tödlicher Fallrückzieher

Kriminalroman
Der zweite Fall für Hauptkommissar Michael Müller

Impressum

Bibliografische Information der Deutschen Nationalbibliothek:
Die Deutsche Nationalbibliothek verzeichnet diese
Publikation in der Deutschen Nationalbibliografie;
detaillierte bibliografische Daten sind im Internet
über http://dnb.dnb.de abrufbar.

Text: © 2024 copyright by MC Schulz;
          Autorin.MCSchulz@gmx.de

Cover: Zuber Media, www.zuber-online.de

Verlag: BoD · Books on Demand GmbH,
In de Tarpen 42, 22848 Norderstedt
Druck: Libri Plureos GmbH, Friedensallee 273,
22763 Hamburg

ISBN: 978-3-7693-0156-4

Fußball ist deshalb so spannend, weil niemand
weiß, wie das Spiel ausgeht.

Sepp Herberger

Tödlicher Fallrückzieher

Mordkommission 1
Hauptkommissar Michael Müller
Kommissarin Ariane Schäfer
Kommissar Thorsten Kreiner

Mordkommission 2
Hauptkommissar Frank Koch
Kommissar Hannes Krug
Kommissar Karsten Pohlmann

Polizeirätin Lobel

1. FC Köln
Präsident Dr. Alfons Steinberger
Stürmer Roger Hammer
Trainer Oliver Dahmen
Athletiktrainer Manuel Mayer
Physiotherapeut Willem de Kreup

Kickerszene Aktuell Kickerszene Aktuell

Roger Hammer ist Weltfußballer

Brüssel. Die Wahl zum Weltfußballer des Jahres gewann, wie von der deutschen Fußballprominenz vorhergesagt, der deutsche Stürmer Roger Hammer vom 1. FC Köln. Er setzte sich mit nur einer Stimme Vorsprung vor Ben Shermann von Arsenal London und Pepe Rodriguez von Real Madrid durch.

Roger Hammer ist erst der zweite deutsche Spieler nach Lothar Matthäus der es schafft, diesen Titel zu erlangen. Der DFB und viele deutsche Trainer und Spieler sind sich vollkommen einig über die Richtigkeit der Entscheidung und dem damit verbundenen Resultat.

Im Interview mit Kickerszene Aktuell sagte Hammer nach der Bekanntgabe seines Sieges: »Es ist eine große Ehre für mich, in die Fußstapfen meines Vorbilds Lothar Matthäus zu treten. Er gilt für mich immer, neben Franz Beckenbauer, als der beste deutsche Fußballspieler aller Zeiten. Ich bin unendlich glücklich und hoffe, dass meine Leistungen weiter so gut bleiben und ich mit dem 1. FC Köln meinen Traum, die deutsche Meisterschaft zu erringen, erfüllen kann. Bei dieser Gelegenheit möchte ich darauf hinweisen, dass diese Auszeichnung nicht mir allein gehört, sondern auch meinen Teamkollegen vom FC, der Kölner Region und der Nationalmannschaft.«

Zur Weltfußballerin wurde bei der FIFA-Gala »The Best« in Brüssel zum zweiten Mal die Brasilianerin Alonsa gewählt. »Es ist der krönende Abschluss meiner

Karriere. Mehr konnte ich mir nicht wünschen.« Mit diesen Worten bedankte sich die Fußballerin und konnte auf der Bühne ihre Tränen nicht zurückhalten. »Danke, das bedeutet mir so viel«, sagte die 27-Jährige, die nach einem schweren Autounfall im letzten Frühjahr ihre Karriere vorzeitig beenden musste. Ein großer Verlust für den Frauenfußball. Die deutschen Nationalspielerinnen gingen erstmals leer aus.

Hammer durfte sich zudem über die Auszeichnung für das schönste Tor der Saison freuen. Dies verwunderte niemanden in der Fachwelt. Schließlich war es ihm als ersten deutschen Fußballer gelungen, fünfmal alleine im letzten Jahr das Tor des Monats zu erzielen. Zudem wurde er Torschützenkönig der Bundesliga. Er ist zurzeit unser bester deutscher Spieler und alle fragen sich, wie lange er noch dem 1. FC Köln erhalten bleibt. Es gibt einige hochdotierte Angebote aus dem Ausland und natürlich vom Bundesligaprimus Bayern München. Auf die Frage, wo er in Zukunft spielt, antwortete Hammer: »Aktuell liegt mein Fokus ganz und gar beim 1. FC Köln. Jetzt gilt es, eine erfolgreiche Saison zu spielen. Ich möchte betonen, dass ich mich sehr wohl bei meinem Verein fühle.«

Als bester Trainer der Saison wurde der strahlende, allseits beliebte Weltmeister-Coach Peter van der Mohlen ausgezeichnet. »Ich weiß, dass ich als Trainer ohne meine Mannschaft keinen Erfolg hätte. Deshalb gebührt ihr ein besonderer Dank«, sagte der Niederländer. Beste Trainerin einer Frauenmannschaft wurde Karen Bleyard von Paris St. Germain, der Franzose Therry Ibaut wurde zum Welttorhüter gewählt.

Die Kölner Oberbürgermeisterin hat bereits angekündigt, dass sie Roger Hammer nach seiner Rückkehr aus Brüssel die Ehrenbürgerwürde der Stadt verleihen wird.

Wir gratulieren Roger ganz herzlich und wünschen ihm im Trikot der Fußballnationalmannschaft und des 1. FC Köln viele weitere Traumtore!

Prolog

Roger Hammer schließt hinter dem letzten der beiden abendlichen Besucher die Wohnungstür zu. Seufzend lehnt er sich mit seinem Rücken dagegen und beugt seinen Kopf leicht nach vorne. Er schließt die Augen und versucht, seine Atmung durch kontrolliertes Ein- und Ausatmen zu beruhigen. Langsam entweicht die Anspannung aus seinem Körper.

Es ist vorbei, er hat den Abend überstanden.

In seinem Kopf formen sich noch einmal die Argumente des Abends. Es waren keine guten Gespräche, wird ihm klar. Die Stimmung zwischen ihm und seinen Gästen war angespannt. Ein Streit schien vorprogrammiert. Trotzdem ist er froh und erleichtert, dass er seinen Standpunkt verteidigt hat. Dieses Mal hat er sich nicht, wie so oft in seinem Leben, umstimmen lassen. Das gibt ihm ein zufriedenes Gefühl. Er ist mit sich im Reinen.

Sein Magen grummelt. Er bekommt Hunger. Roger wird bewusst, dass er die letzte Mahlzeit vor mehreren Stunden zu sich genommen hat. Appetit ist ein sicheres Zeichen, dass sich sein Körper entspannt.

Im Kühlschrank findet er noch Reste vom gestrigen Abendbrot, die er sich in der Mikrowelle aufwärmen könnte. Bevor er Gelegenheit bekommt, sein Abendbrot aufzuwärmen, ertönt die Türglocke.

Verwundert verharrt er in seiner Bewegung. Eigentlich will er heute Abend niemanden mehr sehen. Aber könnte es wichtig sein? Er dreht auf dem Absatz um und geht zurück zur Wohnungstür. Er wirft einem Blick auf den Monitor neben der Tür. Etwas lässt ihn zögern. Während er die Tür öffnet, fragt er sich, warum sein Gast zurückgekommen ist.

»Hast du etwas vergessen?«

»Hör zu, ich kann unser Gespräch so nicht stehen lassen. Lass uns bitte noch einmal reden.«

Roger ist genervt. Die Gespräche haben ihn angestrengt, er ist müde und hat Hunger. Alles, was er will, ist alleine etwas essen und sich dann eine Folge seiner Netflix-Lieblingsserie reinziehen. Er verspürt gar keine Lust zum Reden!

»Ich bin mit dem Thema durch. Wir haben diskutiert und ich habe eine Entscheidung getroffen. Es gibt nichts mehr zu besprechen. Bitte geh jetzt.«

»Roger, ich habe dir eine Sache noch nicht erzählt. Ich denke, die solltest du bei deiner Entscheidung unbedingt berücksichtigen.«

Roger ist verärgert. Er findet es lächerlich, Argumente nach dem Ende einer Diskussion nachzuschieben, nur weil einem der Ausgang des Gesprächs nicht passt. Entgegen seiner inneren Überzeugung bittet Roger seinen Gast ins Wohnzimmer.

»Mach es kurz. Ich bin müde und habe Hunger.«

Sein Gast beginnt zu sprechen und Rogers Müdigkeit und auch sein Appetit sind urplötzlich verschwunden. Er traut seinen Ohren nicht. Ist er wirklich so naiv? Das kann doch alles nicht wahr sein.

Nach und nach erkennt Roger das Ausmaß der Wahrheit. Zuerst ist er tief gekränkt, aber dann spürt er eine riesige Wut in sich aufsteigen. Am liebsten würde er seinen Gast packen und eigenhändig aus seiner Wohnung werfen. Roger beherrscht sich mit Mühe. Er ist ein besonnener Mensch. Aber seine Wut lässt ihn laut schreien:

»Du mieser Lügner, du elender Betrüger! Ich will nichts mehr mit dir zu tun haben. Es bleibt bei meiner Entscheidung. Raus aus meiner Wohnung. Verschwinde aus meinem Leben.«

In dem Augenblick ertönt der Klingelton seines Handys. Der Ton ist gedämpft, als ob er aus den Tiefen einer dicken Schicht aus Kissen und Decken erklingt. Roger dreht sich suchend zu dem Geräusch um. Er fragt sich, wo er sein Handy hingelegt hat.

Sein Gast nutzt Rogers Unaufmerksamkeit. Ihm ist klar, alles ist aus und vorbei. Wie ferngesteuert greift er eine der Trophäen auf dem kleinen Sideboard rechts von ihm. Es ist eine goldene Skulptur eines Fallrückziehers im Stiel Niki de Saint Phalle. Sehr modern gestaltet, aber mit scharfen Ecken und Kanten. Das linke Bein der Figur steht angewinkelt auf den Boden, während sich das rechte Bein, mit einem Ball am Fuß, nach oben streckt. Der Oberkörper fällt nach hinten. Es wirkt so, als ob die linke Hand fast den linken Fuß berührt, während der rechte Arm zur Seite gestreckt ist. Die klare Aussichtslosigkeit seiner Zukunft lässt ihn zuschlagen.

Aus dem Augenwinkel fühlt Roger den Schlag auf sich zukommen und will sich zu seinem Gast drehen. In diesem Augenblick wird er ausgesprochen unglücklich am Kopf getroffen. Roger bricht auf der Stelle tot zusammen. Aus dem Loch in seinem Kopf fließt das Blut auf den dicken hellen Teppich unter seinem Körper. Erschrocken starrt er auf sein Opfer. Er hat in seiner Wut einfach zugeschlagen. Aber er wollte ihn doch nicht umbringen. Egal, er muss verschwinden. Hoffentlich hat ihn niemand beim Betreten der Wohnung gesehen. Hektisch blickt er sich in dem Raum um. Hier muss doch etwas liegen, womit er seine

Fingerabdrücke von der Skulptur wegwischen kann. Als er nichts erblickt, nimmt er die Trophäe mit ins Gäste-WC. Dort hält er sie über die Toilettenschüssel und begießt sie mit WC-Reiniger. Nachdem er mehrfach abgespült hat, greift er ein Handtuch und wischt sie trocken, um mögliche Fingerabdrücke von ihm zu entfernen. Dann geht er zurück ins Wohnzimmer. Dort hat sich unter Rogers Kopf bereits eine Blutlache gebildet. Er lässt die Skulptur in die Blutlache fallen und verschwindet mit dem Handtuch aus der Wohnung, in der festen Überzeugung, keine Spuren hinterlassen zu haben.

1. Kapitel

Hauptkommissar Michael Müller quält sich mit seinem Auto durch den Kölner Berufsverkehr. Michael ist bei seinen Großeltern in Brühl aufgewachsen. Seine Eltern, zwei erfolgreiche Journalisten, hatten keine Zeit für ihn und deshalb den Großeltern die Erziehung überlassen. Als sein Opa starb, erbte er mit siebzehn Jahren dessen Mercedes. Der Daimler ist inzwischen in die Jahre gekommen, tuckert jedoch zuverlässig über die Deutzer Brücke in Richtung Präsidium. An diesem trüben und nasskalten Novembermorgen ist Michaels Motivation, ins Büro zu fahren, am Nullpunkt angekommen. Gestern war es ihnen endlich gelungen, den Mörder eines jungen Mannes aus Pulheim festzunehmen. Die Tat ging ihm nicht aus dem Kopf. Ein fünfzigjähriger Rumäne war nach der brutalen Tat an seinem Landsmann nach München geflohen. Als er gestern nach Köln zurückkehrte, hatte ihn ein Zeuge erkannt. Dadurch konnten sie ihn endlich verhaften. Ein junger Mann starb, weil er als Schwiegersohn nicht gut genug war. Da die Tochter sich nicht trennen wollte, ermordete der Vater ihren Liebhaber ohne den geringsten Skrupel. Die Liebe seiner Tochter für den jungen Mann war ihm schlichtweg egal. Eine unvorstellbare Tat. Der Täter hatte mit dem Mord seine Familie zerstört. Verständlicherweise wollte seine Tochter jetzt nichts mehr mit ihm zu tun haben. Warum die Ehefrau zu ihrem Mann und nicht zu ihrer Tochter hielt, war für den Hauptkommissar schlicht ein Rätsel. Das waren die Dinge in seinem Beruf, die ihm zusetzen, weil er sie nicht nachvollziehen konnte. Michael konnte Menschen, die selbst vor Mord nicht zurückschreckten, nur um ihre angebliche Familienehre durchzusetzen, einfach nicht verstehen.

Der Klingelton seines Handys reißt ihn aus seinen trüben Gedanken. Was für ein Glück, das er sich eine Freisprechvorrichtung ins Auto eingebaut hat. Auch ein Polizist sollte nicht mit dem Telefon am Ohr erwischt werden.

Der Anruf kommt von Michaels Oma. Sie möchte wissen, wie es ihm geht. Unbehaglich stellt er fest, dass er sich schon länger nicht mehr bei ihr gemeldet hat. Dabei hat er sie doch unglaublich gern.

»Guten Morgen Oma, es tut mir wirklich leid, dass du schon eine ganze Zeit nichts mehr von mir gehört hast. Ich hatte viel zu tun, aber ich hoffe, es geht dir gut.«

»Junge, bei mir ist alles in Ordnung. Ich wollte dir doch von Luises und meinem Konzertbesuch in der Gaststätte »Nebenan« erzählen.«

»Wie war es?«

»Die Mitglieder der Band *KickASS Bastards* waren ganz reizende junge Männer. Sie waren so charmant zu Luise und mir. Außerdem haben sie richtig gute Musik gemacht, sogar etwas von *AC/DC haben sie* gespielt. Die magst du doch auch. Komme doch beim nächsten Mal einfach mit.«

»Wie jung waren denn die jungen Männer?«

»Höchstens fünfzig oder ein klein wenig älter.«

»Mensch Oma, das sind doch keine jungen Männer mehr. Die sind ja fünfzehn bis zwanzig Jahre älter als ich. Da willst du mich doch nicht ernsthaft dahin mitschleppen.«

Als Omas glucksendes Lachen durch Telefon ertönt, wird Michael klar, dass sie ihn mal wieder auf den Arm genommen hat.«

»Für Luise und mich sind es junge Männer. Die Musiker hatten bestimmt noch nie Groupies, die über achtzig Jahre alt sind.«

Jetzt muss auch Michael lachen.

»Oma, du bist genial, aber nicht böse sein, ich bin gleich im Präsidium. Lass uns ein anderes Mal telefonieren.«

Dass seine vierundachtzigjährige Oma zu einem Rockkonzert geht, findet Michael große Klasse. Sie ist schon eine tolle Frau, nur begleiten möchte er sie lieber nicht.

Endlich bewegt sich die Autoschlange schneller und Michael biegt nach knappen zehn Minuten auf den Parkplatz des Polizeipräsidiums ein. Nach der Ankunft ist der hochaufgeschossene Hauptkommissar froh, seine Glieder auszustrecken. Auch wenn das alte Auto seines verstorbenen Großvaters zu den größeren Karossen gehört, ist es für einen Mann von seiner Größe etwas unbequem. Michael nimmt seine schwarze Lederjacke vom Beifahrersitz. Normalerweise würde er selbst bei diesen Temperaturen für die wenigen Meter bis zum Eingang sie nur über seinen Arm legen. Bei der nassen Kälte zieht er sie heute Morgen über und betritt kurz darauf, wie immer in schwarzer Jeans und schwarzem Hemd gekleidet, das Polizeipräsidium.

Seine Kollegen, die Kommissare Ariane Schäfer und Thorsten Kreiner, sind heute bei dem Mistwetter schneller durchgekommen als er. Bei Michaels Eintritt ins Büro sitzen sie bereits einträchtig am Schreibtisch. Früher war Michael überzeugt, dass die beiden ein heimliches Paar sind. Beide sind begeisterte Sportler, super fit und durchtrainiert. Ariane mit ihren langen dunklen Haaren, großen braunen Rehaugen und ihrer weißen Haut wirkt wie ein modernes Schneewittchen. Thorsten, der schönste Polizist Kölns, verfügt zu seinen kurzen schwarzen Haaren über zwei gewinnende Grübchen. Seine Augen sind auch noch von einem so intensiven Blau, dass ihm die Frauen scharenweise zu Füßen liegen.

Im letzten Jahr gab es aber einen Artikel im Express, »Hammer-Tore durch Hammer-Braut«. Seitdem weiß das ganze Präsidium, dass Ariane mit Kölns Topstürmer Roger Hammer liiert ist.

Michael geht davon aus, dass die Kollegen mit dem Fahrrad zum Dienst gekommen sind. Der Hauptkommissar muss zugeben, dass diese sportlich durchtrainierten Körper extrem gut aussehen. Ihm reicht es aber voll und ganz, in seiner Freizeit mit seinen Kumpels Fußball zu spielen. Radfahren bei Nieselregen kommt für ihn überhaupt nicht in Frage. Das überlässt Michael lieber seinen Kollegen.

»Guten Morgen, Ihr habt nicht zufällig einen Kaffee für mich oder einen Euro für den Automaten?« Mit diesem für den Hauptkommissar üblichen Spruch begrüßt er Thorsten und Ariane.

»Wenn du das Mittagessen zahlst, kannst du einen Euro haben.« Ariane grinst ihn frech an. Wenn es so weitergeht, darf sie neben seinem riesigen Schokoladenbedarf auch noch seine Kaffeesucht finanzieren.

»Ich habe doch schon letzte Woche das Mittagessen für dich bezahlt«, antwortet er verdutzt.

»Letzte Woche handelte es sich um eine Retoureinladung, weil du mal wieder deine Geldbörse vergessen

hattest. Heute kannst du mir einen ausgeben für dein
ständiges Schnorren.«

»Okay, du hast gewonnen.« Michael ist sich seiner
Schwäche bewusst, ständig die Kollegen um einen
Euro für den Kaffeeautomaten anzuhauen. Genügend
Kleingeld in der Tasche zu haben gehört nicht zu sei-
nen Stärken.

Während Michael und Ariane an ihren üblichen Kab-
beleien Gefallen finden, beendet Thorsten sein Telefonat. »Mist, es wurde eine Kinderleiche gefunden. Die
Spusi ist schon vor Ort. Michael, kommst du mit? Der
Fundort liegt in Nippes.«

Bevor die Männer aufbrechen, betritt Polizeirätin Lobel in Begleitung eines etwa vierzig- bis fünfundvier-
zigjährigen Mannes das Büro. Er ist mittelgroß, sehnig
und fast schon zu lässig gekleidet. In Kombination mit
dem modernen Haarschnitt und der stylischen Sonnenbrille erkennen die Kommissare seinen Wunsch,
jugendlich zu wirken.

»Schön, dass ich Sie hier gemeinsam antreffe.« Mit
diesen Worten begrüßt die Polizeirätin ihre Mitarbeiter. »Ich möchte Ihnen gerne den Nachfolger von
Hauptkommissarin Wolff vorstellen. Hauptkommissar
Frank Koch leitet von nun an die zweite Mordermitt-
lungseinheit.«

Mit einem kargen Hallo gibt er den dreien die Hand.
Der Händedruck ist so lasch, als wünsche er Distanz
zu seinen neuen Kollegen. Koch schaut ohne weitere
Kommentare in die Runde. Kein einziger freundlicher
Satz kommt über seine Lippen. Michael, Ariane und
Thorsten betrachten ihn schweigend. Wie immer füh-
len sie sich unwohl in Gegenwart der Polizeirätin.
Diese scheint die schlechte Stimmung nicht

wahrzunehmen oder nicht wahrnehmen zu wollen und ergreift erneut das Wort. Extrem sachlich teilt sie Michael die Veränderung in seinem Team mit.

»Hauptkommissar Müller, Karsten Pohlmann wird zusammen mit Hannes Krug ab sofort das Team von Hauptkommissar Koch unterstützen. Damit ist Herr Pohlmann nicht mehr länger Teil ihres Teams, sondern wird zusätzlich Hauptkommissar Koch zugeteilt. Hat noch jemand Fragen?«

Nachdem alle schweigend den Kopf schütteln, wendet sich Frau Lobel um einiges freundlicher an den Neuen. »Dann zeige ich Ihnen jetzt Ihren Arbeitsplatz.« Ohne ein Tschüss ist der Neue auch schon durch die Türe. Während Ariane in erster Linie großes Mitleid mit Hannes überkommt, sind Thorsten und Michael nur froh, Karsten los zu sein. Bei ihrem letzten Fall hat der Kollege sich weder mit besonderem Arbeitseinsatz noch mit Teamfähigkeit hervorgetan. Ihr Team hatte ohne ihn besser funktioniert und wird es jetzt sicherlich auch wieder.

»Dann lassen wir uns überraschen, wie sich unser neuer Mr. Cool so entwickelt.« Michael hat bei dem Neuen kein gutes Bauchgefühl, aber dass behält er erst einmal für sich. Seine Kommissare sollen ihre eigenen Erfahrungen machen.

»Komm, Micha, lass uns nach Nippes fahren. Schließlich wartet dort Arbeit auf uns.«

Mit diesen Worten verlassen die beiden Männer das Büro. Ariane ist gespannt, was Hannes ihr beim nächsten gemeinsamen Mittagessen über Frank Koch so erzählen wird. Komischer Vogel, im November mit einer dunklen Sonnenbrille und dann auch noch so im Büro herumzulaufen, ist extrem schräg. Ariane hasst es, wenn sie Menschen nicht in die Augen sehen kann.

Denn eins ist ihr klar, mit einem Augenleiden wäre er kein Polizist. Wer weiß, was der Neue zu verbergen hat.

Keine halbe Stunde später stürmt Karsten zu Ariane ins Büro. »Hast du den Idioten gesehen? Den Mistkerl will ich nicht als Chef.» *Mein Name ist Hauptkommissar Koch und ich lege großen Wert auf Disziplin und Pünktlichkeit!* Der Typ ist mega-widerlich. Wo ist Michael, der muss mich da rausholen.«
»Sorry, Karsten, aber ich glaube, da sind Michael die Hände gebunden. Warte doch erst mal ab, ob der Neue etwas draufhat? Vielleicht ist er unfähig und wir werden ihn ganz schnell wieder los.« Ariane hätte nie gedacht, Karsten einmal so viel Verständnis entgegenzubringen.
»Die Chancen stehen schlecht«, antwortet Karsten. »Er hat uns bereits einen Vortrag über seine Erfolge bei der Mordkommission in Duisburg gehalten.«
»Duisburg, okay, das ist interessant. Ich glaube, da kenne ich jemanden.«
»Die Info ist von mir, Ariane. Wenn der Typ Leichen im Keller hat, informierst du mich als Ersten. Verstanden?«
Ariane lächelt Karsten an und spürt in diesem Moment, dass ihr Mitleid auch schon wieder verschwindet. Faszinierend, wie Karsten es immer wieder schafft, den Unsympathen rauszukehren. Dabei sagt die Gerüchteküche, ihm laufen die Frauen hinterher. Eine davon soll Polizeirätin Lobel gewesen sein. Deshalb darf er sich auch den einen oder anderen Fehltritt leisten. Ariane schüttelt bei diesem Gedanken verständnislos den Kopf. Sie würde Karsten nicht mal

haben wollen, wenn er der einzige Mann auf dieser
Erde ist.

Michael und Thorsten verlassen mit dem neuen Gerichtsmediziner Ali den Tatort. Ali hat vor wenigen
Wochen seine Facharztausbildung in Pathologie abgeschlossen. Er hat noch nicht viele Einsätze hinter sich
und braucht erst einmal eine Zigarette.
»Sorry, Jungs, aber es ist ein Riesenunterschied zu
meiner Ausbildung, eine Kinderleiche wie weggewor-
fen in der Natur zu sehen. Da brauche ich Nikotin, um
runterzufahren.«
Zitternd zündet Ali sich seinen Glimmstängel an. Was
für ein liebenswerter Kerl. Ali ist in Deutschland geboren und auch deutscher Staatsangehöriger. Seine Mutter spricht wenig Deutsch und sein Vater, ein Auto-
händler, konnte die Ambitionen seines Sohnes nie
ganz verstehen. Dieser hatte nur den einen Wunsch,
dass sein einziger Sohn später seinen Autohandel
übernimmt. Ali hatte sich gegen alle Widrigkeiten
durchgesetzt. Er hat Abitur gemacht und sein Studium
selbst mit allen möglichen Jobs finanziert. Auch wenn
Gerichtsmediziner sein Traumberuf ist, sieht man ihm
an, dass die Kinderleiche ihm heftig unter die Haut
geht.
»Kannst du uns schon etwas über den Todeszeitpunkt
oder die Todesursache sagen?«, fragt ihn Michael.
»Genaues gibt es immer nach der Obduktion, aber
meine Vermutung liegt bei etwa zweiundzwanzig Uhr
gestern Abend. Es kann durchaus ein tödlicher Unfall
gewesen sein. Es sieht so aus, als ob es möglich wäre,
dass er durch einen Schlag unglücklich gefallen oder
auch nur gestürzt ist. Aber auch hier gibt es Genaueres

nach der Obduktion. Ich zieh den Jungen vor und melde mich bei euch.«

»Ali?«

»Ja.«

»Wie alt schätzt du den Jungen?«, möchte Thorsten noch wissen.

»Sieben oder acht Jahre.« Mit diesen Worten tritt er seine Zigarette aus und hebt die Kippe vom Boden, damit er sie ordentlich einpacken kann.

Kinder tragen keinen Personalausweis bei sich. Michael bittet Thorsten, im Präsidium nachzuhaken, ob ein Kind vermisst wird. Thorsten ist überrascht, als er bei seinem Anruf im Präsidium eine so schnelle Antwort der Kollegen erhält.

»Das ist eigenartig. Es gibt keine einzige Vermisstenmeldung! Micha, wie sollen wir vorgehen?«

»Wenn keine Vermisstenmeldung vorliegt, werden wir einen Aufruf starten müssen, um herauszufinden, um wen es sich bei dem Jungen handelt. Sicherheitshalber kontaktierst du bitte das Jugendamt. Der Junge könnte aus einem Heim weggelaufen sein. Etwas stimmt hier nicht. Ein spurlos verschwundenes Kind löst normalerweise direkt Alarm aus.«

»Ich kümmere mich darum«, ist Thorstens dienstbeflissene Antwort. »Hoffentlich finden wir etwas heraus.« Michael schätzt Thorsten für seine hilfsbereite und ruhige Art. Er ist dankbar für einen so engagierten und fähigen Kollegen. Auf Thorsten ist immer Verlass. Vollkommen egal, ob mal wieder Ärger mit der Lobel ansteht oder die Arbeit überhandnimmt. Thorsten bleibt ruhig und ist für ihn und Ariane da.

Abends steht Michael in der Küche seiner Wohnung im Kölner Stadtteil Ehrenfeld. Sein Rückzugs- und Entspannungsort ist der dazugehörige Balkon mit einem Blick auf den alten und riesigen Melatenfriedhof. Als leidenschaftlicher Hobbykoch bereitet er sich zum Abendessen ein Omelett mit schwarzen Oliven, Kirschtomaten und Artischockenherzen zu. Als es an der Wohnungstür klingelt, glaubt Michaels Unterbewusstsein einen irrwitzigen Moment daran, seine geschätzte Kollegin Eva steht davor. Leider verfliegt der Gedanke recht schnell und die Realität, dass sie nie wieder dort klingeln wird, trifft ihn immer noch hart. Er vermisst sie und ihre spontanen Besuche so sehr. Auch wenn Evas Mörderin im Gefängnis für ihre Tat büßt, kann es den Verlust und den damit verbundenen Schmerz nicht mindern.

Michael betätigt den Summer der Haustür und hört kurz darauf die schweren Schritte auf der Treppe. Wenig später blickt er in das Gesicht seines Kollegen Kommissar Hannes Krug. Dieser bleibt ein wenig unsicher vor der Türe stehen und fragt übertrieben höflich, ob Michael Zeit für Gespräch hat. Um die Stimmung zu entspannen, bittet Michael ihn mit einer Einladung zum Essen in seine Wohnung.

»Mensch, Hannes, komm rein, hast du schon was gegessen? Habe mir gerade ein Monster Omelett gemacht und kann dringend Hilfe gebrauchen.«

Während Michael sein Abendbrot mit Hannes teilt, betrachtet er den Kollegen aufmerksam. Er sieht müde und alt aus. Ein Zeichen von zu wenig Schlaf und Essen. Kein Wunder, auch er vermisst die Kollegin Eva Wolff.

Nach dem Essen gießt er Hannes und sich einen Cognac ein und stellt noch ein paar Cashewnüsse auf den

Tisch. Michael mit seinem gesegneten Appetit hätte das Omelett auch locker alleine geschafft. So, wie Hannes aussieht, hat er mit der Teilung eine gute Tat vollbracht. Außerdem bleibt ihm immer noch die Möglichkeit, sich an den Nüssen satt zu essen.

»Es sieht ganz danach aus, als erlebten wir beide heute einen hundsmiserabelen Tag. Schieß los, was liegt dir auf dem Herzen?«

Hannes dreht den Cognacschwenker in seiner Hand und es sieht fast so aus, als wolle er gar nicht trinken. Dann setzt er an und seinem Gesicht ist die Überraschung anzusehen, wie mild das bernsteinfarbene Getränk schmeckt. »Der ist richtig gut«, lautet sein verwunderter Kommentar.

»Ist auch nur für besondere Gelegenheiten.« Michael merkt, Hannes benötigt noch ein wenig Zeit, um sich zu öffnen. Schweigend genießen sie ganz langsam den Gran Cru Remy Martin XO.

»Frank Koch, ich kenne ihn von früher. In meiner Ausbildung war ich in Essen stationiert und hatte ihn als Kollegen. Wobei Kollege nicht das richtige Wort ist. Er war schon damals eher ein Kollegenschwein. Er liebte es, die Fehler der anderen publik zu machen und klaute mit Vorliebe deren Ideen, um sie als seine auszugeben. Nach oben buckeln, nach unten treten war seine Devise und ich gehe nicht davon aus, dass er sich verändert hat. Könnte mir vorstellen, der Mistkerl wurde weggelobt. Wenn ich von meinen früheren Kollegen seinen Namen hörte, dann war die Geschichte immer negativ. Was soll ich nur machen, wir haben uns gerade ein Haus gekauft und meine Frau erwartet doch ein Baby. Ich will nicht mit ihm arbeiten, aber ich kann auch nicht ohne guten Grund sofort weg.«

»Was ist, wenn du die Abteilung wechselst? Ich könnte Holger von der Wirtschaftskriminalität fragen? Wir sind gute Kumpels.«

»Ich mag meine Arbeit, soll ich sie wirklich wegen diesem Vollhorst aufgeben?« Hannes stellt die Frage verzweifelt und Michael wird klar, dass sein Lösungsvorschlag vorerst noch keiner ist.

»Nein, du hast recht. Den Weg solltest du nur einschlagen, wenn es für dich nicht mehr zumutbar ist. Vielleicht fliegt er irgendwann so auf die Nase, dass wir ihn wieder loswerden. Egal was passiert, du hast auf jeden Fall meine Unterstützung. Du weißt, ich bin auf deiner Seite, genauso wie Ariane und Thorsten, davon bin ich überzeugt.«

»Danke, Michael, das ist gut zu wissen. Eva sagte mir einmal, wenn sie diese vertrauensvollen Gespräche in all den Jahren mit dir nicht gehabt hätte, wäre sie bestimmt durchgedreht. Nach heute Abend verstehe ich sie viel besser. Glaube mir, ich vermisse sie unendlich.«

»Tja, da geht es mir nicht anders.« Michael schiebt seine tiefe Trauer ganz schnell zur Seite. Evas Tod treibt ihm an schlechten Tagen immer noch die Tränen in die Augen.

2. Kapitel

Am Tag seines Todes steht Roger Hammer, der Superstürmer des 1. FC Köln, trotz trübem Novemberwetters mit einem Glas warmer Milch auf seinem Balkon und blickt in den Garten von Schloss Augustusburg in Brühl. Alle Kollegen aus seinem Verein wohnen in Köln-Junkersdorf, im Hahnwald oder Düsseldorf. Er entschied sich für das beschauliche Brühl. Hier wird er selbst bei seiner großen Bekanntheit in Ruhe gelassen. Niemand belästigt ihn beim Einkaufen oder im Restaurant. Dazu kommt diese ruhige Wohnung mit dem traumhaften Blick auf das Brühler Schloss. Das entschädigt ihn für den regelmäßigen Stau auf dem Weg zum Training.

Ein Blick auf die Uhr zeigt ihm, dass er starten muss, der Trainer wird sauer, wenn ein Spieler zu spät kommt. Dabei ist es ihm egal, um welchen Spieler es sich handelt oder ob es einen Grund für die Verspätung gibt. Auch Roger als Aushängeschild des Vereins bildet hier keine Ausnahme.
Er steigt in seinen Porsche 911 und macht sich zur Musik von *Pink* auf zum Geißbockheim nach Köln. Die Autobahn A 555 ist relativ frei und die meisten Berufspendler sind auf der B 51 unterwegs. Während die Regentropfen passend zu *TRUSTFALL* auf die Scheiben klatschen, legt er entspannt die Strecke zurück.

Um die Leistungsfähigkeit der Spieler zu erhöhen, hat Trainer Oliver Dahmen die Ernährung umgestellt. Damit den Spielern die Umstellung leichter fällt, wurde das gemeinsame Frühstück und Mittagessen eingeführt. Dabei ist es geblieben. Der Zusammenhalt der Spieler und die Stimmung im Training haben sich durch die gemeinsamen Mahlzeiten spürbar verbessert.

Nach dem Essen geht es auf das Trainingsgelände. Wie immer stehen einige Dutzend Fans am Seitenrand, um ihnen zuzuschauen.

Unter ihnen beobachtet die achtzehnjährige Mona gebannt das Training des FC. Sie liebt Fußball. Diese athletischen Männerkörper sind einfach eine Augenweide. Vor allem der japanische Abwehrspieler Kendo hat es ihr angetan. Ihm zuliebe hat sie sogar versucht, Japanisch zu lernen. Das war leider so schwierig, dass sie es gleich wieder aufgegeben hat. Hinzu kommt, dass sich Kendo so gar nicht für sie interessiert hat. Also hat sie ihre Begeisterung auf Mesut verlegt. Schließlich behaupten alle, er sei noch Single.

Während sie der Mannschaft beim Aufwärmtraining zuschaut, suchen ihre Augen immer wieder Mesut. Leider hat er bisher nicht einmal zu ihr hingesehen.

Nachdem die Einheit abgeschlossen ist, beginnt der Athletik-Trainer Manuel Mayer mit der Koordinationsleiter. Mit dieser Übung können Bewegungsmuster eingeübt werden, die dazu führen, dass das Gehirn neue neuronale Verknüpfungen trainiert. Hierdurch verbessert sich das Bewegungslernen und die Koordination. Mayer lässt die Spieler in Verbindung mit dem Gerät leichte Passübungen trainieren. Eine bis in den Kreisligen bekannte Methode, hinter der sich trotz ihres gering wirkenden Schwierigkeitsgrades Tücken verbergen. Wenn die Übungen ungenau ausgeführt werden, ist der Trainingseffekt sinnlos. Das hat Mona bereits recherchiert. Sie ist sehr stolz auf ihr Fachwissen.

Sie weiß, wie wichtig es ist, dass die Spieler die von ihnen verlangten unterschiedlichen Schrittfolgen an der Koordinationsleiter beherrschen. Dies hält deren Konzentration hoch und zugleich schult es ihre Koordinations- und Rhythmisierungsfähigkeit.

Sie muss gestehen, dass Manuel Mayer sehr akribisch bei der Durchführung der Übungen ist. Sobald ein Spieler die nötige Konzentration missen lässt, kann er sehr unangenehm werden. Also geben sich die Jungs alle Mühe.

Wenn der Manuel nicht so ein alter Mann wäre, der ist bestimmt vierzig, also uralt, dann wäre er noch attraktiver als Mesut.

Roger ist jeden Morgen aufs Neue fasziniert. Die FC-Fans stehen bereits am frühen Morgen, sogar bei diesem nasskalten Wetter, am Spielfeldrand und beobachten das Training. Oft kommen besonders hübsche und sehr attraktive Mädchen zum Training, immer in der Hoffnung, einen Spieler auf sich aufmerksam zu machen. Die eine oder andere Liaison mit einem Spielerkollegen hat in der Vergangenheit so ihren Anfang genommen.

Mona sieht, wie auf der anderen Seite des Spielfelds die vier Schlussmänner des FC trainieren. Diese spielen in zwei Teams gegeneinander Spikeball. Das ist eine Trendsportart, die ein entfernter Verwandter des Beachvolleyballs ist und sich in den letzten Jahren immer größerer Beliebtheit erfreut. Spikeball fand seinen Weg in den professionellen Fußball, weil dort neben der Reaktionsfähigkeit vor allem auch die Antizipation, die Präzision sowie im Falle der Torhüter auch Reflexe, Sprünge und die Absprache mit den

Mitspielern geschult wird. Der Kern bei diesem Training besteht darin, beim Spikeball zu kommunizieren. Wer es nicht macht, hat schlechte Karten. Das ist zwar nett anzusehen, aber Mona hat kein Interesse an ihnen. Sie weiß, dass die Jungs alle in festen Händen sind. Warum sollte sie für die ihre Energie verschwenden.

Lieber schaut sie zu, wie der Cheftrainer Oliver Dahmen den Schwerpunkt des Trainings setzt. Torabschlüsse, Zweikämpfe und Umschaltspiel, alles ist wichtig und muss genau einstudiert werden. Mona freut sich immer, wenn sie eine der neuen Spielvarianten beim nächsten Bundesligaspiel wiederkennt. Das Training endet mit ausgiebigen Dehnübungen und dann verlassen die Spieler den Platz. Mona weiß von Muskelentspannungsmassagen oder Theorieeinheiten, die folgen. Hier sind dann aber keine Fans mehr zugelassen. Weil das zu lange dauert, bevor sich die Spieler, müde und abgekämpft, durch den dichten Berufsverkehr auf den Nachhauseweg begeben, verlässt Mona das Gelände und hofft auf den nächsten Tag, an dem Mesut sie schließlich beachten wird.

Auf der Heimfahrt nach dem Training fällt es Roger besonders schwer, sich auf den Verkehr zu konzentrieren. Er braucht Harmonie in seinem Leben. Da ist es alles andere als cool, dass er heute und gestern einen Disput mit zwei Teamkollegen hatte. Am Abend stehen ihm auch noch sehr unerfreuliche Gespräche bevor. Den Gesprächspartner wird seine Entscheidung, die er zu seiner Zukunft getroffen hat, nicht gefallen. Ihm ist bewusst, sie werden alles versuchen, um ihn umzustimmen. Er schwört sich, sämtliche

Argumente der Gegenseite an sich abprallen zu lassen und seinen eigenen Weg zu gehen. Schließlich ist es sein Leben. Wie oft wurde er in der Vergangenheit benutzt. Angeblich zu seinem Vorteil. In Wirklichkeit ging es doch immer nur darum, die Taschen der anderen zu füllen. Das ist nun vorbei. Jetzt entscheidet er. Bei diesem Gedanken steigt ein unangenehmes Gefühl in ihm hoch. Wären diese Gespräche bloß schon Vergangenheit! Wenn er doch nur zaubern könnte und der Abend wäre überstanden, denkt Roger sehnsüchtig. Wie ferngesteuert biegt er mit seinem Porsche auf der A 555 an der Abfahrt Brühl-Süd ab.

Der Arbeitstag neigt sich dem Ende. Als Ausgleich für den harten Arbeitsalltag einer Polizistin und um den unsympathischen neuen Kollegen aus dem Kopf zu bekommen, geht Ariane zum Karatetraining. Sie liebt dieses Training über alles. Hier kann sie komplett abschalten. Selbst wenn sie auf ihren nervigen Dauerverehrer und Arbeitskollegen Kevin Schenkenberg trifft. Monatelang hat Kevin, mit den schlechtesten Anmachsprüchen der Welt, versucht, ihre Aufmerksamkeit zu erobern. Am Schluss probierte er sich gar als Dichter mit einem grottenschlechten Liebesgedicht. Erst die Schlagzeile im Express bewahrte sie vor weiteren Annäherungsversuchen. Kevin ist nervig, aber bestimmt kein schlechter Typ. Er hätte bei ihr null Chancen, selbst wenn ihre Gefühle keinem anderen Mann gehören würden.
Zu ihrem Glück bleibt ihr heute ein Zusammentreffen mit ihm erspart. Was auch besser für ihn ist. Arianes aktuelle Stimmung schließt nicht aus, dass beim

Trainingsende ein ungeplantes Veilchen im Gesicht des Kollegen erblüht.

Trotz des intensiven Trainings geht ihr der neue Hauptkommissar Frank Koch nicht aus dem Kopf. Polizeiarbeit ist Teamarbeit und ein schlechtes Teammitglied kann die Gruppe sprengen und die Leistungskurve steil nach unten ziehen. Wie es Hannes jetzt wohl ergeht? Er und Eva haben sich super verstanden. Dass es mit Hauptkommissar Koch dann so übel kommt, damit hat keiner von ihnen gerechnet. Sie wird Hannes morgen auf einen Kaffee in die Kantine einladen. Vielleicht kann sie ihm so eine kollegiale Stütze sein.

Nachdem Heiko das Training mit Dehnübungen und einer abschließenden Entspannungsübung beendet, steht Ariane erschöpft aber auch gelöst unter der Dusche. Was würde sie nur ohne ihren Sport machen. Den ganzen Ärger in sich hineinfuttern und frustriert alt werden? Nein, danke!

Kickerszene Aktuell Kickerszene Aktuell

Wechselt Roger Hammer zu Bayer Leverkusen?

Uns liegen brisante Informationen vor, dass der Top-stürmer des 1. FC Köln den Verein zum Saisonende verlässt. Die Gerüchteküche geht davon aus, dass Roger Hammer bereits einen Vertrag mit Bayer Leverkusen geschlossen hat.

Bei den vielen Anfragen aus dem Ausland sowie vom Bundesligaprimus Bayern München ist dies schwer zu glauben. Schließlich sind die Vereine aus Köln und Leverkusen seit Jahren verfeindet.

Ein Weggang des wichtigsten Kölner Spielers zu Bayer Leverkusen bringt massive sportliche Probleme mit sich. Zudem wird er alle Fans bis ins Mark erschüttern.

Alle Reaktionen der Kölner Fußballwelt zeigen, schlimmer als ein Fortgang von Roger Hammer wäre ein Vertrag Hammers mit dem Hassgegner Leverkusen. Dies kann sich niemand vorstellen. Woher stammen also die Gerüchte? Geht es nur darum, Unruhe in den FC zu bringen?

Alle Anfragen unserer Redaktion beim Spieler selbst und seinem Manager oder direkt bei der Pressestelle des FC blieben unbeantwortet.

Wir alle warten jetzt auf ein Dementi. Natürlich verstehen wir, dass ein Topspieler wie Roger Hammer im Ausland ganz andere finanzielle Verdienstmöglichkeiten hat. Keine Menschenseele würde ihm verübeln, einen Vertrag bei einem Spitzenverein wie Barcelona oder ManCity zu unterzeichnen.

Sollte er aber tatsächlich zu Leverkusen wechseln, würde dies seine bislang enorme Beliebtheit in Köln massiv beeinträchtigen.
Kickerszene bleibt selbstverständlich dran und serviert alle brandneuen Informationen!

3. Kapitel

Das Klingeln ihres Handys reißt Ariane um kurz vor Mitternacht aus dem Tiefschlaf. Vollkommen benommen schaut sie aufs Display und sieht Thorstens Telefonnummer. Noch im Halbschlaf nimmt sie das Gespräch an.

»Hi, was ist los?« Ein tiefes Gähnen macht ihr bewusst, das Körper und Geist nur weiterschlafen wollen.

»Ariane, du musst kommen. Sofort! Es ist etwas Schreckliches passiert! Ich brauche dich!« Thorstens Stimme scheint kurz vor einem Kollaps zu stehen, so hysterisch klingt sie. So hat sie ihn noch nie erlebt. Ariane ist in diesem Moment hellwach. Sie spürt die Panik in der Stimme ihres vertrauten Kollegen.

»Sag mir, wo du bist, und ich mache mich sofort auf den Weg.«

Während Thorsten Ariane die Adresse mitteilt, zieht sie gleichzeitig Jeans und Sweater, vom gestrigen Abend an. Barfuß springt sie in ihre Sneaker, wirft ihre Trainingsjacke über und spurtet die Treppe zu ihrem Auto in die Tiefgarage herab. Mit überhöhter Geschwindigkeit rast sie zu Thorsten in die Stadt Brühl, direkt vor den Toren Kölns.

Arianes Kollege wartet vor dem Eingang des Gebäudes am Franziskanerhof in der Brühler Innenstadt. Auch wenn die Häuser von außen eher langweilig wirken, versöhnen sie mit einem traumhaften Blick auf das Brühler Schloss Augustusburg. Abgesehen davon steht jedem Eigentümer die persönliche Aufteilung und Ausstattung der Wohnung frei. Hier zu wohnen ist so viel schöner, als es von außen vermuten lässt.

Ariane geht auf Thorsten zu und nimmt ihn schweigend in den Arm. Sie spürt, wie er zittert. Für sie wirkt es, als stünde er unter Schock. Nach einigen Minuten löst sie sich von ihm, führt ihn zum Beifahrersitz ihres Autos. Dort legt sie dem bibbernden Thorsten die Decke von der Rückbank ihres kleinen Cityflitzers um die Schultern.

Sie ergreift seine Hände und betrachtet das sonst so schöne, jetzt aber verweinte wachsweiße Gesicht ihres Kollegen. Vage Zeit später unterbricht Ariane das Schweigen mit den Worten: »Roger ist tot.« Es klingt bei ihr nicht wie eine Frage, mehr wie eine Gewissheit, die ihrem Unterbewusstsein seit Thorstens Anruf klar ist.

Erneut füllen sich Thorstens Augen mit Tränen, während er wortlos nickt. Dann bricht es aus ihm heraus: »Jemand hat ihn ermordet!« Danach schüttelt ihn ein heftiger Weinkrampf. Ariane nimmt ihn erneut in den Arm und streichelt ihm behutsam über den Rücken.

»Ich rufe Michael an. Wir brauchen seine Hilfe.«

»Nein, ich will nicht«, schluchzt Thorsten. Ariane ist klar, wie schwer die Situation für ihren Kollegen ist. Jahrelang hat er seinem Chef etwas vorgespielt und das ist ihm jetzt verständlicherweise peinlich.

Es gibt nur ein Argument, ihn zu überzeugen.

»Thorsten, wenn Michael den Fall nicht übernimmt, dann bekommt der Neue ihn. Das kannst du nicht wirklich wollen!«

Bevor Thorsten die Gelegenheit zum Widerspruch nutzen kann, hat Ariane ihr Handy gezückt und ruft ihren Chef an, Hauptkommissar Michael Müller.

Hundemüde greift Müller zum Handy. Er befindet sich noch im Halbschlaf, als er Arianes Telefonnummer erblickt.

»Hallo, Schätzchen.«

»Michael, ich bin´s, Ariane.«

Ariane wird ganz mulmig, Michael klingt betrunken.

»Ja, meine Süße.«

»Michael, wach werden, wir haben einen Toten!«

Hoffentlich ist er nur schlaftrunken und nicht tatsächlich besoffen.

Die Bilder der Nacht verflüchtigen sich und Michael wird bewusst, dass gerade sein Unterbewusstsein zu seiner Kollegin gesprochen hat. Scheiße, wie kriegt er das wieder hingebogen.

»Hi, Ariane, du bist es. Es ist noch stockdunkel, also habe ich nicht verschlafen? Was ist passiert?«

»Michael, ich hoffe, du bist nüchtern!«

»Klar doch!«

»Du musst sofort nach Brühl kommen. Innenstadt, Franziskanerhof. Bitte, es brennt!«

»Okay, aber die Feuerwehr ist informiert?«

»Du bist die Feuerwehr! Also beeile dich!«

Michael holt auf der Fahrt von Köln nach Brühl alles aus seinem alten Mercedes raus.

In was für eine Sache ist die Kollegin da hineingeraten? Vor allen Dingen fragt er sich, was macht sie in Brühl. Sie hat doch wohl ihr Verhältnis zu dem Journalisten Jose de Dirmas nicht aufleben lassen. Noch einmal will er den Trennungsstress ihrer Beziehung mit ihm nicht miterleben. Auch wenn ihnen der Journalist bei der Lösung eines großen Falls geholfen hat, sah für Michael nichts nach einer möglichen Versöhnung aus.

Keine zwanzig Minuten später parkt er hinter Arianes Auto.

Als er aussteigt und Thorsten wie ein Häufchen Elend auf Arianes Beifahrersitz sitzen sieht, ist er vollends verwundert. Mit riesigen Fragezeichen in den Augen bleibt er vor seinen beiden Kollegen stehen.

»Thorsten, bitte erzähle, was passiert ist«, fordert ihn Ariane auf.

»Roger und ich waren für heute Abend verabredet. Er wollte mit seinem Manager und dem Trainer über seine Zukunft sprechen. Roger hatte vor, den FC zu verlassen. Als ich oben vor seiner Wohnung stand, war die Türe nur angelehnt. Ich spürte sofort, hier stimmt etwas nicht. Ich habe die Türe vorsichtig geöffnet und bin in die Wohnung gegangen. Ich rief Rogers Namen und erhielt keine Antwort. Ich ging immer weiter.« Thorsten schließt kurz die Augen, um das Zittern in seiner Stimme unter Kontrolle zu bringen.

»Im Wohnzimmer lag er dann, in einer ... in einer riesigen Lache voller ... in einer Blutlache!«

Michael hört konzentriert zu, aber diese Mitteilung benötigt Zeit, um verarbeitet zu werden. Irgendetwas passt hier nicht zusammen. Wieso tröstet Ariane Thorsten und nicht umgedreht? Laut der Express-Schlagzeile ist Ariane doch Roger Hammers Freundin? Warum ist nicht sie aufgelöst? Oder sind die beiden schon wieder getrennt und niemand darf es wissen? Darüber kann er später nachdenken, jetzt ist Handeln angesagt. Michael wendet sich an Ariane. »Hör zu, ich rufe die Spusi und den Gerichtsmediziner an und du bringst Thorsten nach Hause. Am besten bleibst du bei ihm.«

»In Ordnung, es ist sicher besser, wenn uns keiner sieht.«

»Thorsten, du scheinst einen Haustür- und Wohnungs- türschlüssel zu besitzen. Bitte gib ihn mir und erkläre mir kurz, wo die Leiche sich befindet. Wenn ich mehr weiß, rufe ich euch an.«
Thorsten nestelt ein wenig umständlich an seinem Schlüsselbund. Er nimmt einen Sicherheitsschlüssel ab und reicht ihn Michael. Ein leises »Danke« kommt dabei über seine blutleeren Lippen.

Während sich Ariane und Thorsten auf den Weg nach Köln machen, betritt Michael die Wohnung des be- rühmtesten Fußballers Deutschlands. Hinter der Ein- gangstüre wartet eine breite Diele mit einem sehr au- ßergewöhnlichen Schrank auf ihn. Die Füße und zwei Seitenfächer bestehen aus Glas. Dazu gibt es zwei Schiebetüren aus schwarzem Schiefer mit farbigen Streifen. In jedem gläsernen Regalfach steht ein farb- lich passendes Steinornament. Beeindruckend Mo- dern.
Vom Flur gehen mehrere Türen ab. Auf der rechten Seite führt die erste Tür zum Besucher-WC. Die zweite Tür gibt Einblick in eine schicke Nobelküche. Sie ist glänzend schwarz mit hellem Naturholz abgerundet und einer teuren Arbeitsplatte aus Granit. Die dritte Tür führt in ein sehr elegantes Wohnzimmer. Echtholz- parkett, dicke helle Perserteppiche mit schlichten, aber feinen Mustern. An den Wänden hängen verschiedene großflächige Ölgemälde. Die Möbel sind sehr modern und ausgefallen. Das lange Board unter dem riesengro- ßen Fernsehen steht auf Glasfüßen und besteht aus schwarzem Holz mit einer großen Kupferschublade. Es gibt im Raum noch ein Glasregal voller Kunst und ein paar Büchern, ein schwarzes Sideboard mit Kupfer- schublade steht bestückt mit Rogers etlichen Trophäen

direkt vor ihm. Mittelpunkt des Raums ist eine weiße Sofalandschaft. Davor liegt ein junger Mann in einer Blutlache. Eine außergewöhnliche Bronzeskulptur liegt inmitten der Blutlache. Michael vermutet, dass es sich um die Tatwaffe handelt.

Der Hauptkommissar zückt sein Handy und ruft Ali an. Es ist zwei Uhr morgens und für Michael hört es sich an, als habe der Gerichtsmediziner im wachen Zustand neben dem Telefon gesessen und auf diesen Anruf gewartet, so schnell, wie er diesen entgegennimmt.

»Ali, hier ist Michael, wir kennen uns von dem Leichenfund in Nippes. Ich benötige deine Hilfe.«

»Was kann ich für dich tun?«, lautet die unkomplizierte Antwort des jungen Mediziners.

»Es gibt einen Mord an einem Prominenten. Ich brauche hier am Tatort ausschließlich Kollegen, die nichts gegenüber der Presse verlauten lassen. Ali, ich denke, ich kann mich auf dich verlassen?«

»Natürlich! Außerdem bin ich bei einigen meiner Kollegen von der Spurensicherung gewiss, dass auch sie den Mund gegenüber der Presse halten können. Ich habe sie schon bei meinen Praktika während des Studiums kennengelernt. Lange genug, um sie richtig einschätzen zu können. Mach Dir keine Sorgen, dass irgendetwas durch uns an die Öffentlichkeit durchsickert. Um welchen Prominenten handelt es sich bei dem Toten, dass dir die Verschwiegenheit so wichtig ist?«

»Roger Hammer wurde ermordet«, lautet Michaels kurze Antwort.

Alis Reaktion, ein lautes Schnaufen, zeigt, dass er die Brisanz dieses Mordes verstanden hat. Jetzt hat der Mediziner nur noch eine Frage: »Wo ist der Tatort?«

Nachdem Michael die Adresse durchgegeben hat, schaut er sich weiter vorsichtig in der Wohnung des Opfers um. Im Schlafzimmer steht auf dem Nachtisch ein Bild, das Roger und Thorsten in inniger Umarmung zeigt. Einen kurzen Augenblick überlegt Michael, das Bild einzustecken. Im gleichen Augenblick wird ihm bewusst, wie dumm das wäre. Sicherlich gibt es in der Wohnung nicht nur Thorstens DNA. Sondern weitaus mehr Hinweise als das Foto, die auf die Beziehung der beiden hinweisen.

Michael hat weder gewusst noch vermutet, dass Thorsten schwul ist. Eigentlich ging er immer davon aus, Thorsten, der schönste Polizist Kölns und die attraktive Ariane seien ein heimliches Paar. Dann kam letztes Jahr die große Schlagzeile im Express. Hammer-Tore durch Hammer-Braut. Jetzt stellt er fest, dass Thorsten und Ariane nur Freunde sind. So gute Freunde, dass Ariane sich als Rogers Freundin ausgegeben hat. So war es Roger Hammer möglich, seine homosexuelle Beziehung zu Thorsten zu verbergen. Unter Umständen hätte es Gerüchte gegeben und die Schlagzeile diente dazu, diese im Keim zu ersticken. Michael war der festen Auffassung gewesen, er und Thorsten haben ein freundschaftliches Verhältnis. Er hätte daher vermutet, Thorsten ruft in seiner Not ihn zuerst an. Nun stellt er fest, dass die Freundschaft aus Thorstens Sicht scheinbar nicht so bedeutend ist. Michael müsste jetzt traurig oder geknickt sein, aber eigenartigerweise spürt er eine große und für ihn nicht erklärbare Erleichterung in sich.

Endlich ist Ali mit den Jungs von der Spurensicherung im Schlepptau da. Michael beobachtet schweigend ihre Arbeit.

»Er wurde ziemlich sicher mit dieser Skulptur erschlagen. Was soll die darstellen? Weißt du das?« Ali schaut fragend zu Michael herüber.

»Einen Fallrückzieher.«

»Genau!«, sagt Ali. »Ich erinnere mich. Dieser renommierte Sportartikelhersteller hat doch zu Werbezwecken den Preis gestiftet.«

»Sorry, Ali, aber ich weiß gerade nicht, wovon du redest.«

»Das Jahrhunderttor im deutschen Fußball hat ein gewisser Klaus Fischer mit einem Fallrückzieher gemacht. Mein Vater ist Schalke-Fan und weiß alles über den Schalker Klaus Fischer. Ich habe die Storys über seine Glanzzeiten als Schalker in den siebziger Jahren so oft hören dürfen, dass ich sie alle auswendig kenne.«

Im Hinblick auf Michaels fragendes Gesicht erklärt Ali: »Das war lange vor unserer Zeit. Der Geschäftsführer einer amerikanischen Sportartikelfirma hatte die Idee, einen Preis für den besten Fallrückzieher der Saison auszuloben. Der Mann ist wohl ein Fan von Klaus Fischer. Letztes Jahr durfte jedes Land ein Tor für die Abstimmung durch eine internationale Kommission vorschlagen. Am Ende hat Roger Hammers Fallrückziehertor gesiegt.«

»Wahnsinn, er hat ziemlich viele Preise bekommen. Dass ausgerechnet einer dieser Auszeichnungen ihn tötet, ist ganz schön makaber.«

Ali stimmt Michael zu.

»Er ist der beste Spieler, den Deutschland zurzeit hat. Egal wie man es betrachtet, es ist ein herber Verlust. Sobald sich die Nachricht herumspricht, rasten die Medien aus. Dabei denke ich an seinen Verein, den 1. FC Köln, und natürlich an die Nationalmannschaft. Das nächste Länderspiel ohne Roger ist ausgerechnet gegen England. Hier hat Deutschland noch eine Rechnung offen, aber ohne Roger wird es unmöglich zu gewinnen.«

»Unvorstellbar, das muss ein Wahnsinniger gewesen sein, der so zuschlägt.«

Der entsetzte Ali betrachtet den Toten. Obwohl ein Teil seines Gesichts durch den Schlag entstellt wurde, erkennt er ihn. Aber er ist schließlich auch Fußballfan.

»Ich weiß noch nicht, wie es zu dem Mord gekommen ist. Aber ich will es herauszufinden«, antwortet Michael.

Alleine schon für seinen Kollegen Thorsten, schießt es ihm bei dieser Antwort in den Kopf, muss er den Mörder finden. Es bereitet ihm heftiges Kopfzerbrechen, auch Thorstens Alibi überprüfen zu müssen. Er traut ihm keinen Mord zu, aber er muss trotzdem in alle Richtungen ermitteln.

Als Ali seinen Leuten ein Zeichen gibt, die Leiche in die Gerichtsmedizin zu transportieren, nimmt Michael ihn noch einmal zur Seite.

»Ali, der Tote und Thorsten waren ein Paar. Wenn das rauskommt, brennt der Baum! Ich vertraue dir und deinen Leuten. Lasst es niemanden wissen!«

»Ich bin auch schwul. Okay? Jetzt kennst du mein Geheimnis. Mach dir also bitte keine Gedanken, was meine Verschwiegenheit betrifft, und ich sorge dafür, dass Thorstens DNA unter unbekannt gespeichert wird.«

Mit dieser Antwort hatte der verblüfft dreinblickende Hauptkommissar nicht gerechnet.

Ariane nimmt Thorsten mit in ihre Kölner Wohnung. Dort angekommen richtet sie ihm zuerst ein bequemes Lager auf dem Sofa ein. Danach geht sie in die Küche und kocht einen Beruhigungstee. Sicherheitshalber mit einem Schuss Rum. Da ihr Kollege keinen Alkohol trinkt, verschweigt sie ihm die Beigabe. Sie weiß, er würde es aus gesundheitlicher Überzeugung ablehnen. Ariane glaubt aber, dass ihm in dieser Notsituation ein Beruhigungsschluck guttun wird.

Während die beiden einträchtig nebeneinander ihren Tee schlürfen, fragt Ariane Thorsten, ob er mit ihr reden möchte.

Nach einer kleinen Pause und einer halben Tasse Tee ist Thorsten so weit.

»Roger hatte ohne Ende Angebote aus dem In- und Ausland vorliegen. Sein Gehalt wäre bei einigen Vereinen ein Quantensprung zu seinem aktuellen Einkommen gewesen. Roger wollte unbedingt im Rheinland bleiben. Sein Manager hat ihn daher täglich bearbeitet, einen der vorliegenden und sehr lukrativen Verträge abzuschließen. Das war nicht ganz uneigennützig. Schließlich berechnet sich das Gehalt von Beratern am Verdienst ihrer Spieler. Roger hatte heute Abend ein Treffen mit ihm. Er wollte ihm mitteilen, dass er auf keinen Fall ins Ausland gehen wird. Er wollte doch in meiner Nähe bleiben.«

Während Thorsten erzählt, bleibt Ariane schweigsam. Sie möchte seinen Redefluss nicht stören. Nach einer weiteren Pause laufen Thorsten Tränen über sein Gesicht. Stockend sagt er: »Wäre ich heute Abend nicht zu dieser Veranstaltung beim Bildungszentrum der Polizei in Brühl gewesen, wäre ich früher zu ihm gekommen. Ich war nicht da, als er mich brauchte. Außerdem wäre er ohne mich jetzt weit weg von hier und bestimmt noch am Leben!«

Ariane legt ihm erneut tröstend den Arm um die Schulter. Als Thorsten wieder ruhiger ist, erzählt er weiter.

»Roger hatte aber noch eine weitere Verabredung. Sein Trainer Oliver Dahmen wollte heute, ich meine gestern Abend, mit ihm reden. Roger wusste nicht, worum es ging, aber laut Oliver gab es etwas wahnsinnig Wichtiges zu besprechen. Ein Thema, über das er während des Trainings nicht im Beisein der anderen Spieler reden wollte.«

»Das heißt, du glaubst, dass wir zwei Tatverdächtige haben. Sein Trainer und sein Manager kommen beide als Täter oder als Zeugen infrage.«

Ob die Aufklärung des Mordes so einfach und rasch erfolgen kann? Ariane und Thorsten werfen sich einen Blick zu. Beide können sich nicht so recht vorstellen, dass die Lösung so einfach ist. Auch wenn eine schnelle Aufklärung des Falls für sie alle am besten wäre.

»Ich darf bestimmt nicht mit am Fall ermitteln. Aber ich weiß nicht, wie ich das aushalte? Wenn mir doch nur eine Lösung einfiele.«

»Zuerst einmal müssen wir hoffen, dass Michael der Fall übertragen wird und nicht unserem neuen Superstar.«

Hauptkommissar Michael Müller sitzt angespannt mit einem doppelten Whisky auf dem Balkon seiner Ehrenfelder Wohnung und starrt auf den in dunkle Schatten gehüllten Melatenfriedhof. Die gewohnte Ruhe, die das Grundstück auf ihn ausstrahlt, will heute Nacht einfach nicht auf ihn übergehen. Nicht einmal das bernsteinfarbene Getränk in seinen

Händen vermag ihm ein wenig Frieden zu spenden. Schlimmer, es schmeckt in dieser Nacht so bitter wie nie zuvor. Er steht auf und geht in die Küche, um den Whisky wegzugießen. Heute kann er ihn nicht wertschätzen, dann macht es auch keinen Sinn, ihn zu trinken.

Er geht zurück zum Balkon, um seine warme Decke und das Sitzpolster hereinzuholen. Bei der Kälte dürfen sie nicht über Nacht dortbleiben. Plötzlich sieht er vor seinem inneren Auge Eva in seiner schwarzen Lieblingsdecke gekuschelt vor sich sitzen. Mit ihren strubbeligen Haaren und ihrem scheuen Lächeln, so, als wolle sie ihn aufmuntern. Wie sehr er sie vermisst. Immer noch belastet ihn der Gedanke, dass sie in seiner Gegenwart getötet wurde. Er konnte sie damals nicht retten. Tränen laufen ihm über die Wangen und ihm wird klar, er wird alles daransetzen, den Mörder von Thorstens Freund zu finden. Er möchte auf keinen Fall noch einen wertvollen Menschen und von ihm geschätzten Kollegen verlieren. Verdammt nochmal, fragt er sich, während er unwirsch die Tränen mit einem Zipfel seines schwarzen Pullovers aus dem Gesicht wischt, warum ist er damals nicht an Evas Stelle gestorben?

Die Nacht war kurz und der Kaffeejunkie Michael hat bereits seinen dritten großen Becher Kaffee in sich hineingeschüttet, als er unausgeschlafen das Büro seiner Kommissare Thorsten Kreiner und Ariane Schäfer betritt. Dass die beiden eine schlaflose Nacht hinter sich haben, sieht er ihnen auf Anhieb an.

»Kommt bitte mit in mein Büro.«

Mit diesem kurzen und knappen Satz verlässt Michael den Raum und seine Kollegen folgen wortlos.

Erst nachdem er die Tür seines kleinen Büros vor den neugierigen Ohren einiger Kollegen geschlossen hat, begrüßt er sie und fragt nach, wie es ihnen geht.

»Ist es in Ordnung, Thorsten, wenn ich berichte?« Fragend schaut Ariane zu ihrem Freund und Kollegen hinüber und nach einem leichten Nicken legt sie los.

»Roger und Thorsten sind seit Jahren ein Paar. Bei aller Toleranz ist dies im Profifußball immer noch ein No-Go, es publik zu machen. Als im letzten Jahr Gerüchte aufkamen, haben wir das Interview mit dem Express eingefädelt. Die Medien fanden Rogers Beziehung mit einer Polizistin spannender als ein unbewiesenes Gerücht. Nach dem Artikel war keine Rede mehr von Rogers angeblicher Homosexualität.«

Ariane legt eine Pause ein. Sie schaut zu Thorsten, als dieser nicht reagiert, spricht sie weiter.

»Roger wollte auf keinen Fall eins der lukrativen Angebote aus dem Ausland annehmen. Eine Entscheidung, die sein Manager Marcel Schmitter alles andere als guthieß. Roger wusste, dass sein Manager an einem Vereinswechsel mitverdient und Druck ausüben würde. Daher wollte er ein klärendes Gespräch am gestrigen Abend. Sein Manager war aber nicht der Einzige. Auch sein Trainer hatte um eine Aussprache gestern Abend gebeten. Er wollte Roger nicht sagen, worüber er mit ihm sprechen wolle, nur, dass es extrem wichtig sei.«

»Wenn ich es richtig zusammenfasse, hatte Roger gestern Abend mindestens zwei Männer in seiner Wohnung zu Gast. Möglicherweise ist einer der Mörder oder aber, der Mörder kam als Dritter in die Wohnung, deshalb haben weder der Trainer Oliver Dahmen noch sein Manager Marcel Schmitter den Mord gemeldet.

Weißt du zufällig, in welcher Reihenfolge sie verabredet waren?«

»Leider nein.«

»Meine Frage fällt mir nicht leicht, aber du bist Profi und weißt, dass ich sie stellen muss. Wo warst du zur Tatzeit?«

Torsten lächelt schwach.

»Schon Okay, nur ein schlechter Polizist hätte mich nicht gefragt. Gestern habe ich einen Vortrag mit anschließender Diskussion im Polizeiausbildungszentrum in Brühl gehalten. Ich wusste nicht, wie lange die Veranstaltung dauert, deshalb stand auch nicht fest, ob ich anschließend zu Roger oder nach Köln fahre. Ich kann dir jetzt keine Uhrzeit nennen, aber ein Anruf in Brühl und ein Abgleich des Todeszeitpunkts wird zeigen, dass ich es nicht gewesen sein kann.«

»Ich danke dir und werde jetzt den Mord bei Polizeirätin Lobel melden. Natürlich setze ich alles daran, den Fall übertragen zu bekommen, aber bei meinem schlechten Verhältnis zu ihr gehe ich nicht unbedingt davon aus. Gegebenenfalls überträgt sie dem Neuen den Fall. Sie wird dich, Ariane, als Argument einsetzen. Du bist offiziell mit dem Opfer liiert, also werde ich draußen sein.«

»Nein, Micha, das kannst du nicht zulassen. Auf gar keinen Fall soll dieser Widerling ermitteln. Dann wird alles publik und Thorsten kann sich versetzen lassen. Ich möchte, dass du Rogers Mörder findest, dafür wäre ich mit einer Versetzung in das Team von Frank Koch einverstanden.«

»Bist du dir ganz sicher?« Michael betrachtet seine Kollegin kritisch, aber als er erkennt, wie ernst es ihr ist, sagt er: »Okay, dann versuche ich jetzt mein Glück bei der Lobel.«

Bevor sich Michael auf dem Weg macht, klingelt das Telefon. Der Gerichtsmediziner Ali ist am anderen Ende der Leitung.

»Die Spurensicherung hat verdammt viel Bargeld gefunden! Locker über zweihunderttausend Euro. Ich denke, dieser Fund ist so wichtig, dass du es sofort wissen solltest.«

Nachdem sich Michael für die Info bedankt hat, fragt er Thorsten, ob er weiß, woher das Geld stammen könnte.

Thorstens Reaktion auf die Frage ist befremdlich. Er verrenkt seinen Körper auf dem Stuhl und seine Augen bewegen sich flatterig in alle Richtungen. Etwas an der Frage behagt ihm offensichtlich nicht.

»Da muss ich in Ruhe nachdenken. Auf Anhieb fällt mir keine Erklärung ein«, lautet die zu schnelle Antwort.

Michael ist skeptisch bei Thorstens Worten. Hier stimmt etwas nicht. Er beschließt, ihn in diesem Augenblick nicht weiter zu bedrängen. Aber er wird den Fund des Geldes ganz bestimmt im Auge behalten. Bei nächster Gelegenheit wird er nachhaken.

4. Kapitel

Michael klopft an die Bürotür seiner Chefin. Vom ersten Tag an zeigte Frau Lobel ihm ihre Abneigung. Er konnte noch so schnell die anspruchsvollsten Fälle lösen, immer fand sie noch einen Aspekt, der von ihm schlecht bearbeitet worden war. Ihm ist klar, dass es sehr schwierig wird, den Fall Roger Hammer zu behalten. Michael hat keine Wahl und betritt mit einem höflichen *Guten Morgen* das Büro. Ihr Blick kann nicht eisiger sein. Instinktiv schaut Hauptkommissar Müller zur Seite und entdeckt den Polizeipräsidenten entspannt an der Wand hinter der Türe gelehnt. Anders als seine Mitarbeiterin begrüßt er Michael freundlich. Was auch immer das Thema des Gesprächs zwischen den beiden ist, Michael scheint einen schlechten Moment erwischt zu haben. Ohne über die Stimmung im Raum weiter nachzudenken, eröffnet er das Gespräch: »Schön, dass ich Sie gleich beide hier antreffe. Ich muss Ihnen eine entsetzliche Mitteilung machen. Roger Hammer, der Weltfußballer vom 1. FC Köln, wurde letzte Nacht in seiner Wohnung erschlagen.«
Die Bestürzung über diese Neuigkeit ist dem Polizeipräsidenten, wie auch der Polizeirätin ins Gesicht geschrieben. Wobei sich Letztere ein wenig schneller aus der Schockstarre löst.
»Den Fall übernimmt dann Hauptkommissar Koch.« Mit einer wegwischenden Handbewegung fügt sie noch hinzu, »Schließlich war ihre Mitarbeiterin mit dem Opfer liiert.«
Wie von Michael vorhergesehen führt sie dies als Rechtfertigung an. Dadurch, dass er damit rechnete, kann er entspannt entgegnen:

»Selbstverständlich ist es nicht sinnvoll, wenn Frau Schäfer an der Aufklärung des Falls mitermittelt. Aus diesem Grund hat sie mich gebeten, Ihnen ihre Versetzung ins Team von Hauptkommissar Koch vorzuschlagen. Im Gegenzug erklärte sich Kommissar Karsten Pohlmann bereit, in meinem Team zu bleiben.«

»Wir haben mit Herrn Hauptkommissar Koch einen überaus hervorragenden Ermittler. In diesem Mordfall von nationaler Bedeutung halte ich ihn durchaus für geeignet, den Täter schnellstmöglich zu ermitteln.«

Mit diesen für Michael brutalen Worten, ausgesprochen in einer falschen Freundlichkeit, saust ihm sein Herz in den Magen.

Bevor Michael enttäuscht das Büro wieder verlässt, meldet sich der Polizeipräsident zu Wort.

»Hauptkommissar Müller, waren Sie letzte Nacht vor Ort und haben den Tatort in Augenschein genommen?«

»Kommissarin Schäfer meldete mir die Tat. Ich habe dann gleich die Spurensicherung beauftragt und mir einen ersten Eindruck verschafft.«

»Wie ist ihr erster Eindruck?«

»Die Wohnungstür zeigte keine Einbruchsspuren auf. Ich gehe davon aus, Roger Hammer kannte seinen Täter und hat ihn in seine Wohnung gebeten. Er wurde mit seiner eigenen Skulptur erschlagen. Auf mich wirkt es wie eine Tat im Affekt.«

Während Michael seine Eindrücke zusammenfasst, betrachten ihn der Polizeipräsident und die Polizeirätin. Ihre Gedanken liegen hinter neutralen Mienen und Michael fragt sich, was als Nächstes auf ihn zukommt.

»Liebe Kollegin,« wendet sich der Polizeipräsident an Michaels Chefin, »Hauptkommissar Müller hat gegenüber Hauptkommissar Koch einen eindeutigen Vorteil.

Er ist ein exzellenter Ermittler und war unmittelbar nach der Tat vor Ort. Aufgrund seiner hervorragenden Leistung bei der Aufklärung des Mordes an Frau von Lauenstein im letzten Jahr sollten Sie überlegen, das Angebot von Kommissarin Schäfer annehmen.«

Auch wenn die Worte unverbindlich klingen und er der Polizeirätin offensichtlich die Entscheidung überlässt, ist diese durch seine Worte verärgert. Michael weiß, wie gerne sie ihm den Fall entzogen hätte. Sie kann ihn nun mal nicht ausstehen. Warum auch immer.

Müller sieht seiner Chefin an, wie sie innerlich brodelt. Es ist nur ein kurzer Moment und dann hat sie sich wieder im Griff. Großzügig stimmt sie dem Wechsel von Ariane in Kochs Team zu.

Dass die Freundlichkeit nur gespielt ist, erkennt Michael an ihren abschließenden Worten.

»Sollten Sie nicht zeitnah zu einem Ergebnis kommen, kann immer noch Hauptkommissar Koch die Untersuchungen weiterführen.«

Nachdem Michael die Bürotür von außen schließt, atmet er zuerst einmal tief durch. War das knapp! Was für ein Glück, dass der Polizeipräsidenten anwesend war. Das Gespräch wäre sonst anders ausgegangen.

Als Michael Hauptkommissar Koch mitteilt, dass Ariane und Karsten das Team tauschen, damit sie nicht den Mord an ihrem Freund Roger Hammer mitermittelt, wirkt der neue Kollege sehr zufrieden. Bestimmt hatte er schon den ersten Zusammenprall mit Karsten. Anders lässt sich seine Reaktion nicht deuten.

Michael nimmt Karsten mit in sein Büro und ruft Thorsten an, damit er zu ihrer Zusammenkunft dazukommt. Jetzt geht es darum, Karsten alle Informationen zum Fall Roger Hammer mitzuteilen. Michael muss entscheiden, wie die Aufgaben verteilt werden. Noch ist Thorsten nur bedingt in der Lage, voll mitzuarbeiten. Als erstes steht die Aufgabe an, den Arbeitgeber von Roger, den 1. FC Köln, über seinen Tod zu informieren. Diese Herausforderung übernehmen Michael und Karsten. Thorsten soll in der Zwischenzeit den Deutschen Fußballbund anrufen und sich weiter um den toten Jungen kümmern.

Mit Karsten im Schlepptau geht es zuerst Richtung FC-Verwaltungsgebäude. Auf dem Weg zum Parkplatz sprüht Karstens vor guter Laune. Er grinst Michael schlitzohrig an, als er sagt:
»Danke, Micha, dass du mich von diesem Blödmann befreit hast. Der hat den absoluten Sockenschuss. Du kannst dir nicht vorstellen, was für ein Arsch der ist.«
Begleitet von Karstens üblicher Wortwahl fährt Michael Richtung Köln-Müngersdorf. Hoffentlich war seine gute Tat kein Fehler. Tief durchatmen ist für ihn angesagt. Er darf sich jetzt nicht von Karsten nerven lassen.

Die Polizisten betreten das Verwaltungsgebäude auf dem FC-Gelände. Der Eingangsbereich ist freundlich und sehr modern. An der rechten Wand ist eine weiße Theke, hinter der zwei Frauen sitzen. Während die eine telefoniert, blickt die andere von einem Schriftstück auf. Die Wände werden vom imposanten FC-Branding geschmückt.
Vor der Theke steht ein sehr junger Mann mit einem Paket in der Hand.

Michael zeigt den Damen hinter der Theke seinen Dienstausweis und bittet um ein Gespräch mit dem Präsidenten des FC. Der junge Mann reagiert hellauf begeistert, echten Polizisten gegenüberzustehen und fragt:

»Sind Sie von der Mordkommission? Haben Sie es mit richtigen Toten zu tun?«

»Ich bin von der Mordkommission und ich habe es mit Mordopfern zu tun. Glauben Sie mir, das kann sehr brutal sein. Es gibt keine Gemeinsamkeiten mit den Leichen im Fernsehen,« versucht Michael die Euphorie des jungen Mannes zu dämpfen.

»Junge, meistens sind die Leichen schon ziemlich lange tot, wenn wir sie zu Gesicht bekommen. Da gibt es Maden und Würmer, außerdem einen grässlichen Gestank, dass dir kotzübel wird«, fügt Karsten mit einem Grinsen hinzu.

Die Worte wirken und das Gesicht des jungen Mannes wird ganz bleich.

Michael ist sprachlos, als er sieht, welchen Spaß Karsten daran hat, den jungen Mann zu ärgern.

Dieser sagt nur: »Ehm, ich mache mich dann auf den Weg.«

Mit diesen knappen Worten und einer Abschiedsgeste zu den beiden Sekretärinnen ist er auch schon aus Karsten Reichweite verschwunden. In der Zwischenzeit hat eine der Frauen Dr. Steinberger telefonisch erreicht. Zu den Polizisten gewandt, sagt sie:

»Bitte folgen Sie mir, der Chef erwartet Sie.«

Wenig später betreten sie das Büro des Präsidenten vom 1. FC Köln, Dr. Alfons Steinberger. Der Mann ist mittelgroß mit leicht ergrauten Haaren und einer eleganten Goldrandbrille. Seine Augen wirken wach und intelligent. Sein Wohlstandsbauch zeigt, dass er gerne gut isst und sicherlich einem leckeren Kölsch nicht abgeneigt ist.

Trotz seiner liebenswürdigen Erscheinung wirkt er durchsetzungsstark.

Seit zehn Jahren ist er Präsident des 1. FC Köln. Durch seine umsichtige Führung hat der Verein die Tabellenspitze erklommen. Sein größter Verdienst ist, dass der FC auch finanziell gesund dasteht. Er hat den Verein in eine Region gebracht, um die ihn viele andere Vereine beneiden.

Sein Büro ist geräumig und imposant. Die Möbel bestehen aus teurem Echtholz und einer ausgefallene Ledersitzecke, die sehr einladend wirkt.

Am meisten beeindruckt die Polizisten das riesige Wandtattoo mit der Fußballmannschaft und den zwei Pokalen in der Mitte. Daneben verblassen die übrigen Fotos vom Stadion oder von Kölns berühmtesten Spielern.

Karsten ist sofort in seinem Element. Er zeigt auf das überdimensionale Bild: »Ist das die Mannschaft von neunzehnhundertachtundsiebzig? Die waren großartig!«

Während die Polizisten von dem Raum in den Bann gezogen werden, sagt Dr. Steinberger:

»Da haben Sie vollkommen recht. Bislang unser erfolgreichstes Jahr mit dem Gewinn der Meisterschaft und des Pokals. Darf ich Ihnen etwas zu trinken anbieten? Kaffee, Tee, Wasser?«

Nachdem er bei seiner Sekretärin drei Kaffee geordert hat, lehnt er sich zurück und blickt sie an. »Was führt Sie zu mir?«

»Wir haben bedauerlicherweise sehr schlechte Nachrichten für Sie. Wir müssen Ihnen leider mitteilen, dass gestern Nacht Roger Hammer in seiner Wohnung ermordet aufgefunden wurde.«

Einen kurzen Augenblick sieht es so aus, als ob der Präsident das Bewusstsein verliert. Sämtliche Farbe entweicht seinem Gesicht. Bewegungslos starrt er sie an. Seine Erschütterung ist greifbar.

»Nein! Wieso Roger? Der Junge, der ist so was von liebenswürdig, den mögen alle! Das kann nicht sein! Sie irren sich!«

In diesem Moment öffnet sich die Tür und die Sekretärin bringt den Kaffee herein. Als sie ihren Chef sieht, fragt sie besorgt: »Geht es Ihnen nicht gut? Benötigen Sie einen Arzt? Soll ich Professor Hinteregger rufen?«

»Es geht schon, lassen Sie uns bitte alleine.«

Während der Kaffeejunkie Michael sich auf das Getränk stürzt, beobachtet er den Präsidenten. Die Überraschung scheint echt zu sein und auch seine Sympathie für den verstorbenen Spieler.

»Wir können Ihr Entsetzen nachvollziehen, auch wir sind geschockt von dieser Tragödie. Deshalb benötigen wir Ihre Hilfe. Hatte Roger Feinde? Gab es Kollegen, die ihm seinen Ruhm neideten? Ist vor kurzem etwas Außergewöhnliches passiert?«

»Es tut mir leid, ich kann Ihnen bei Ihren Fragen nicht weiterhelfen. Oliver und Rogers Mannschaftskameraden sind die besseren Ansprechpartner. Roger war ein netter Kerl! Ich mochte ihn und kann mir beim besten Willen nicht vorstellen, wer unseren Stürmerstar auf dem Gewissen hat. Ganz Deutschland hat ihn geliebt. Er bekam aus der ganzen Welt Fanpost. Ich kann es einfach nicht fassen! Kann ich irgendetwas für Sie tun, Ihnen behilflich sein?«

»Können Sie uns etwas zu seinen Finanzen und der Laufzeit seines Vertrages sagen?«

»Roger hat zu seinem Gehalt üppige Werbeeinnahmen erhalten. Er war sehr clever und hat sein Geld gut angelegt. Unnötige Ausgaben sind mir bei ihm nie aufgefallen.

Seinen Vertrag hatten wir Anfang der Saison um weitere zwei Jahre verlängert. Aber es gab natürlich eine Ausstiegsklausel. Bevor Sie fragen, das ist vollkommen üblich im Profifußball. Ich hatte nie die Sorge, dass Roger sie je nutzen würde.«

»Vielen Dank, falls uns noch Fragen einfallen, würden wir uns gerne noch einmal bei Ihnen melden. Jetzt würden wir gerne den Trainerstab und die Mannschaft informieren. Anschließend benötigen wir zwei Räume für die Befragungen aller Spielerkollegen und Trainer.«

Nachdem Steinberger sich einigermaßen beruhigt hat, greift er zum Telefon und bittet seine Sekretärin, zwei Büros für die Polizisten zu finden.

Im Anschluss daran begleitet er sie auf das Trainingsgelände. Dort trainiert die Mannschaft für ihr nächstes Spiel.

Der Präsident gibt dem Trainer ein Zeichen. Dieser kommt direkt auf ihn zu und holt dann nach der Bitte der Polizisten mit einem Pfiff die ganze Mannschaft heran.

Die wenigen Zuschauer am Spielfeldrand gaffen neugierig herüber. Michael bittet alle Anwesenden, ihm ein Stück außer Hörweite der Fans zu folgen.

»Meine Herren, ich muss Ihnen die traurige Nachricht überbringen, dass Ihr Kollege Roger Hammer einem Gewaltverbrechen zum Opfer gefallen ist. Er wurde letzte Nacht Opfer eines Mordanschlags.«

Sofort erhebt sich lautes Gemurmel. Auch hier nichts als pures Entsetzen und Ungläubigkeit!

»Wir benötigen dringend Ihre Hilfe. Bitte teilen Sie uns alles mit, was Sie wissen. Sei es auch aus Ihrer Sicht noch so unbedeutend. Wir müssen wissen, was Ihnen in letzter Zeit aufgefallen ist. Was war in der Vergangenheit plötzlich anders als sonst.«

Michael wartet, bis der Trainer seine Worte ins Englische übersetzt hat.

»Ihr Präsident Dr. Steinberger hat uns freundlicherweise erlaubt, die beiden Büros der Verwaltung für die Gespräche zu nutzen. Kommissar Pohlmann und ich bitten Sie, immer abwechselnd zu uns zu kommen, damit wir Ihre Aussagen aufnehmen können.«

Der Verhörmarathon beginnt und die Spieler betreten nacheinander die Büros, die Michael und Karsten zur Verfügung gestellt wurden. Als die Polizisten nach Stunden ihre Ergebnisse abgleichen, stellen sie fest, dass sich zu dem großen Entsetzen und der echten Trauer keine Spur ergeben hat. Zuletzt bitten sie Oliver Dahmen zu sich. Hier ist es Michael wichtig, dass sie die Befragung gemeinsam durchführen. Schließlich hat der Trainer Roger am Abend seiner Ermordung besucht.

Er beginnt die Vernehmung mit den Worten: »Herr Dahmen, Ihre Mannschaft ist über Roger Hammers Tod erschüttert. Ihnen geht es sicherlich genauso. Trotzdem müssen wir Ihnen ein paar Fragen stellen.«

»Natürlich! Es ist mir wichtig, dass Sie den Täter finden. Wie kann ich Ihnen helfen?«

»Erzählen Sie uns doch einmal, was Roger für ein Typ war.«

Während der Trainer die Polizisten betrachtet, fährt er sich mit beiden Händen durchs Gesicht. Er seufzt und räuspert sich, bevor er beginnt.

»Wissen Sie, es gibt viele Talente. Aber Roger war ein Jahrhunderttalent. Außerdem wusste er, dass auch Talente fleißig trainieren und auf gesunde Ernährung achten müssen. Er war total diszipliniert. Er war superkollegial. Er hatte verstanden, dass er Spiele nur mit seinen Mannschaftskameraden gewinnen kann. Deshalb war er beliebt. Nicht nur bei uns, sondern auch in der Nationalmannschaft. Natürlich gab es auch Neider, aber die haben sich nicht an ihn rangetraut. Nicht einmal hinter seinem Rücken hätte es ein Spieler gewagt, ihn zu kritisieren.«

»Ach du Scheiße!«, schaltet sich Karsten ein. »Dann war unser Toter ein Heiliger?«

»Natürlich nicht.« Oliver Dahmens Gesicht wird puterrot und seine Halsschlagader wird sichtbar. Michael erkennt, dass der Trainer ziemlich sauer ist über Karstens Kommentar.

»Er war ein Mensch mit guten und schlechten Tagen. Aber es gibt Menschen mit weit weniger Potenzial, die viel schwieriger im Umgang sind.«

Bei diesen Worten schaut er demonstrativ in Karstens Richtung.

Bevor Karsten die nächste unbedachte Äußerung von sich geben kann, schaltet sich Michael ins Gespräch ein. »Er muss aber einen Feind gehabt haben, sonst wäre er nicht ermordet worden. Wissen Sie, wer ihm feindlich gesonnen war?«

»Hier im Verein kann ich mir niemanden als Mörder vorstellen. Seinen Freundeskreis kenne ich nicht. Deshalb kann ich Ihnen dazu nichts sagen. Aber ich erinnere mich an eine Stalkerin. Leider weiß ich ihren Namen nicht mehr. Die Sache ist zirka drei Jahre her. Die Angelegenheit war so unerfreulich, dass Roger sich gezwungen sah, die Polizei um Hilfe zu bitten. Ihre

Kollegen verfügen bestimmt noch über die Unterlagen zu dem Fall.«

»Vielen Dank!«

»Selbstverständlich!« Mit diesem Wort steht der Trainer auf und möchte den Raum verlassen.

»Herr Dahmen, eine Frage habe ich noch.« Bei diesen Worten bleibt der Trainer mitten im Raum abrupt stehen und schaut Michael vollkommen überrascht an. Unsicher streicht er sich dabei mit seiner Hand durchs Gesicht.

»Wo waren Sie gestern Abend?«

Die Mimik im Gesicht des Trainers verändert sich ganz plötzlich, um genauso schnell wieder neutral zu sein. Dann geht er langsam zurück zu dem Stuhl, auf dem er bis vor wenigen Minuten gesessen hat.

»Ich war gestern bei Roger. Er hatte mir gesagt, dass er zu Bayer Leverkusen wechselt. Ich wollte ihn umstimmen. Ich habe versucht, ihm die Folgen für seine Karriere und seinen Werbewert klarzumachen. Es wäre logisch, wenn er nicht ewig in Köln bleibt. Das sehe ich ein. Der nächste Schritt wäre Bayern, Real Madrid oder England. Aber Leverkusen!? Ganz Köln hätte ihn als Verräter angesehen. Er hat mir deutlich gemacht, dass seine Entscheidung gefallen ist und er gehen wird. Meine Meinung würde ihn nicht umstimmen. Dann musste ich aufbrechen. Roger hatte keine Zeit mehr, denn er war im Anschluss an unser Gespräch noch mit seinem Manager Marcel Schmitter verabredet.«

Auf dem Heimweg setzt Michael Karsten am Polizeipräsidium ab.

»Wenn du morgen früh ins Büro kommst, versuche zuerst alles über die Stalkerin herauszufinden.«

»Kann das nicht Thorsten machen? Der hat heute doch den ganzen Tag gechillt?«

Michael ist müde und hungrig und kann es gar nicht leiden, wenn Anweisungen nicht befolgt werden.

»Karsten, morgen Mittag habe ich deinen Bericht oder du kannst zurück ins Team vom Hauptkommissar Koch. Verstanden?«

Die Antwort hört Michael nicht mehr, er hat bereits das Gaspedal bedient. Er will nach Hause und sich ein Steak in die Pfanne hauen. Gut, dass er noch ein paar gekochte Kartoffeln von gestern im Kühlschrank hat und einen Rest von den gebratenen Champignons. Wenn er alles zusammen in die Pfanne gibt, die Zutaten mit ein bisschen Feta veredelt, erhält er ein schnelles, leckeres und vor allen Dingen sättigendes Abendbrot.

Kickerszene Aktuell Kickerszene Aktuell

Roger Hammer wurde ermordet!

Unsere Redaktion hat heute Morgen vom Tod unseres Superfußballers Roger Hammer erfahren. Der Topstürmer der Nationalmannschaft und des 1. FC Köln wurde in der vergangenen Nacht von seiner Lebensgefährtin, einer Polizeikommissarin, ermordet aufgefunden. Wie es zu dieser Tat gekommen ist und ob es bereits Verdächtige gibt, darüber gibt es von Seiten der Polizei noch keine Angaben.

Wer immer diese Gräueltat zu verantworten hat, soll von der Justiz zur Rechenschaft gezogen werden. Wir hoffen, dass die Polizei den Mörder schnellstmöglich fasst.

Unser Mitgefühl gilt seiner Freundin und seiner Familie. Auch für die Mannschaftskollegen und alle Fußballfans weltweit ist es ein schwerer Schlag. Unsere Gedanken sind bei Ihnen!

Mit Roger Hammer verlieren wir einen überragenden Ausnahmespieler, der durch keinen anderen Fußballer ersetzt werden kann. Sobald uns neue Informationen vorliegen, werden wir Sie umgehend informieren.

5. Kapitel

Nach langer Zeit wacht Michael erholt auf und benötigt zum Frühstück nur zwei Kaffee zu seinem Müsli als Start in den Tag. Im Präsidium angekommen, sucht er als Erstes Thorsten auf. Er betrachtet den sonst so attraktiven Mann mit den ebenmäßigen Gesichtszügen und den beeindruckenden blauen Augen. Heute hat der Schwarm aller Frauen seine Ausstrahlung verloren. Aus seinem blassen Gesicht blicken ihn müde und traurige Augen entgegen. Seine Haut mutet unnatürlich durchscheinend an. Selbst die Muskeln seines so durchtrainierten Körpers wirken schlaff.

»Guten Morgen! Wie geht es dir?«, fragt Michael besorgt.

»Richtig mies.«

»Kann ich etwas für dich tun? Wie wäre es, wenn ich dich auf einen Kaffee in der Kantine einlade?«

Thorsten traut seinen Ohren nicht. Michael ist im ganzen Präsidium dafür bekannt, dass er ständig und überall Kaffee schnorrt.

»Gerne, aber lass uns später hochgehen, um diese Zeit ist es mir dort noch zu voll.«

»In Ordnung. Wie war es gestern bei der Familie?«

»Einfach entsetzlich. Sie waren unendlich traurig. Es wurde viel geweint. Wir haben uns gegenseitig getröstet. Aber genau wie ich können sie sich überhaupt nicht vorstellen, wer so etwas getan haben könnte. Roger war einfach nicht der Typ für Feinde. Er war umgänglich und bodenständig. Wenn er eine Person nicht mochte, was wirklich selten vorkam, ging er dem Menschen einfach aus dem Weg. Es ist alles so unfassbar. Ich kann es nicht verstehen, nicht begreifen!«

Thorstens Augenlider zucken bei seinen Worten, dabei sammeln sich in seinen Augen Tränen. Seine zittrigen Finger wischen sie schnell fort. Es macht Michael traurig, seinen geschätzten Kollegen in diesem Zustand zu sehen und ihm nicht wirklich helfen zu können.

»Ich hole dich später ab. Kannst du mir in der Zwischenzeit eine Kontaktliste aller Personen außerhalb des Fußballs zusammenstellen?«

Auf den Weg in sein Büro wird Michael von einem Kollegen gebeten, zum Empfang zu kommen. Dort sitzt ein Mann in den vierziger Jahren mit seinem circa zehnjährigen Sohn. Während der Mann ein weißes Hemd zu seiner Jeans für den Besuch angezogen hat, trägt der Junge ein Trikot des 1. FC Köln. Michael würde einen Fünfziger darauf verwetten, dass auf der Rückseite Roger Hammers Name steht.

»Michael, der Junge und sein Vater haben gerade eine Vermisstenmeldung abgegeben. Ich dachte, die könnte interessant für euch sein. Die beiden wohnen in Nippes.«

In diesem Stadtteil wurde die Kinderleiche gefunden. Michael freut sich über den Kollegen, der mitdenkt. Er geht auf den Vater und den Sohn zu. »Ich bin Hauptkommissar Michael Müller. Bitte folgen Sie mir.«

Die Männer und der Junge setzen sich in eins der kleinen Besprechungsbüros im Eingangsbereich.

»Was kann ich für Sie tun?« Mit diesen Worten schaut Michael den Vater und seinen Sohn erwartungsvoll an.

»Mein Name ist Hassan Üzgür und das ist mein Sohn Kaya. Kaya vermisst seinen besten Freund Enes Büyadin. Erzähl du es dem Polizisten.«

Mit diesen Worten und einer aufmunternden Geste fordert der Vater seinen Sohn auf, das Wort zu ergreifen.

Michael nickt dem Jungen freundlich zu. Aber der Kleine ist überhaupt nicht schüchtern und benötigt keine zusätzliche Aufforderung.

»Enes ist mein bester Freund. Wir treffen uns jeden Tag und wir erzählen uns alles. Aber jetzt habe ich schon drei Tage nichts von ihm gehört. Enes ist tot. Glauben Sie mir, ich weiß das, er würde sich nie auch nur einen Tag nicht bei mir melden!«

»Du bist dir ganz sicher.« Michaels Worte waren keine Frage, sondern eine Feststellung.

»Mein Sohn ist kein Kind, das Geschichten erfindet, um sich wichtig zu machen. Er hat einfach Angst um seinen Freund. Es war seine Idee, zu Ihnen zu kommen.«

»Du warst doch bestimmt bei Enes zuhause? Was sagen denn seine Eltern?«

»Seine Eltern behaupten, Enes sei mit seinen Großeltern in Urlaub gefahren. Wenn das stimmen würde, hätte er es mir erzählt. Enes liebt seine Großeltern. Er hätte sich doch wahnsinnig gefreut. Ich würde auch lieber in den Urlaub fahren, als zur Schule zu gehen.«

Der Junge ist clever, denkt sich Michael. In Deutschland herrscht Schulpflicht, da können Eltern nicht einfach ihre Kinder während des Schuljahres in den Urlaub schicken.

»Den Namen von Deinem Freund hast du mir ja schon verraten, kannst du mir bitte auch seine Adresse sagen? Ich würde gerne Enes Eltern besuchen.«

Nach dem Besuch von Vater und Sohn macht sich Michael auf zu Thorsten. Es ist schon eigenartig, dass

Karsten jetzt an Arianes Schreibtisch sitzt. Er spürt, wie sehr er Ariane bereits am ersten Tag nach ihrem Wechsel vermisst.

»Es gibt eine Aussage zur Kinderleiche in Nippes. Thorsten kannst du die Eltern befragen?«

Michael glaubt, es ist besser für Thorsten, wenn er einen anderen Fall als den Mord an seinen Lebensgefährten bearbeitet.

»Natürlich, ich mache mich direkt auf den Weg.«

»Warte bitte noch einen Augenblick. Karsten, was hast du herausgefunden?«

Zu Michaels Überraschung war Karsten heute Vormittag extrem fleißig und sprudelt gleich los. Die Angst, aus Michaels Team zu fliegen, scheint zu wirken.

»Roger wurde von einer Petra Gerstenmeier belästigt. Die alte Frau hätte Rogers Mutter sein können. Sie hat ihm ständig aufgelauert. Ohne Ende Liebesbriefe und Kitschgeschenke. Total ätzend von so einer Oma belästigt zu werden. Kein Wunder, dass Roger sie bei der Polizei gemeldet hat. Wäre sie keine fünfzig, sondern nur halb so alt gewesen und natürlich hübscher, hätte die Sache bestimmt ganz anders ausgesehen«, sagt Karsten mit einem Grinsen.

In dem Augenblick denkt Michael, wie gut es ist, dass Karsten die Wahrheit nicht kennt. »Thorsten, du hast Roger ja auch privat gekannt, kannst du dich an die Frau erinnern? Hat Roger dir irgendetwas zu der Stalkerin erzählt?«

Karsten kriegt große Augen. Die Aussage, dass der Superstürmer des FC zu Thorstens Freundeskreis zählt, scheint ihn unglaublich zu beeindrucken. Michael muss aufpassen, dass er sich nicht verplappert und Karsten weiter von einer Männerfreundschaft ausgeht.

»Ich erinnere mich sehr gut. Es war damals die Hölle für Roger. Sie hat ihm ständig aufgelauert. Sie stand sogar regelmäßig vor seiner Wohnungstür. Die Berge von Liebesschwüren per Brief und später gesprayt an der Häuserwand. Du kannst dir die Reaktion der Nachbarn vorstellen. In dem Augenblick war Feierabend und Roger hat sich an die Polizei gewendet. Ich glaube, die Frau war psychisch krank und ist, soweit ich weiß, in eine geschlossene Anstalt eingeliefert worden. Jedenfalls hörten die Belästigungen nach ihrer Einweisung schlagartig auf.«

»Okay. Karsten, prüfe, ob die Frau entlassen wurde. Nicht, dass sie Roger auf einem persönlichen Rachefeldzug ermordet hat. Auch wenn diese Argumentation weit hergeholt ist, müssen wir sie überprüfen.«

Michael und Thorsten verlassen gemeinsam das Büro. Auf dem Flur fragt Michael: »Bevor du nach Nippes aufbrichst, wie wäre es vorher mit einem Kaffee?«

»Gute Idee. Der erste Andrang ist vorbei, jetzt dürften dort weniger Kollegen anzutreffen sein. Wer weiß, ob ich nach meinem Trip nach Nippes noch Lust verspüre, einen Kaffee zu trinken.«

Nachdem die beiden Polizisten in der Cafeteria einen ruhigen Platz gefunden haben, möchte Michael von Thorsten mehr über den privaten Roger Hammer erfahren.

»Roger stammt aus einer fußballverrückten Familie. Seine Mutter hat in der deutschen Nationalmannschaft und sein Vater in der englischen Nationalmannschaft gespielt. Seine Schwester ist mit Wolfsburg Meisterin geworden. Dass er Profi wird, stand schon im Grundschulalter fest. Er zeigte schon früh sein überragendes Talent. War Jahr für Jahr in der DFB-Jugendauswahl fest eingeplant. Privat war es nicht so leicht für ihn. Die Mädchen rannten ihm in Scharen hinterher. Er hatte am Anfang auch Freundinnen. Eine schöner als die andere, aber sie machten ihn nicht glücklich. Mit achtzehn spielte er schon Bundesliga. Er hatte Angst davor, dass die Fans erfahren, dass er gay war.« Thorsten legt eine Pause ein. Michael stellt keine Fragen, er hört einfach nur zu.

»Vor sechs Jahren machte ich Urlaub in Griechenland. Ich interessiere mich nicht für Fußball und habe nicht gewusst, wer der nette Typ an der Bar war. Wir haben uns damals über alles Mögliche, außer Fußball, unterhalten und ich spürte sofort, wie es zwischen uns gefunkt hat. Ich habe ihm erzählt, wie wichtig es mir als Polizist ist, dass die Kollegen nichts von meiner Neigung wissen. Damit man mir mein Schwulsein nicht ansieht, habe ich sogar einmal Schauspielunterricht genommen. Deshalb bat ich ihn um Diskretion, als ich ihn mit auf mein Zimmer nahm. Er hat damals schallend gelacht.«

Ein scheues Lächeln huscht bei dieser Geschichte über Thorsten Gesicht. Nur wenige Sekunden sieht er bei dieser Erinnerung wieder so aus wie vor seinem schweren Verlust.

»Seitdem sind wir ein heimliches Paar. Wir waren in dieser Zeit sehr glücklich zusammen. Irgendwann kamen natürlich Angebote von anderen Vereinen. Aus Spanien, England oder auch Paris. Aber er wollte in meiner Nähe bleiben. Wäre ich eine Frau, wäre ich mit ins Ausland gegangen. Aber so? Auch wenn Gespräche über unsere Jobs nie Thema zwischen uns waren, hörte ich doch von seinem bevorstehenden Wechsel zu Bayer Leverkusen. Ich habe das natürlich nie hinterfragt. Aber man hat mir erklärt, dass das Problem in Köln das hohe Durchschnittsalter der Mannschaft sei. Die Spieler haben Verträge und die Fans jubeln ihnen seit Jahren zu. Der Verein kann sie nicht alle auf einmal austauschen. Es geht nur Schritt für Schritt. Köln hat damit angefangen, aber es dauert seine Zeit, bis die Mannschaft wieder richtig eingespielt ist. Roger sah dort wohl keine Zukunft mehr. Leverkusen dagegen hat eine junge Mannschaft aufgebaut. Diese hat sich in der letzten Saison weiter stabilisiert. Dort sah er bessere Erfolgschancen. Also überlegte er, zum großen Entsetzen des FC und auch seines Managers, zu Leverkusen zu wechseln. Der Vertrag sollte bald unterzeichnet werden.«

»Wie habt Ihr euch privat verhalten? Ihr konntet schlecht Hand in Hand ins Restaurant oder auf eine Party gehen.«

»Natürlich habe ich Roger auf keiner Veranstaltung oder Party begleitet. Ganz selten gingen wir zusammen ins Kino. Wir konnten nur bei seiner Familie offen unserer Zuneigung zueinander zeigen. Die Presse lauert schließlich überall. Als vor einem Jahr schwerwiegende Gerüchte hochkamen, half Ariane, sie verstummen zu lassen. Ohne ihre Unterstützung wäre es schwierig geworden.«

»Danke, jetzt fällt es mir leichter, mir ein Bild von Roger zu machen.«

»Micha, nein, ich muss mich bei dir bedanken und auch entschuldigen. Ich hätte dir viel früher von Roger und mir erzählen müssen. Das war ein Fehler. Ich hoffe, du verzeihst mir.«

»Manchmal wissen wir nicht, wem gegenüber wir offen sein dürfen und bei wem wir es besser lassen. Schwamm drüber.«

Nach dem Gespräch mit Thorsten darf Michael wieder bei seiner Chefin antanzen.

»So lange, wie sie für den Weg die wenigen Stockwerke hinauf in mein Büro benötigt haben, wundert es mich nicht, dass Sie mir noch keine Fortschritte im Fall dieses ermordeten Fußballers vorweisen können«, lautet die Begrüßung.

»Online überschlagen sich die Medien in ihren Meldungen! Unsere Pressesprecherin dreht fast durch. Was können Sie mir sagen, um die Meute zu beruhigen?«

»Der Mord ist gerade vierundzwanzig Stunden her. Wir befinden uns noch in der Untersuchungsphase.«

»Werden Sie nicht kleinlich. Was nicht geht, weiß ich selber. Es wird Zeit, dass Sie mehr Einsatz zeigen und wir der Presse ein paar Informationen zukommen lassen können. Sie wollen doch nicht die Ursache dafür sein, dass die Kölner Polizei einen schlechten Ruf erhält.«

Ohne eine weitere Antwort von Michael zuzulassen, fordert ihn die Lobel auf zu gehen.

Egal, wie viele Fälle er auch löst, sie hat immer wieder Freude daran, ihn zu kritisieren und unter Druck zu setzen. Wenn sie meint, sie würde ihn mit ihren Anfeindungen demotivieren, hat sie sich geirrt. Alleine für Thorsten und Ariane setzt er alles daran, diesen Fall zu behalten und den Täter zu finden.

Frank Koch verlässt das gemeinsame Büro. Hannes und Ariane sehen sich schaudernd an. Wie beruhigend, dass sie beide im Hinblick auf Koch das Gleiche denken.

»Was habe ich mir nur angetan?«, fragt Ariane.

»Dass ich meine Versetzung nach nur einem Tag bereue, hätte ich nie gedacht!«

»Dieser Mann bringt uns gegenüber, kein einziges freundliches Wort über die Lippen. Aber, wenn er mit der Lobel telefoniert. Dieses zuckersüße Geschleime, was er dann von sich gibt, ist nicht auszuhalten. Dann diese ständige Kritik an Evas Arbeit. Als ob sie inkompetent gewesen wäre. Der Superstar der deutschen Polizei sieht haufenweise Fehlverhalten und Falscheinschätzungen in Evas alten Fällen, die mir vollkommen schleierhaft sind.«

»Frank Koch scheint im Moment nichts Besseres zu tun zu haben, als in Evas aufgeklärten Fällen Fehler zu suchen. Warum überträgt ihm nicht endlich jemand einen Fall, damit er zum Arbeiten kommt.«

In diesem Moment kommt Frank Koch zurück. Er hat Unterlagen im Arm und wendet sich an Ariane und Hannes.

»Ich habe dank meiner hervorragenden Kontakte einen wichtigen Tipp erhalten. Wir treffen uns um zwanzig Uhr, um eine Razzia vorzubereiten.«

Wie immer sind seine Worte wenig präzise und unfreundlich. Ohne weitere Erläuterungen setzt er sich an seinen Schreibtisch und sieht keine Veranlassung, seine beiden Kommissare in seine Planung für den Einsatz einzubeziehen.

Ariane und Hannes wissen, dass sie keine Erklärungen von Koch erwarten dürfen. Sollte etwas schieflaufen, das ist ihnen bewusst, wird er es so darstellen, als haben sie beide nicht mitgedacht und dadurch den Einsatz verbockt. Von den wenigen Fällen in seiner Vergangenheit, von denen er ihnen erzählte, war er immer für die Lösung des Falls und die Kollegen ausschließlich für die Fehler verantwortlich. Wenn diese

Vorgehensweise für Duisburg galt und er damit durch-
kam, wird er sie in Köln bestimmt nicht ändern.

6. Kapitel

Als Michael zurück in seinem Büro ist, klingelt das Telefon. Der Gerichtsmediziner ist am anderen Ende.
»Hallo, Michael, ich wollte dir nur offiziell bestätigen, dass die Skulptur die Tatwaffe war. Was für eine Schande! Ich habe noch nie einen so gesunden Toten bei mir auf dem Tisch liegen gehabt.«
»Ein schwacher Trost. Konntet ihr irgendwelche Fasern oder Abdrücke sicherstellen?«
»Wir haben ein paar Spuren gefunden. Ich bin dabei, alles, was zu Thorsten gehört, auszusortieren. Dann hoffe ich, dass Material übrigbleibt, um den Täter zu identifizieren. Ich melde mich noch einmal bei dir. Dafür musst du aber ein paar Tage Geduld aufbringen.«
»Danke, ich warte auf deinen Anruf! Tschüss«.
Michael blickt aus dem Fenster, um Alis Worte sacken zu lassen. Klasse, wie er mit den Indizien vorgeht. Vielleicht gelingt es ihnen, Thorstens Beziehung zum Mordopfer geheim zu halten. Als es an der Tür klopft und Karsten mit einem Mann im Schlepptau das Büro betritt, weiß Michael bei Karstens Anblick sofort, warum es ihm so wichtig ist.
»Hi, das ist Herr Schmitter, der Manager von Roger Hammer.«
Michael geht auf den jungen Mann zu und gibt ihm die Hand. Er ist überrascht, Marcel Schmitter ist sehr jung, jünger als der Hauptkommissar und Michael ist erst Mitte dreißig. Der Manager ist ein sportlicher Typ und seine dezent teure Kleidung lässt ihn extrem lässig erscheinen. Der Mund wirkt trotz seines Lächelns angespannt und die Augen blicken sehr ernst. Michael registriert eine enorme innere Anspannung. Kein

Wunder, wo er gerade seinen besten Mandanten verloren hat.

»Nehmen Sie doch bitte Platz, Karsten, du auch.« Nachdem sich alle an Michaels Schreibtisch niedergelassen haben, fordert Michael den Manager auf, über sein letztes Treffen mit Roger am Todestag zu berichten.

»Roger bat mich um ein Gespräch. Er hatte vor, den 1. FC Köln zu verlassen. Es lagen sehr lukrative Angebote vor. Er wollte partout zu Leverkusen wechseln. Ich habe ihm klargemacht, dass er seinen Marktwert komplett runterfährt und er im Ausland bessere Perspektiven haben würde. Persönlich gab ich zu bedenken, nicht zum Liga-Konkurrenten in die Nachbarstadt zu wechseln. So verfeindet, wie die beiden Fan-Gemeinschaften sind, würde kein Köln-Fan ihm diesen Verrat verzeihen. Wenn er denn unbedingt zu Leverkusen will, dann sollte er doch besser den Umweg über Paris oder Manchester nehmen und später zu Leverkusen wechseln. Er fand meine Idee gut und wollte darüber nachdenken. Ich bin dann auch gegangen, weil sein Trainer Oliver Dahmen kam.«

»Er lebte noch, als sie gingen. Wie spät war es, als Sie Roger verließen? Der Trainer hat Ihren Weggang gesehen?«, will Karsten wissen. »Richtig. Oliver und ich sind uns im Flur begegnet, da war es vielleicht so gegen halb zehn.«

»Können Sie sich vorstellen, wer Roger Hammer ermordet haben könnte? Haben Sie eine Vermutung oder irgendeinen Hinweis für uns?«

»Leider nein. Hören Sie, ich habe zu meinen wertvollsten Mandanten, auch einen guten Freund verloren. Glauben Sie mir, ich zermartere mir die ganze Zeit das Hirn, wer diesen tollen Menschen auf dem Gewissen hat. Aber ich kann mir beim besten Willen niemanden vorstellen. Vielleicht kann seine Freundin ihnen einen Tipp geben.«

Bei diesen letzten Worten fragt sich Michael, ob er Roger mit dem Wort Freundin posthum schützen möchte oder ob er von dessen wahrer Neigung nichts weiß?

Als der Manager gegangen ist, holt Karsten ihn mit seinen Worten zurück ins Hier und Jetzt.

»Der hat ja nicht unrecht. Ich verhöre dann mal die Kollegin.«

»Nicht nötig, das übernehme ich. Ich wäre dir dankbar, wenn du den Manager und auch den Trainer ein wenig durchleuchtest. Sicherlich ist dir auch etwas aufgefallen!«

»Was meinst du?«, will Karsten verdutzt wissen.

»Trainer und Manager behaupten beide, der jeweils vorletzte Gast unseres Verstorbenen am Todesabend gewesen zu sein.«

»Verdammte Kacke! Dass mir das durchgegangen ist. Ich finde schon raus, wer gelogen hat. Der kriegt dann richtig was in die Visage!«

»Karsten, wir halten dieses Wissen so lange geheim, bis wir mehr über den Hintergrund der beiden herausgefunden haben. Wir dürfen diesen Trumpf nicht leichtfertig aus der Hand geben!«

Michael blickt Karsten an, bis dieser zustimmend nickt. Hoffentlich hat er es tatsächlich verstanden und unternimmt keine Alleingänge.

Es ist das erste Mal, dass Michael nach Evas Tod ihr Büro betritt. Unbewusst wandert sein Blick zu ihrer Schokoladenschublade. Hier gab es damals immer Nachschub für seine Nerven.

Ariane und Hannes sitzen an gegenüberliegenden Schreibtischen. Der Neue hat Evas Schreibtisch etwas abseits stellen lassen. Es herrscht eine eigenartige Stimmung in dem Raum. Wenn man Schweigen werten kann, dann fühlt sich dieses Schweigen erzwungen, regelrecht bleischwer an. Vielleicht irre ich mich, denkt sich Michael und begrüßt die Kollegen.

»Hallo zusammen, Ariane, hast du kurz Zeit für mich? Ich benötige deine Aussage zum Todesfall deines Freundes Roger.«

»Natürlich. Sollen wir in dein Büro gehen? Da wären wir ungestört.«

Hauptkommissar Koch, der Michael bis zu diesem Augenblick schweigend gemustert hat, meldet sich plötzlich zu Wort.

»Müller, das ist jetzt schlecht. Wir stecken mitten in den Ermittlungen. Sie können die Kollegin nach Dienstschluss befragen.«

Was für ein Wichtigtuer, denkt Michael. Von ihm lässt er sich nicht gängeln. Daher antwortet er: »Auch ich stecke mitten in einer Ermittlung und ich befrage Kommissarin Schäfer jetzt. Wenn Sie dies nicht wünschen, sollten Sie die Lobel oder direkt unseren Präsidenten anrufen. Sie erklären Ihnen gerne die Priorität meines Falls.«

Während Hauptkommissar Koch verärgert seinen Mund verzieht, verlassen Ariane und Michael den Raum.

»Kaffee?«, fragt Michael.

»Besser einen Beruhigungstee«, antwortet Ariane.

Als sich die beiden Polizisten in der Kantine hingesetzt haben, bricht es auch schon aus Ariane heraus.

»Er ist so ein selbstverliebter Mistkerl! Ich hätte nie gedacht, dass es dermaßen unerträglich wird. Selbst

Hannes ist keine Hilfe. Er wird genauso schikaniert wie ich und schweigt nur noch den ganzen Tag.«

»Kann ich dich irgendwie unterstützen? Dir helfen?«

»Ja! Verprügele ihn so heftig, dass er, bis du Rogers Mörder gefunden hast, dienstunfähig ist. Danach will ich zurück in mein altes Team.«

»Ich glaube, das Verprügeln musst du als Karatekämpferin selbst übernehmen. Ich gebe alles, um Rogers Mörder so schnell wie möglich zu finden, damit dein Albtraum zu Ende geht. Leider fehlt uns bislang noch eine richtige Spur. Selbst Thorsten hat keinen Schimmer, wer der Mörder sein könnte. Kannst du mir denn irgendetwas zu Roger sagen?«

»Ich habe ihn nur zwei- oder dreimal gesehen. Einmal waren wir im Kino, irgendwann aßen wir zusammen werbewirksam in einem Restaurant. Da drehten sich unsere Gespräche in erster Linie um Filme und Musik. Das andere Mal war die Inszenierung für den Express. Bei der Gelegenheit waren unsere Gespräche auch nicht besonders tiefschürfend. Roger machte auf mich einen verschlossenen Eindruck. Er hatte sich angewöhnt, niemanden an sich heranzulassen. Ich glaube, er hatte nur einen engen Kontakt zu Thorsten und zu seiner Familie. Ich denke, du musst mit ihnen reden.«

»Thorsten hat das übernommen. Sie sind vollkommen verstört und geschockt. Auch sie können sich nicht vorstellen, wer für die grausige Tat verantwortlich sein könnte.«

»Schade. Aber wenn mir etwas einfällt, melde ich mich bei dir. Ich mache mich wieder auf den Rückweg. Deine Ansage von eben wird ihn mega verärgert haben. Ich bin mir sicher, dass er für den Rest des Tages vom Idioten zum Oberidioten mutieren wird.«

Michael bleibt noch kurz im Flur stehen und sieht ihr nach. Warum wird ihm erst jetzt klar, was für ein Verlust Arianes Wechsel ins andere Mordermittlungsteam ist? Er muss Rogers Mörder so schnell wie möglich finden und dafür sorgen, dass der Tausch von Ariane und Karsten rückgängig gemacht wird. Mit diesem Gedanken begibt er sich zurück in sein Büro.

Thorsten betrachtet das Zwölfparteienhaus im Kölner Stadtteil Nippes von außen. Es ist einfach, aber ordentlich und gepflegt. Jedoch alles andere als schön. Haustür und Klingelanlage stammen aus den siebziger Jahren. Ein Teil der Fenster wurden bereits erneuert und andere Fenster haben einen Austausch dringend nötig. Die Fassade ist beige und könnte neue Farbe gebrauchen. Bestimmt werden die Wohnungen erst bei einem Mieterwechsel saniert.
Wenige Wohnungen verfügen über Gardinen, die so typisch für ältere Generationen sind. Als Thorsten aufs Klingelschild blickt, sieht er einen Namensmix aus ganz Europa. Ein richtiges Multikulti-Haus.
Er klingelt bei Encs Familie und der Türsummer wird direkt betätigt. So schnell, dass Thorsten glaubt, die Familie erwartet jemand anderes.
Ein Mann, groß und breit, fast wie ein Kleiderschrank, steht in der Tür. Dass er aus der Türkei stammt, erkennt man an seinen dunklen Haaren und Augen und den sehr markanten Gesichtszügen. Sehr direkt fragt er: »Was wollen Sie? Wir kaufen nichts!«
»Mein Name ist Thorsten Kreiner. Ich komme von der Kriminalpolizei Köln und möchte mit Ihnen und Ihrer Frau über Ihren Sohn Enes sprechen.« Bei diesen Worten zeigt er dem Vater seinen Dienstausweis.

»Da gibt es nicht zu besprechen. Mein Sohn ist mit seinen Großeltern in die Türkei gefahren. Sie machen dort Urlaub. Das habe ich als Vater entschieden und das geht die Polizei überhaupt nichts an.«

»Sie leben in Deutschland und hier herrscht Schulpflicht. Wenn Sie Ihren Sohn in dieser Zeit in den Urlaub schicken, verstoßen Sie gegen geltendes Recht und machen sich strafbar!«

»Typisch deutsch! Immer nur mit den Gesetzen drohen. Ich bin der Vater und ich kann alles entscheiden und muss mich nicht, an irgendwelche sinnlosen Gesetze halten. Verschwinden Sie!«

Thorsten schiebt seinen Fuß vor, damit die Tür nicht einfach zugeschlagen wird. »Erst möchte ich noch mit Enes Mutter sprechen.«

Der Vater betrachtet Thorsten und seine Augen verengen sich zu schmalen Schlitzen. »Dann müssen Sie eine Kollegin schicken. Meine Frau spricht nicht mit fremden Männern.«

Damit beendet Enes Vater das Gespräch und schlägt mit Schwung die Türe zu. Thorsten kann gerade noch rechtzeitig seinen Fuß in Sicherheit bringen, bevor es schmerzhaft wird. Warum nur verhält sich dieser Mensch so aggressiv ihm gegenüber? Er wird die Schulbehörde einschalten müssen. Aber zuerst macht er eine Runde bei den Nachbarn. Nicht ausgeschlossen, dass einer von ihnen zufällig die Großeltern und deren Adresse kennt.

Am Abend trifft sich Michael mit seiner Thekenmannschaft zum Training. Die Kneipe, die einst ihr gemeinsamer Treffpunkt war, ist schon lange geschlossen und das Haus abgerissen. Aber die Fußballertruppe, die sich damals dort gefunden hat, ist zusammengeblieben. Michael ist in Brühl aufgewachsen und kennt die meisten der Fußballkollegen noch aus seiner Schulzeit. Der Mord an Roger Hammer hat bei ihnen bereits die Runde gemacht. Michael wird schon in der Umkleidekabine von seinen Kumpels gelöchert. Alle wollen Informationen zum Mord an dem berühmten Fußballer bekommen.

Michael versucht, alle Fragen abzuwehren. Aber sie wollen einfach nicht aufhören. Ihre Neugierde ist riesengroß. Michael hat die Nase voll und zeigt den Jungs ihre Grenzen.

»Leute, hört auf! Ihr wisst doch, dass ich euch nichts zu den laufenden Ermittlungen sagen darf. Es stimmt, was ihr bei Kickerszene gelesen habt. Er wurde ermordet. Ich darf euch aber nicht sagen, wie es passiert ist. Motiv und Täter habe ich noch nicht gefunden. Wenn einer von euch mir etwas Sachdienliches zum Mord erzählen kann, dann macht es bitte. Aber stellt mir bitte keine Fragen mehr.«

Das Gemurmel, das sich bildet, lässt Michael erkennen, dass sie verstanden haben. Nur einer druckst noch herum, bis er sich traut, eine Frage zu stellen:

»Eine einzige Sache noch. Ich lass dich dann auch wirklich in Ruhe. Aber sag uns bitte, wollte Roger wirklich zu Leverkusen wechseln? Das darfst du uns doch erzählen.«

»Ich kann euch beruhigen, ich habe nicht einen einzigen Beleg, dass dieses Gerücht stimmen könnte, gefunden.« Michael wundert sich, wie schnell eine einzelne Zeugenaussage publik geworden ist.

Als die Männer nach dem Trainingsspiel unter der Dusche stehen, sagt Edgar: »Eine Sache noch, Micha. Roger hatte eine verdammt hübsche Freundin. Eine

Polizistin, die du bestimmt kennst. Kannst du, also nicht jetzt, aber vielleicht später, für mich ihre Handynummer in Erfahrung bringen?«

»Tut mir leid, Edgar. Ich kenne seine Freundin sogar recht gut und ich bin mir absolut sicher, dass sie keine Weitergabe ihrer Telefonnummer wünscht.«

Michael spürt tatsächlich einen Stich von Eifersucht bei Edgars Frage. Gut, dass sie jetzt in das Wirtshaus am Schloss gehen. Über die Gefühle, die ihn gerade im Griff hatten, möchte er lieber nicht nachdenken. Jetzt will er ein kühles, alkoholfreies Weizenbier und eine Burgerspezialität des Restaurants mit Pommes genießen. Nach dem Sport ist das schlechte Gewissen, das er sonst bei ungesundem Essen hat, so viel kleiner.

Kickerszene Aktuell Kickerszene Aktuell

Wer steckt hinter dem Mord an Roger Hammer?

Mit seinen Traumtoren hat Roger Hammer dem 1. FC Köln eine überragende Hinrunde beschert. Die Kölner haben aktuell mit sieben Punkten Vorsprung die Tabellenspitze
vor dem FC Bayern München inne. Niemand weiß, wie die Mannschaft mit dem Verlust klarkommt. Werden sie ihren Spitzenplatz in der Rückrunde verteidigen? Oder sind die Titelträume mit dem Mord ausgeträumt?
Kein Wunder, dass die Kölner Fans eine unbestätigte Meldung streuen, der FC Bayern könnte etwas mit dem Todesfall zu tun haben.
Auch wenn die Bosse beider Vereine sämtliche Gerüchte als bösartig und haltlos verurteilen, gibt es immer noch keinen Verdächtigen.
Die Polizei stochert im Nebel. Alle Interviewanfragen seitens unserer Redaktion werden mit Plattitüden abgeschmettert.
Erfahren Sie mehr zu den Hintergründen des Stadtgesprächs. Unser Interview mit Carlos de Paqua und einer Stellungnahme des Präsidenten des 1. FC Köln, Dr. Alfons Steinberger.
Wir bleiben dran, das sind wir Rogers Fans schuldig. Sobald es Neuigkeiten gibt, lest Ihr sie auf Kickerszene.

7. Kapitel

Am nächsten Morgen ist der Tod von Deutschlands berühmtesten Fußballprofi in allen Medien präsent. In Fernsehen und Radio laufen Sondersendungen zu ihm. Die Onlinemedien drehen durch und überschlagen sich mit ihren Vermutungen und Gerüchten. Die Telefone in der FC-Verwaltung stehen nicht still. Eine riesige Meute Journalisten tummelt sich vor dem Klubgelände des 1. FC Köln.

In seinem Büro blickt der Präsident des Fußballvereins, Dr. Alfons Steinbach, auf die Menge. Seine Anspannung ist ihm anzusehen. Nichts hält ihn auf seinem Bürosessel. Nervös geht er mit dem Handy am Ohr in seinem Büro auf und ab.

»Ich bitte dich, Kalle, du kennst doch die Medien. Nichts bereitet ihnen mehr Freude, als für eine fette Schlagzeile ein paar Worte zu verdrehen. Als ob sich diese Schmierfinken für den Schaden interessieren, den sie damit anrichten.«

Alfons spürt den Ärger seines Gesprächspartners. Der Präsident von Bayern München tobt zwar nicht mehr am anderen Ende der Leitung, aber von seiner sonst üblichen Jovialität ist er noch meilenweit entfernt.

»Selbstverständlich werde ich gleich eine Stellungnahme abgeben und den Sachverhalt richtigstellen.«

Während Alfons weiter seinem präsidialen Kollegen lauscht, ist er bei seinem Rundgang wieder am Fenster angelangt. Die Menge scheint in den letzten Minuten größer geworden zu sein, jetzt sind zusätzliche Fernsehkameras zu sehen.

»Kalle, ich verspreche dir, diese Schweinerei wird Konsequenzen haben.«

Nachdem das Telefonat beendet ist, öffnet er die Bürotür. Mit einem Kopfnicken deutet er dem dort wartenden etwa fünfzigjährigen Mann im maßgeschneiderten dunkelblauen Anzug an, ihm in sein Büro zu folgen.

»Wirf einen Blick aus dem Fenster! Ich will, dass du dieses Journalistenschwein fertigmachst, das mir diesen Ärger mit den Fake News eingebracht hat.«

Mit diesen Worten lässt sich Alfons in seinen Bürosessel fallen und trinkt einen großen Schluck Wasser.

Sein Rechtsanwalt und alter Studienkollege nimmt auf dem Stuhl gegenüber Platz. Dr. Steinberger kann seine Wut nur schwer kontrollieren. Dieser Schmierfink, der seine Aussagen komplett gefälscht hat, um eine große mediale Aufmerksamkeit zu erzeugen. Als ob irgendeiner aus dem Präsidium des 1. FC Köln Bayern München für den Mord an Roger verantwortlich gemacht hat. Allein schon die Idee ist töricht und macht ihn wütend.

»Die Stellungnahme der Pressestelle habe ich geprüft und die Unterlassungsklage ist draußen. Ansonsten habe ich alle unsere Verbindungen spielen lassen. Der Journalist, der das getan hat, wird nirgendwo mehr ein Interview bekommen.«

»Das reicht mir nicht. Ich will diesen Betrüger bluten sehen. Ein fettes Schmerzensgeld zugunsten unserer Stiftung sollte noch zusätzlich drin sein. Das ganze Geld, was er mit diesem Fake-Interview gemacht hat, soll an unsere Stiftung gehen.«

»In Ordnung. Ich diktiere die neue Forderung auf dem Rückweg in die Kanzlei. Kann ich sonst noch etwas für dich tun? Ich muss jetzt los. Die Gerichtsverhandlung mit unserem Lieblingsabwehrspieler findet in einer halben Stunde statt.«

»Kann nicht einer deiner Kollegen übernehmen?«

»Nicht in diesem Fall. Er steht bereits zum dritten Mal wegen Geschwindigkeitsüberschreitungen vor Gericht.«

»Unser Raser! Wir können nur froh sein, dass nie Personen zu Schaden gekommen sind. Viel Glück! Ich melde mich, wenn ich dich brauche.«

Als sein Anwalt gegangen ist, lässt Dr. Steinbach seine Pressesprecherin rufen. Er druckt in der Zwischenzeit die Stellungnahme noch mal aus und überfliegt sie kurz. Er ist zufrieden mit dem, was er liest. Als seine Pressesprecherin Ida das Büro betritt, drückt er ihr den Zettel in die Hand.

»Ida, unser Anwalt hat die Stellungnahme abgesegnet. Bitte gehe raus und lese sie der Journalistenmeute vor. Danke!«

Auf die junge Ida kann sich Alfons verlassen. Sie wird seine Stellungnahme freundlich und souverän vortragen und höflich nichtssagend den Fragen der Journalisten ausweichen. Er ist sehr dankbar, diese professionelle Frau, die so zart und zerbrechlich wirkt, vor zwei Jahren eingestellt zu haben.

Die junge Frau tritt mit einem sympathischen Lächeln vor die Presse. Sie weiß um ihre Ausstrahlung und nur wenige Sekunden nach ihrem Erscheinen schweigt die Presse. Alle warten gespannt auf das Statement.

»Sehr geehrte Damen und Herren!
Vorstand, Mannschaft, Trainer, alle Verantwortlichen des 1. FC Köln, die gesamte FC-Familie sind tief erschüttert vom gewaltsamen Tod unseres Spielers Roger Hammer. Roger war eine lebende Legende, ein Fixstern unserer Mannschaft. Dieser Fixstern wurde uns auf brutale Weise genommen.

Der 1. FC Köln dankt allen, die in diesen schweren Stunden ein Zeichen der Solidarität gesetzt haben und zu uns stehen. Die Zeichen der Anteilnahme am Geißbockheim, am Stadion, in der ganzen Stadt sind überwältigend und berühren uns zutiefst. Besonders erwähnt seien die Solidaritätsaktionen unserer Fans und die unzähligen unterstützenden Botschaften in den sozialen Medien.

Leider gibt es auch einen anderen Aspekt, der nicht von Anteilnahme, sondern von Lüge und Häme geprägt ist:

In den sozialen Medien wird derzeit ein Fake-Interview unseres Präsidenten verbreitet, in dem ihm in den Mund gelegt wird, dass der FC Bayern München für den Tod von Roger verantwortlich sei. Das Fake-Interview wurde als Live-Interview der »Kickerszene« über eine außereuropäische Troll Plattform als vermeintlich satirischer Inhalt verbreitet. Das Fake-Interview erreicht bereits höchste Aufmerksamkeit mit beinahe einer Million Klicks.

Der 1. FC Köln stellt ausdrücklich klar, dass es sich bei diesem Inhalt um ein in der jetzigen Situation der tiefen Trauer geschmackloses und perfides Machwerk handelt.

Der 1. FC Köln wird alle rechtlichen Schritte gegen die Urheber des Fake-Interviews einleiten. Wir weisen insbesondere darauf hin, dass der FC Bayern München, bei aller sportlichen Konkurrenz, zu den ersten Vereinen der Bundesliga gehörte, die den Mord an Roger verurteilt und konkrete Unterstützung zugesagt haben. Die Präsidenten beider Vereine haben vor einer Stunde miteinander telefoniert und verabredet, dass sowohl der FC Bayern als auch wir alle rechtlichen

Optionen gegen die Verbreitung jeglicher Falschinformationen ergreifen werden.

Ich bitte Sie: Sorgen auch Sie mit Ihren Möglichkeiten der offiziellen Berichterstattung dafür, dass das Andenken an Roger Hammer nicht in den Schmutz gezogen wird. Grenzen Sie sich mit uns gemeinsam, im Angesicht des tragischen Ereignisses, durch seriöse und emotional anständige Berichterstattung von derartigen Machenschaften ab. Ich bitte Sie um Verständnis, dass ich zum jetzigen Zeitpunkt keine weiteren Fragen beantworten kann. Vielen Dank!«

Zur gleichen Zeit sitzt Hauptkommissar Frank Koch zurückgelehnt mit verschränkten Händen am Hinterkopf in seinem Bürosessel. Seinen Mund hat er so fest zusammengekniffen, dass die Mundwinkel Richtung Fußboden zeigen.
Es ist die erste Teambesprechung des Hauptkommissars zu seinem ersten Fall an seinem neuen Arbeitsplatz in Köln. Das Schweigen der Kollegen und die ernsten Mienen hängen bleischwer im Raum.
Hauptkommissar Koch wendet sich an Ariane.
»Kommissarin Schäfer erklärt uns jetzt, warum es sinnvoll gewesen wäre, bei der gestrigen Razzia unseren Undercover Beamten zu verhaften.«
Während er abfällig den rechten Mundwinkel nach oben zielt, schaut er Ariane an. Die anderen Kollegen im Besprechungsraum schauen betreten nach unten.
Ariane schäumt innerlich vor Wut. Sie versucht, ihre Emotionen unter Kontrolle zu halten. Dieser Honk darf nicht merken, wie sehr er sie provoziert. Natürlich ist es immer sinnvoll, mit den Undercover Beamten

genauso umzugehen wie mit den Kriminellen. Schließlich darf kein Verdacht auf sie fallen. Gestern war die Situation aber eine andere. Der Kopf der Bande war geflohen. Wenn sie den Kontakt zu ihm behalten wollten, blieb ihr nichts anderes übrig, als ihren V-Mann und einen zweiten Kriminellen absichtlich aus den Augen zu lassen, damit die beiden fliehen konnten. Sie hatte es ihm gestern erklärt. Aber jetzt lässt er sie wieder vor versammelter Kollegenschaft unfähig dastehen. Seit sie seinen schleimigen Annäherungsversuchen eine klare Abfuhr erteilt hat, schießt er, wo es nur geht, gegen sie. Der Typ kotzt sie an. Wie sehr er sie nervt, soll er nicht erkennen. Sie würde stark bleiben.

»Wenn wir unseren V-Mann festgenommen hätten, wäre der Kontakt zum Kopf der Bande abgerissen und wir hätten nie herausgefunden, wer ihm all die tollen Tipps in der Vergangenheit gesteckt hat. So wie die gestrige Razzia.«

»Schäfer, versuchen Sie jetzt nicht, irgendwelche billigen Ausreden für ihr Versagen zu finden!«

Frank Koch spuckt ihr diesen Satz regelrecht entgegen. Hier geht es definitiv nicht um eine sachliche Aufarbeitung. Koch will sich nur an ihr abreagieren. Das spürt sie, als er weiterspricht.

»Unser Mann hat die geheime Handynummer von unserem Drogenboss Giulio. Er kennt alle seine Verstecke und hätte ohne Probleme nach seiner Freilassung Kontakt aufnehmen können. Jetzt hat er aber ein Riesenproblem. Er muss einem verdammt cleveren Kriminellen die Unfähigkeit einer Kölner Polizistin erklären. Was ihn natürlich verdächtig macht. Herzlichen Glückwunsch, Frau Kollegin!«

Während Frank Koch sich weiter in Rage redet, blicken die Kollegen mitleidig zu Ariane hinüber. Auch sie wissen, dass der Hauptkommissar die Tatsachen absichtlich falsch darstellt. Alle im Raum wissen, Handynummern können jederzeit geändert werden. Giulio würde niemals allen seinen Handlangern vertrauen und seine geheimen Rückzugsorte verraten. Es gab für Ariane gestern nur diese eine Möglichkeit. Giulio wusste von der Razzia, während ihr V-Mann in die Falle getappt ist. Die Frage ist, wer schützt diesen Verbrecher?

Nachdem die Besprechung beendet ist, packt Ariane ihre Sachen und will ins Sportstudio, um sich auszupowern. Die einzige Möglichkeit, dem Schwachkopf nicht an die Gurgel zu gehen. Plötzlich steht er hinter ihr.

»Werte Kollegin!«, lauten die ironisch klingenden ersten Worte. »Das war heute nicht gut für dich. Ich könnte mir vorstellen, dass wir das in Zukunft vermeiden können.«

Ariane betrachtet Frank Koch irritiert. Worauf will der Idiot hinaus?

»Es liegt ganz an Dir, ein bisschen weniger Kratzbürstigkeit und schon wird es keinen Ärger mehr geben.«

Ariane glaubt, ihren Ohren nicht zu trauen. Das ist sexuelle Belästigung. So siegessicher, wie Frank Koch vor ihr steht, spürt sie, dass er das nicht zum ersten Mal macht.

»Hauptkommissar Koch, ich mag es nicht, wenn Sie mir so nahekommen. Ich fühle mich von Ihnen bedrängt. Sie wollen doch nicht, dass ich mich an die Frauenbeauftragte wende?«

»Lassen Sie die Spielchen! So dumm sind Sie nicht. Eine Einladung in Ihre Wohnung und schon wird unser dienstliches Verhältnis viel entspannter.«

»Ich habe verstanden, keine Frauenbeauftragte.« Ariane lächelt und Frank Kock sieht für einen Moment wie der Sieger aus.

»Wenn ich es mir recht überlege, brauche ich auch keine Frauenbeauftragte. Ich möchte Sie lediglich darauf aufmerksam machen, dass ich über den schwarzen Gürtel in Karate verfüge. Halten Sie Abstand, ansonsten könnte es schmerzhaft für Sie werden.«

Nach diesen Worten sieht sie zufrieden, wie das selbstsichere Grinsen aus seinem Gesicht verschwindet, bevor sie sich mit einem leichten Rempler den Weg nach draußen bahnt. Als Ariane in ihrem Auto sitzt, spürt sie das heftige Zittern ihres Körpers. Mist, jetzt hat der Krieg begonnen. Aber selbst, wenn sie zukünftig in Düsseldorf arbeiten müsste, hat Koch die rote Linie überschritten. Das lässt sie sich nicht bieten.

Das Drama im Verein des 1. FC Köln hat auch die Spielerfrauen erreicht. Sie spüren, wie sehr ihre Männer unter dem brutalen Mord leiden. Svea, die Frau von Torhüter Finn, zermartert sich das Hirn, wie es ihr gelingen könnte, ein bisschen Druck vom Verein zu nehmen. Nach langem Hin und Her hat sie eine Idee. Dafür braucht sie die Unterstützung aller anderen Spielerfrauen. Sofort greift sie zum Handy und bittet Chantal und Lia um Unterstützung.

»Hi, Karen, Lia hier.«
»Hey, wie geht's?«

»Fein. Svea hat angerufen. Sie hat Chantal und mich gebeten, ihr behilflich zu sein. Du weißt ja, welchen Ärger der FC gerade hat. Svea hat eine coole Idee, die dem Verein helfen könnte. Sie möchte alle Spielerfrauen und Partnerinnen heute Nachmittag zu sich einladen, um die Idee zu präsentieren. Ich hoffe, du hast Zeit.«

»Sorry, aber so kurzfristig geht das nicht. Ich kann meine Patienten unmöglich heute Nachmittag einfach nach Hause schicken. Ich melde mich heute Abend bei dir. Dann kannst du mir erzählen, wie wir Frauen dem Arbeitgeber unserer Männer behilflich sein können.«

»Klar, bis heute Abend.«

Lia hat alle Spielerfrauen, die auf ihrer Liste standen, angerufen. Bei einigen konnte sie die Nachricht nur auf der Mailbox hinterlassen. Die meisten Spielerfrauen oder Freundinnen sind berufstätig und können nicht einfach unvermittelt alles stehen und liegen lassen. Selbst die Mütter haben Termine beim Kinderarzt oder Babyturnen.

Sogar die Frauen, die ihr Geld mit Instagram verdienen, haben feste Termine, die sie nicht verlegen können.

Lia ist gespannt, wer kommt. Sie ist auch nur dabei, weil sie gerade Urlaub hat. Ihre Chefin würde ausrasten, wenn sie kurzfristig frei haben wollte. Bei dem Gehalt, das sie ihr zahlt, wäre die Reaktion auch irgendwie verständlich.

»Nathalie, hier ist Chantal. Das ist voll die krasse Scheiße, die gerade beim FC abgeht. Wir müssen was unternehmen! Der Norman ist vollkommen fertig und der Mesut bestimmt auch.«

Während Chantal nervös ihre braunen Locken um den Finger wickelt, hofft sie, dass Nathalie ihr diesmal zuhört. Auch wenn sie Mesuts Freundin mag, fällt ihr auf, wie häufig sie bei ihren Gesprächen nicht richtig zuhört.

»Hey, Chantal, da hast du so was von recht. Der Mesut wird die ganze Zeit von den Journalisten gestalkt. Die machen meinen armen Schatz vollkommen kirre. Wie soll er sich auf das nächste Spiel konzentrieren. Wenn unsere Jungs im Pokal rausfliegen, sind das nur die Journalisten schuld.«

»Norman hat die ganze Nacht nicht gepennt und ist durch die Wohnung getigert. Ich bin jetzt so was von hundemüde, weil ich ständig geweckt wurde.«

»Der Mesut ist gerade Agro drauf. Das nervt mich total ab!«

»Es gibt eine gute Nachricht. Ich habe gerade mit Svea telefoniert und die hat die mega Idee! Sie hat mich gebeten, dir und noch ein paar andere anzurufen. Sie möchte, dass wir Spielerfrauen uns heute Nachmittag um drei bei ihr treffen. Ich weiß zwar nicht, worum es geht, aber sie war total aufgeregt und so richtig voller positiver Energie. Ich hoffe, du kommst!«

»Eigentlich schon, aber ich bin heute Nachmittag im Beautystudio. Du verstehst, da muss ich hin. Es ist so schwer, bei Aiche einen Termin zu ergattern. Meine Nägel schaffen es nicht bis zur nächsten Maniküre. Aber danach komme ich. Versprochen!«

Chantal verliert den Glauben an ihre Freundin. Der FC ist in der Krise und ihr sind die Nägel wichtiger als eine Rettungsaktion. Die Frau ist so eine Bitch.

»Ruf doch da mal an! Maria hat ihren Friseurtermin bei Massimo persönlich verlegt bekommen. Die verdienen megamäßig Kohle an dir, da können sie dir auch beim

Ersatztermin entgegenkommen. Schließlich bewirbst du sie auf Insta. Das ist die optimale Gelegenheit, sich zu revanchieren.«

»Dein Vorschlag ist echt nice, ich versuche es.«

Wer weiß, ob Nathalie das hinbekommt. Sie ist mega unzuverlässig. Vielleicht ist es besser so. Nathalie quatscht oft zu viel. Der Nachmittag kann mit ihr superanstrengend werden.

Chantals Gedanken springen zurück zu Svea. Was die wohl plant? Die Frau des finnischen FC-Torhüters Finn Korhonen ist richtig clever. Die hat sich bestimmt was Cooles ausgedacht.

8. Kapitel

Thorstens Tag beginnt mit der leidigen Frage, wie viele Stunden er wohl geschlafen hat. Vier oder doch nur drei? Er fühlt sich innerlich leer und ausgebrannt. Die Trauer um seinen Partner, gepaart mit Schlafmangel und Appetitlosigkeit, laugen ihn vollkommen aus. Wie soll es nur weitergehen? Sein Chef Michael ist ein guter Polizist. Er muss ihm vertrauen, so wie er ihm eigentlich immer vertraut hat. Michael wird den Mörder finden. Ganz bestimmt! Vielleicht wird es dann leichter für ihn, wenn er das Warum und Wieso versteht. Gegenwärtig ist Rogers Tod für ihn unbegreiflich. Jetzt ist erst mal der verschwundene Junge an der Reihe. Thorsten ist dankbar für diesen Fall, gibt er ihm doch die Möglichkeit, das Gedankenkarussell in seinem Kopf wenigstens ab und an in eine andere Richtung zu lenken.

Gestern hat Thorsten das Autokennzeichen der Großeltern von einem Nachbarn erfahren und über die Zulassungsstelle deren Adresse herausgefunden. Er wird ihnen als Erstes heute Morgen einen Besuch abstatten. Wenn er hier nicht weiterkommt, kann er noch bei der Grundschule vorbeifahren und mit der Klassenlehrerin sprechen. Wenn das auch eine Sackgasse sein sollte, fährt er ins Präsidium und dort kann er mit Michael gemeinsam überlegen, welche Möglichkeiten noch verbleiben, den Aufenthaltsort des Jungen herauszufinden.

Michael und Karsten betreten zeitgleich das Polizeipräsidium.

»Micha, ich habe die ganze Nacht wachgelegen, weil mir eine Sache einfach nicht aus dem Kopf geht. Ich verstehe nicht, wieso Roger Hammer zu Leverkusen wechseln wollte. Das kapiere ich nicht. Leverkusen ist gut, aber steht nur auf Tabellenplatz fünf. Würdest du von der Polizeidienststelle Köln ohne Not nach Leverkusen wechseln? Würdest du nicht, weil es ein Abstieg ist! Warum sollte es dann Deutschlands bester und beliebtester Fußballspieler machen?«

Michael betrachtet Karsten einen Moment. Er weiß nichts von Rogers privater Situation. Aber deshalb kann er doch recht haben?

»Da hast du recht, ich würde den Wechsel zur Polizei Leverkusen als Niederlage empfinden. Fahre doch noch einmal ins Geißbockheim und erkundige dich bei seinen Mitspielern. Mal sehen, wie die auf die Wechselgerüchte reagieren. Ich nehme Kontakt mit Bayer Leverkusen auf. Wir müssen jeder Spur nachgehen.«

In seinem Büro angekommen greift Michael direkt zum Telefonhörer. Der Präsident des Leverkusener Fußballklubs hat Zeit und steht für ein paar Fragen zur Verfügung.

»Hauptkommissar Müller, ich grüße Sie und helfe Ihnen gerne bei der Suche nach dem Mörder von Roger Hammer. Der Junge war der beste Spieler der Welt! Jeder, der ihn auf dem Platz gesehen hat, war ein Fan von ihm. Roger verfügte über eine Präsenz, wie ich sie ansonsten nur von einem Spieler wie Maradonna kannte. Für mich ist es unbegreiflich, wie irgendjemand so etwas tun konnte!«

»Bei unseren Ermittlungen taucht regelmäßig die Bemerkung auf, Roger Hammer wollte zu Bayer

Leverkusen wechseln. Können Sie diese Gerüchte bestätigen?«, möchte Michael von seinem Gesprächspartner wissen.

»Glauben Sie mir, kein Verein dieser Erde hätte Roger Hammer nicht unter Vertrag genommen. Wer so überragend ist, erhält spitzenmäßige Angebote aus ganz Europa. Da hätten wir finanziell nie mithalten können. Deshalb haben wir ihm auch kein Angebot unterbreitet.«

»Eigenartig, uns sagte man, die Vertragsunterzeichnung stehe kurz bevor.«

Michael ist sichtlich irritiert. Ehe er diesem Gedanken weiter nachhängen kann, fügt der Präsident noch ein Argument hinzu.

»Es gab nie auch nur ansatzweise Gerüchte oder Vermutungen, dass Roger bereit gewesen wäre, den 1. FC Köln zu verlassen. So gerne ich diese Behauptung, Hammer wäre zu uns gewechselt, bestätigt hätte. Es bleibt ein Traum. Der jetzt leider durch seinen tragischen Tod nie wahr werden wird.«

Willkommen in der Sackgasse. Warum dementiert Leverkusen? Selbst Thorsten geht davon aus, dass die Vertragsunterzeichnung kurz bevorstand. Gleichzeitig klingen die Worte des Präsidenten von Bayer Leverkusen absolut glaubwürdig.

Michael schiebt diesen Gedanken vorerst noch einmal zur Seite.

Er schaltet den PC ein und öffnet die Akte zum Mordfall Hammer. Eingehend betrachtet er die Fotos vom Tatort. Die Mordwaffe ist eine außergewöhnliche Skulptur. Eine sehr moderne Darstellung eines Fallrückziehers. Der Künstler oder die Künstlerin hat ein innovatives Gespür bei der Fertigung bewiesen.

Michael ist überzeugt, der Täter hat einfach ergriffen, was in seiner Nähe stand und zugeschlagen. Das war kein geplanter Mord, sondern eine Tat im Affekt. Eine Weigerung oder ein Streit, der zur tödlichen Wut führte. Er muss herausfinden, was es war. Wenn er den Grund kennt, ist einen gehörigen Schritt weiter.

Michael lässt die Bilder des Tatorts weiter auf sich einwirken. Konzentriert geht er sie einzeln durch und bleibt wieder an dem Geldbündel hängen. Es wird ihm nichts anderes übrigbleiben, als Thorsten erneut zu befragen. Er hofft auf eine Auskunft, ohne den Kollegen unter Druck setzen zu müssen. Er will die Geschichte hinter dem Geld erfahren. Unter Umständen gibt es einen Zusammenhang.

Zur gleichen Zeit betritt Mona das Präsidium. Sie war noch nie in einem Polizeipräsidium. Neugierig schaut sie sich um. Hier herrscht hektische Betriebsamkeit, kein Vergleich mit dem Fernsehen. Eventuell sollte sie gleich wieder gehen. So wichtig ist ihre Aussage bestimmt nicht. Sie hält die Polizisten mit ihrem Wissen nur von der Arbeit ab. Bevor sie gehen möchte, kommt eine sportliche junge Frau mit einem hübschen Gesicht und tollen dunklen Haaren auf sie zu. Wäre Mona eine Regisseurin, wäre die schöne Frau ihr Schneewittchen. Im gleichen Moment wird sie befragt:

»Hallo, Sie sehen ein wenig unsicher aus. Kann ich Ihnen helfen?«

»Ich glaube, ich gehe besser wieder.«

»Warten Sie. Verraten Sie mir doch einfach, warum Sie hier sind und ich sage Ihnen, ob es besser ist, wieder zu gehen«. Dabei schaut sie die junge Frau freundlich an, während sie den direkten Blickkontakt zu ihr sucht.

In Monas Gesicht spiegeln sich verschiedene Möglichkeiten. Dann hat sie einen Entschluss getroffen.

»Es geht um den Mord an Roger Hammer. Ich habe da etwas gehört. Aber ich habe nichts gesehen. Deshalb ist das bestimmt nicht so wichtig für Sie.«

»Was haben Sie denn gehört?«

»Ich habe gehört, wie jemand sagte: *Das kannst du Roger nicht antun.*«

»Ich glaube, das ist auf jeden Fall wichtig für uns. Kommen Sie doch einfach mit mir mit.«

Kurze Zeit später klopft Ariane mit der jungen Frau im Schlepptau an Michaels Bürotür.

»Hi, Micha, das ist ...?«

»Mona«

»Das ist Mona, und sie möchte dir etwas erzählen.«

»Mona, bitte.«

Ariane bleibt in Michaels Büro. Sie spürt die Unsicherheit der jungen Frau und hofft, dass sie ihr durch ihre Anwesenheit eine Stütze ist.

»Ich gehe gerne zum Training des 1. FC Köln. Letzte Woche haben wir uns danach verquatscht und plötzlich war es schon ziemlich dunkel. Als ich nach Hause ging, waren da ein Mann und eine Frau auf dem Trainingsgelände. Die haben mich nicht gesehen. Ich konnte sie aber auch nicht richtig erkennen. Ich habe nur gehört, wie er zu ihr sagte: Das kannst du Roger nicht antun.«

»Weißt du noch, an welchem Tag das war?«

»Letzte Woche Mittwoch.«

»Hast du zufällig auch die Antwort der Frau gehört?«

»Nein.«

»Aber du bist dir sicher, dass die zweite Person eine Frau war?«

»Es war ganz klar eine Frauenstimme. Die Silhouette, die ich im Dunkeln erkennen konnte, war sehr schmal und zierlich. Halt wie bei einer Frau.«

»Danke, Mona, dass du zu uns gekommen bist. Sei so nett und gib meiner Kollegin noch deine Daten, falls uns noch eine Frage einfällt.«

Als die junge Frau mit Ariane das Büro verlassen hat, betrachtet Michael die geschlossene Tür. Aber auch die kann ihm keine Antwort auf diese kryptische Bemerkung geben.

9. Kapitel

Die Spielerfrauen der ersten Fußballmannschaft des 1. FC Köln trudeln nach und nach in der Villa des Torhüters Finn Korhonen und seiner Frau Svea in Junkersdorf ein.

Svea hat genügend Prosecco kaltgestellt und ein paar Appetithäppchen vom Italiener geordert. Kleine kohlenhydratfreie Köstlichkeiten aus Gemüse, bei denen auch die figurbewussten Frauen nicht widerstehen können. Über die Hälfte aller Partnerinnen sind erschienen, obwohl sie so kurzfristig eingeladen hat. Die Frauen wollen dem 1. FC als Arbeitgeber ihrer Männer zur Seite stehen. Als sich die Anwesenden begierig auf das Essen und die Getränke stürzen, fotografiert Svea ununterbrochen mit ihrem Handy. Jede Einzelne wird mehrfach in verschiedenen Positionen abgelichtet. Während die Frauen essen, trinken und erzählen durchschneidet Zoes starke Stimme die Harmonie. Als Sängerin ist ihre Stimme ausgebildet und sie kann sich ohne Mikrofon auch in lauten Gesellschaften mühelos verständlich machen.

»Hast du uns etwa hergebeten, damit wir uns die Kante geben und den Bauch vollschlagen? Ich dachte, wir unterstützen den Arbeitgeber unserer Männer?«

Zustimmendes Gemurmel erhebt sich von allen Seiten. Die Eigenschaft der Geduld ist bei einigen, nicht so stark ausgeprägt.

»Mädels, wenn Ihr mir bitte zuhört, dann erkläre ich euch meinen Plan. Mario kommst du bitte!«

Ein gutaussehender, schlanker, über Einmeterneunzig großer Mittvierziger betritt den Raum. Durchtrainierter Body, schwarze kurze Haare, dunkle Augen und

cooler Hipsterbart. Als er den Raum betritt, ist es sofort
mucksmäuschenstill. Was für ein Mann. Seine Aura
flutet den Raum.

»Mario kennt Ihr alle unter seinem supererfolgreichen
Instagram Account Magic Mo!«

Sofort sind die Frauen aus dem Häuschen, sie krei-
schen voller Begeisterung und können kaum an sich
halten. Magic Mo, der Superstar unter den Influencern.
Noch nie hat jemand sein Gesicht gesehen. Er tritt immer als Avatar auf. Seine Videos sind der hoteste Shit
und verursachen einen weltweiten Hype!

»Hey, beruhigt euch! Hört einfach zu, damit ich euch
meinen Plan vorstellen kann. Wir gründen einen exklusiven Fanclub! Nur für Spielerfrauen und posten
»persönliche« Infos zu den Spielern des 1. FC Köln.
Das ist neu, das gab es noch nie und wir haben die
Hauptseiten aller Medien für uns. Dadurch verdrängen
wir den Mord an Roger von den Titelseiten. Dadurch
wird endlich Ruhe im Verein unserer Männer einkeh-
ren. Ich stelle mir vor, dass es nur so aussieht, als ob
wir persönlichen Infos publik machen. Unsere Auf-
tritte müssen natürlich absolut professionell aussehen.
Aus diesem Grund ist Mario mit an Bord. Undercover,
versteht sich von alleine.«

Nachdem eine erneute Kreischeinlage mit Begeiste-
rungskommentaren verebbt ist, ergreift Mario das
Wort.

»Hört zu, ich bin selber Fan und helfe gerne. Es gibt
aber eine Voraussetzung. Ihr müsst über meine Beteili-
gung und mein Aussehen schweigen. Ich will auch in
Zukunft mit meiner Familie ins Restaurant gehen,
ohne belästigt zu werden. Ist das klar?«

Ernüchterung tritt ein und die Frauen erkennen endlich den Ernst der Lage.

»Hast du deshalb ebenso viele Fotos von uns gemacht?«

»Ja. Ich würde gerne einen Webdesigner oder eine Webdesignerin einstellen. Diese Person soll unsere Fotos begutachten, um zu sehen, was gepostet werden soll und was nicht. Was bei den Fans besser ankommt und Ähnliches. Wir brauchen jetzt die komplette mediale Aufmerksamkeit. Die Gründung unseres Klubs mit den Bildern, die ich von euch gemacht habe, schneidet Mario heute noch zusammen und lädt sie hoch. Auch wenn ich mit seiner Hilfe weiter mache, geht das natürlich nicht dauerhaft. Wir müssen jemanden einstellen. Das Geld für diesen Angestellten teilen wir erst einmal durch uns alle. Aber es wird nicht lange dauern und wir haben die ersten Werbeverträge und die Sache trägt sich selbst. Wenn Ihr einverstanden seid, unterschreibt Ihr den Vertrag.« Mit diesen Worten verteilt Svea an alle zwei DIN-A4-Blätter. »Danach zeigt Ihr Mario eure Handyfotos. Wenn alle Fotos, die Ihr von ihm gemacht habt, gelöscht sind, könnt Ihr gehen oder noch ein Gläschen trinken.«

»Svea, was soll das? Ich habe fast zwei Millionen Follower. Wieso wendest du dich nicht an mich?«

»Gina, ich habe absoluten Respekt vor deinem Erfolg. Aber es ist ein Unterschied, ob jemand seit zwei Jahren nur sich selbst bewirbt oder der absolute Profi im Business ist.«

»Das sagst du doch nur, weil ich eine Frau bin.«

»Gina, das ist lächerlich. Das hat doch nichts mit dem Geschlecht zu tun.«

»Dann hat es vielleicht etwas damit zu tun, dass du mit den Kids zuhause hockst, während dein Finn die Kohle verdient. Bist du eifersüchtig auf mich?«

»Gina, meinen Eltern gehört eine sehr bekannte Süß-
warenfirma. Ich könnte, wenn ich wollte, dort jederzeit
einen Job haben. Aber, ehrlich gesagt, habe ich von
meinen Großeltern so viel altes Geld geerbt, mein
Mann und ich brauchen nicht zu arbeiten. Also höre
auf, mir Dinge zu unterstellen, von denen du keine
Ahnung hast.«

Bei dem letzten Satz ist Gina knallrot angelaufen. Gina
hatte keine Ahnung über Sveas familiären Hintergrund. Die Stille im Raum ist greifbar. Alle starren
Gina an, niemand spricht ein Wort.

»Macht euren Scheiß doch alleine.« Mit diesen Worten
greift Gina ihre Tasche und verlässt die Frauen.

Erneutes Gemurmel setzt ein, bis Zoes laute Stimme
alle Gespräche verstummen lässt. »Svea, ich finde
deine Idee mega gut! Ich bin auf jeden Fall dabei!«
Jetzt stimmen auch alle anderen Frauen zu.

»Prima, dann brauchen wir nur noch einen angesagten
Namen für unseren Fanclub.«

Während die Spielerfrauen vom 1. FC Köln feiern,
freut sich Hauptkommissar Müller im Polizeipräsidium, dass es ihm gelungen ist, den Fußballbundes-
trainer über eine Videoschalte zu erreichen.

Er ist happy, dass er sich für das Gespräch nicht mit
seinem alten Auto auf den Weg nach Frankfurt begeben muss. Arnold Kannenberg ist ein ehemaliger Fußballprofi, der ständig auf Reisen ist. Kein Wunder, die
besten deutschen Fußballer stehen im Ausland unter
Vertrag. So wie einst Kannenberg selber in Mailand
gespielt hat.

Nachdem die Leistung steht, begrüßen sich die Männer und Michael kann sich durch die Bildübertragung

einen besseren persönlichen Eindruck als am Telefon von ihm machen. Er betrachtet den inzwischen über sechzigjährigen Mann interessiert. Bereits seit Jahren ist er Deutschlands beliebtester Nationaltrainer und ständig in den Medien zu sehen. Für Michael wirkt er jetzt kleiner, dünner, aber auch viel jünger als im Fernseher. Der Oberkörper scheint immer noch athletisch in Bestform, die Augen wach und die Mundwinkel zeigen positiv nach oben. Er wirkt gefasst, aber gleichzeitig auch erschüttert, als er Michael freundlich begrüßt. »Ich kann es immer noch nicht fassen! Warum Roger? Er war begnadet und freundlich, er war hilfsbereit und fair, ich verstehe es nicht. Bei der Suche nach seinem Mörder werde ich alles in meinen Möglichkeiten Stehende tun, um Sie zu unterstützen.«

»Danke, Herr Kannenberg, dass Sie sich die Zeit nehmen. Ihre Reaktion auf Roger Hammers Tod deckt sich mit den Aussagen der Familie und den Mitspielern vom 1. FC Köln. Roger war beliebt und schien nur Freunde und keine Feinde gehabt zu haben. Aber es muss einen Grund für seinen Tod geben. Wir konnten bislang nichts in seinem privaten Umfeld finden. Wie sah es bei der Nationalmannschaft aus? Gab es dort vielleicht einen Spieler, der ihm seinen Stammplatz missgönnte?

Der Bundestrainer verzieht amüsiert sein Gesicht, bevor er antwortet: »Wir reden hier von einem Weltfußballer. Nicht einmal der dümmste Fußballspieler dieser Welt würde es in Erwägung ziehen, Rogers Stammplatz für sich in Anspruch zu nehmen. Er war so überragend, dass er selbst an einem schlechten Tag immer noch besser war, als andere an einem guten Tag. Nein, Roger war eine Ikone, und solche Menschen werden nicht infrage gestellt. Ganz im Gegenteil, alle wollten mit ihm befreundet sein. Ich glaube, kein anderer Spieler wurde so mit Einladungen überhäuft wie er. Der einzige Wermutstropfen war, dass er selten eine Einladung annahm. Roger verstand sich sehr gut mit den Kollegen aus der Nationalmannschaft, aber privat blieb er lieber in seinem Umfeld. Es würde mich nicht wundern, wenn er sich dadurch seine Bodenständigkeit bewahrt hat.«

»Ist Ihnen in der jüngsten Vergangenheit etwas über einen Vereinswechsel zu Ohren gekommen? Mir wurde erzählt, es gäbe ein Gerücht Richtung Bayer Leverkusen?«

Jetzt lacht Arnold Kannenberg lauthals. Ein warmes und ansteckendes Lachen. Was für ein sympathischer Mensch. Kein Wunder, dass ihn die Spieler und auch die Fans vergöttern.

»Glauben Sie mir, er war viel zu clever, um diesen Fehler zu begehen. Jeder, der die Fanszene kennt, weiß, er ist medial so gut wie tot, wenn er von Köln zu Leverkusen wechselt. Glauben Sie mir, er hatte hochklassige Angebote aus dem Ausland und selbstverständlich von Bayern München vorliegen. Falls er aber innerhalb Nordrhein-Westfalens wechseln wollte, was ich nicht glaube, dann wäre er zu Borussia Dortmund gegangen. Eine junge Mannschaft mit sehr gutem Potenzial für die Zukunft. Der Wechsel hätte besser zu ihm gepasst, als nach Leverkusen zu gehen. Wer immer Ihnen dieses Gerücht erzählt hat, hat Sie ganz gewiss belogen.«

Michael bedankt sich bei Arnold Kannenberg. Er ist froh, den Mann via Videokonferenz befragt zu haben. So konnte er einen positiven Eindruck von dessen Aufrichtigkeit gewinnen. Nach dem Gespräch macht er sich erst mal für einen Kaffee und ein belegtes Baguette auf in die Kantine. Nachdem er das Baguette

Brötchen und eine Tafel Schokolade zum Nachtisch verputzt hat, begibt er sich mit einem zweiten Kaffee zurück in sein Büro und denkt über Rogers angeblichen Vereinswechsel nach.

Gründung eines neuen 1. FC Köln Fanklubs

Die Fanklubszene rund um den 1. FC Köln ist bunter und spannender geworden. Die Ehefrauen und Partnerinnen unserer Top-Fußballer haben sich entschieden, uns mit exklusiven Informationen aus dem privaten Umfeld unserer Fußballstars zu verwöhnen.

Dafür haben sie eigens einen neuen Fanklub gegründet. Die Zahl der Mitglieder ist strikt an die Mannschaft gekoppelt.

Natürlich ist es ein Muss für alle Fans, den Damen auf Instagram und TikTok zu folgen.

Lesen Sie alles zu den Hintergründen der Gründung und schauen sich die ersten sehr gefühlvollen Fotos unserer schönen FC-Frauen an.

Alle Neuigkeiten erfahren Sie täglich auf Kickerszene.

10. Kapitel

In einer Seitenstraße im Stadtteil Nippes klingelt Thorsten bei den Großeltern von Enes Büyadin. Ein älterer Herr öffnet die Türe.

»Ja, bitte?« Fragend betrachtet er Thorsten.

»Mein Name ist Thorsten Kreiner von der Kölner Polizei.« Bei diesen Worten hält er seinen Dienstausweis hoch. »Ihr Enkel Enes fehlt seit ein paar Tagen in der Schule. Können Sie uns Informationen zu seinem Aufenthaltsort geben?«

»Natürlich ist Enes in der Schule! Wo sollte er sonst sein?«

»Sein Vater sagte uns, Sie seien mit dem Jungen in den Urlaub gefahren.«

Das Gesicht des alten Mannes versteinert sich. Sekundenlang steht er regungslos im Türrahmen.

»Kommen Sie herein. Aber bitte ziehen Sie vorher Ihre Schuhe aus.« Bei den Worten verändert sich der Tonfall der Stimme des Mannes. Für Thorsten hat sie einen traurigen Klang erhalten.

Er stößt die Türe weiter auf und Thorsten betritt barfuß einen dunklen Flur, an dessen Ende ein kleines Wohnzimmer in Sicht kommt. Dort sitzt eine ältere Frau mit ihrem Strickzeug in einem Sessel. Sie begrüßt Thorsten schüchtern und verlässt danach sofort den Raum.

Während Thorsten auf dem ihm angebotenen Sofa Platz nimmt, betrachtet er die Einrichtung. Dicke Teppiche und goldfarben verzierte Möbel, große Porzellanvasen und viele verschiedene Familienfotos zeugen von einer großen Familie.

Er hat seine Beobachtungen noch nicht abgeschlossen, als die ältere Frau mit Tee und Gebäck zurückkommt. Thorsten bedankt sich und nippt höflich an dem süßen Tee. Während sich sein Magen bei so viel Zucker dreht, lächelt er die Großeltern von Enes aufmunternd an.

»Bitte erzählen Sie mir von Ihrem Enkel.«

»Enes ist der einzige Sohn unserer jüngsten Tochter Leyla. Die Geburt war sehr kompliziert. Jetzt kann sie keine Kinder mehr bekommen. Aber unser Enes ist ein Sonnenschein. Er ist ein Haus voller Enkelkinder wert.«

Bei diesen Worten hellt sich das Gesicht des Großvaters auf. Als er weiterspricht, verschwindet das Strahlen in seinen Gesichtszügen so schnell wieder, wie es zuvor erschienen ist.

»Wissen Sie, unser Schwiegersohn ist der Sohn eines alten Schulfreundes. Unser Freund ist ein gerechter und großherziger Mann mit einer guten Frau. Wir haben immer gedacht, dass die beiden den perfekten Sohn für unsere Tochter haben. Wir glaubten fest daran, dass er ein Mann ist, der Leyla ehrt und beschützt. Wir hätten nie gedacht, dass wir uns so irren. Aber es gibt Dinge, da ist man als Vater machtlos. Für unsere Tochter und unseren Enkel haben meine Frau und ich nie das Wort erhoben. Wir haben uns nie in deren Ehe eingemischt. Wir wollten den Kontakt zu unserer Tochter und unserem Enkel nicht verlieren. Das verstehen Sie doch?«

Thorsten beobachtet, wie sich Tränen in den Augen des alten Mannes sammeln. In diesem Moment krampen sich seine Eingeweide zusammen und ihm ist klar, der Krampf kommt nicht vom Zucker.

»Neigt ihr Schwiegersohn zur Gewalt?«

Enes Großvater nickt stumm, während Tränen über sein Gesicht rollen. Erst ganz leise, bis er schließlich ein lautes Schluchzen nicht mehr unterdrücken kann.

»Ich habe Angst um den Jungen. Bitte sagen Sie mir, dass er wohlauf ist.«

Thorsten legt seine Hand auf den Arm des alten Mannes.

»Das kann ich Ihnen leider nicht versprechen. Der Junge ist schließlich verschwunden und wir wissen aktuell nicht, wo er steckt.«

Nachdem Thorsten sich bei Enes Großeltern für ihre Unterstützung bedankt hat, ruft er Michael an und schildert ihm den Sachstand.

»Wenn du zu Enes´ Eltern fährst,« sagt Michael, »nimm bitte eine Kollegin mit. Am besten noch zwei Uniformierte. Die sollen den Vorder- und Hintereingang sichern, falls der Vater fliehen möchte. Nach der Festnahme werden wir ihn und seine Frau hier im Präsidium verhören. Mal sehen, was sie uns zu beichten haben.«

Aus Gewohnheit ruft Thorsten Ariane an. Auch wenn sie nicht mehr in einem Team ermitteln, bleibt sie doch die einzige weibliche Kommissarin der Mordkommission. Als Thorsten auflegt, spürt er an ihrer Stimme, dass sie froh über seinen Anruf ist. Bestimmt freut sie sich, ihr Gruselbüro verlassen zu können. Die angeforderten Kollegen von der Streife sind bereits unterwegs in Richtung Nippes.

Keine zehn Minuten später versammeln sich die vier Polizisten vor dem Haus im Kölner Norden.

»Gut, dass ihr da seid. Bevor ich bei den Verdächtigen läute, möchte ich euch noch etwas zum Hintergrund mitteilen. Ein Kind ist verschwunden und es besteht die Gefahr, dass der Vater seinen Sohn getötet hat. Der Mann gilt als gewaltbereit und aggressiv. Wenn es Probleme gibt, könntet Ihr gezwungen sein, von der Schusswaffe Gebrauch zu machen.«

Eine ältere Dame verlässt gerade das Mehrfamilienhaus, so dass sie es ohne zu klingeln betreten können. Einer der beiden Streifenpolizisten bleibt an der Haustüre stehen, während der andere Kollege die Gartentüre bewacht.

Bevor Thorsten und Ariane die Treppe zur Wohnung Büyadin hochsteigen, wendet sich Ariane an ihren Kollegen: »Danke, dass du mich angerufen hast. Koch ist heute noch unerträglicher als gewöhnlich. Ich bin froh, für eine Stunde nicht die gleiche Luft wie mein Chef zu atmen. Also lassen wir uns Zeit.«

An der Haustüre angekommen bleiben sie stehen. Die Wohnungstüre ist nicht besonders massiv. Sie können Geräusche aus der Wohnung vernehmen. Es hört sich danach an, als ob mehrere Personen zuhause sind. Thorsten betätigt die Klingel und nach wenigen Minuten steht Enes' Vater in der Tür.

»Guten Tag, Herr Büyadin. Wir haben noch ein paar Fragen an Sie. Wie Sie sehen, habe ich für das Gespräch mit Ihrer Frau eine Kollegin mitgebracht.«

»Wir wollen nicht mit Ihnen sprechen. Verschwinden Sie«, lautet die abweisende Antwort.

Nach diesen Worten versucht der Vater, mit aller Gewalt die Türe zuzuschlagen. Thorsten hat die Reaktion vorausgeahnt und hält mit seinem Gewicht dagegen. Die Tür offen zu halten, fällt Thorsten nach seinem Gewichtsverlust extrem schwer. Er hat in den Tagen seiner Trauer um Roger weitaus mehr Kraft verloren als vermutet.

»Herr Büyadin«, versucht Ariane zu vermitteln, »bitte
beruhigen Sie sich. Sonst müssen wir das Gespräch im
Präsidium fortsetzen. Das wollen Sie doch nicht.«
Der Mann starrt Ariane feindlich an und verlagert im
gleichen Moment urplötzlich sein Gewicht. Die Türe
gibt abrupt nach und Thorsten stolpert nach vorne und
fällt der Länge nach auf den Boden.
Diese Reaktion hat Enes Vater provoziert. Er will
Thorstens Sturz nutzen, um sich an Ariane vorbei ins
Treppenhaus zu schieben.
Ariane hat sich bei dem Gespräch der beiden Männer
sicherheitshalber einen Schritt zurück positioniert. Sobald der Mann auf sie zukommt, greift sie ihn mit einem gezielten Karatetritt an und fixiert ihn mit einem
festen Griff sicher am Boden. Während sie den Vater
festhält, beobachtet sie, wie Thorsten sich aufrappelt.
Er scheint sich glücklicherweise nicht verletzt zu haben. Ihr Blick zum Kollegen dauert nur eine Zehntelsekunde. Diese kurze Unachtsamkeit nutzt der Mann,
um ein Messer aus seiner Hosentasche zu ziehen.
In Arianes Augenwinkel blitzt es auf. Bevor sie reagieren kann, rammt er ihr die Klinge auch schon in die
Seite. Durch den heftigen Schmerz lockert sie zwangs-
weise den Griff. Schmerzverzerrt presst sie eine Hand
auf die Wunde. Warm fließt das Blut heraus. Ahmet
Büyadin kann die verletzte Polizistin nun leicht zur
Seite schubsen und flieht ins Treppenhaus. Die Flucht
nutzt ihm nichts. Unten angekommen erwarten ihn die
Streifenpolizisten am Ende der Treppe. Mit einem gezielten Schuss in den rechten Oberschenkel stoppen
sie ihn.

Thorsten beobachtet den Angriff auf Ariane und bewegt sich so schnell er kann auf sie zu. Ihm ist ganz

übel zumute, als er das viele Blut sieht. Panik steigt in ihm auf. Die Angst, auch noch Ariane zu verlieren, legt sich wie ein eiskalter Ring um sein Herz. Vollkommen entsetzt sinkt er auf seine Knie und versucht, sie in den Arm zu nehmen.

»Ariane!«, schreit er und spürt wie ihm die Tränen in die Augen schießen und sich seine Kehle zuschnürt. Seine Kollegin ist zusammengebrochen und liegt gekrümmt auf dem Fußboden. Nur ein leises Stöhnen gibt sie noch von sich. In dem Moment wird Thorsten bewusst, seine Kraft ist erschöpft. Wenn er noch einen nahestehenden Menschen verliert, büßt er vollends den Verstand ein.

Durch den Lärm aufgeschreckt, kommt Enes Mutter zur Tür gelaufen. Mit einem Blick registriert sie die Ernsthaftigkeit der Situation. Sie sieht die stark blutende Polizistin am Boden liegend. Geistesgegenwärtig ergreift sie die Initiative.

Sie fordert Thorsten auf: »Rufen Sie sofort einen Krankenwagen, ich versuche, die Blutung zu stoppen.«

Elif Büyadin zieht ihre Strickjacke aus und nimmt Ariane in den Arm. Sie hält ihre Jacke auf die Wunde, um die Blutung in den Griff zu bekommen. Währenddessen aktiviert Thorsten den Notruf. Gerne hätte er seine Empfindung über Elifs Hilfe in Worte ausgedrückt, aber da möchte sie von ihm wissen:

»Halten Ihre Kollegen die Haustüre offen, damit die Sanitäter gleich ins Haus können?«

Thorsten rast die Treppe hinunter. Unten angekommen wollen die Kollegen wissen, was oben im Treppenhaus passiert ist. Thorsten berichtet ihnen von dem Messerangriff. Die Polizisten sind bestürzt. Keiner von ihnen möchte einen Kollegen im Einsatz verlieren.

Wütend brüllt einer der beiden Streifenpolizisten zu Enes Vater:

»Du mieses Arschloch, wenn unsere Kollegin stirbt, dann wirst du das bitter bereuen.«

»Das wollte ich doch nicht! Ehrlich, ich bin doch kein Mörder!« Ahmet Büyadins Gejammer wird von der Ankunft der Sanitäter unterbrochen. Sie wollen sich schon um sein blutendes Bein kümmern, als Thorsten sie nach oben beordert.

»Zuerst nach oben, der Kerl hat meine Kollegin mit einem Messer lebensgefährlich verletzt.«

Diese Aussage reicht den Sanitätern, um direkt nach oben zu gehen. Sie setzen klar ihre Prioritäten. Dort angekommen erhält Ariane einen Druckverband und wird auf der Trage zum Krankenwagen gebracht. Kurze Zeit später befindet sie sich mit Blaulicht und Sirenengeheul auf dem Weg ins Krankenhaus.

Die Kollegen von der Streife haben den Auftrag, die Eheleute Büyadin ins Polizeipräsidium zu fahren. Vor der Abfahrt hat noch ein Sanitäter einen Blick auf die Beinverletzung von Herrn Büyadin geworfen. Es handelt sich lediglich um einen Streifschuss. Dieser ist schmerzhaft, aber nicht gefährlich. Der Sanitäter hat die Erstversorgung übernommen und einen provisorischen Verband angelegt. Seiner Meinung nach reicht es aus, wenn die Bandage später im Krankenhaus erneuert wird.

Thorsten ist vollkommen fertig. Die Angst um Ariane lässt keinen klaren Gedanken zu. Er möchte nur noch ins Krankenhaus und seiner Kollegin beistehen. Bevor er sich auf den Weg macht, ruft er zuerst Michael an. Der würde es ihm sonst nie verzeihen.

»Hi, Micha, ich habe schlechte Nachrichten.«

»Was ist passiert?« Michael ist bei Thorstens Stimmlage sofort alarmiert.

»Die Festnahme von Enes Vater ist leider aus dem Ruder gelaufen. Es ist dem Mann gelungen, Ariane mit einem Messer zu verletzen.«

Als Michael die Worte hört, glaubt er, sein Herz bleibt stehen.

»Wie heftig hat er sie verletzt?«

»Sie lebt und ist auf den Weg in die Klinik. Aber sie hat wahnsinnig viel Blut verloren und ich kann dir nicht sagen ...« In diesem Moment versagt Thorsten die Stimme. Er heult Rotz und Wasser und beendet die Verbindung, ohne dass Michael noch die Gelegenheit für eine Frage bekommt.

Wie ferngesteuert wendet sich Michael an die Einsatzzentrale. Die Kollegen sollen für ihn herausfinden, in welches Krankenhaus Ariane eingeliefert wurde. Er kann sich nicht mehr auf seine Arbeit konzentrieren. Er muss wissen, wie es Ariane geht. Am Empfang bittet er die Kollegin, Karsten eine Nachricht zu schicken, dass er aktuell nicht mehr erreichbar ist. Der Druck im Brustbereich ist so stark, dass er kaum atmen kann. Er fährt wie ein Roboter zur Kölner Universitätsklinik.

Zwischenzeitlich sind die Eltern von Enes im Präsidium angekommen. Zuerst wird die Ehefrau ins Verhörzimmer eins geführt. Anschließend betrachtet der wachhabende Kollege die Verletzung des Mannes. Der Verband sieht gut aus. Kein bisschen Blut verfärbt ihn. Somit setzt er ihn mit einem zusätzlichen Stuhl für sein Bein ins Verhörzimmer zwei und ruft Michael auf seinem Handy an. Michael bittet den Kollegen, sie dort warten zu lassen. Das Verhör hat Zeit. Erst will er ins

Krankenhaus. Er muss wissen, wie Arianes Zustand ist, bevor er sich seinen dienstlichen Pflichten stellen kann.

Über den Deutzer Ring der Bundesstraße 55 rast Michael mit seinem Mercedes in Richtung der Kölner Universitätsklinik.

In der Klinik angekommen erfährt er, dass sich Ariane noch im Operationssaal befindet. Weitere Informationen kann ihm die freundliche Krankenschwester Yvonne leider nicht geben. Er muss sich gedulden und möge doch bitte im Warteraum Platz nehmen.

Als Michael den Warteraum betritt, sieht er Thorsten dort vollkommen niedergeschlagen sitzen. Das sonst so attraktive Gesicht seines Kollegen ist verquollen.

»Micha, es ist meine Schuld. Wenn ich sie nur nicht gebeten hätte, mich zu begleiten. Was habe ich getan?«

Obwohl sich Michael selber elend fühlt, setzt er sich zu Thorsten und legt dem Kollegen den Arm um die Schulter. »Ariane schafft das. Du weißt doch, wie stark sie ist. Viel stärker als wir beide zusammen.«

In diesem Moment ist sich Michael bewusst, wie sehr er sich wünscht, seinen eigenen tröstenden Worten glauben zu dürfen.

Als endlich ein Arzt aus dem OP auf sie zukommt, stehen beide Polizisten gleichzeitig auf und gehen ihm entgegen. Nervös knetet Michael an seiner Lederjacke, die er im Arm hält.

»Ich habe gute Neuigkeiten für Sie«, sagt der Arzt mit einem freundlichen Gesichtsausdruck. Er spürt die Nervosität der zwei Polizisten und weiß, wie sehr die gute Nachricht deren Anspannung mildert.

»Die größte Gefahr bei einer Stichverletzung im Bauch besteht in einer Verletzung der tiefsitzenden Blutgefäße. Wir konnten den Bauchraum rechtzeitig öffnen, um die inneren Blutungen zu stoppen. Sie verfügt über eine hervorragende Konstitution und dürfte sich gut von diesem Angriff erholen.«

»Darf ich zu ihr?«, möchte Michael wissen.

»Sie schläft jetzt. Morgen dürfte sie ansprechbar sein. Sie müssen leider ihren Besuchswunsch um vierundzwanzig Stunden verschieben.«

Nachdem sich Michael und Thorsten von dem Arzt verabschiedet haben, fahren sie ins Präsidium.

Im Präsidium angekommen, hören sie von Karstens Rückkehr aus dem Geißbockheim. Michael möchte erst mit Thorsten und Karsten die Reaktionen der Spielerkollegen auf die Frage nach einem möglichen Wechsel zu Bayer Leverkusen besprechen. Das Gespräch mit den Eltern des verschwundenen Jungen schieben sie noch ein wenig auf. Michael ist nach dem Angriff auf Ariane auf den Vater schlecht zu sprechen. Die lange Wartezeit für den Vater ist Michael egal, aber die Mutter hat diese nicht unbedingt verdient. Er bittet daher eine Kollegin, ihr eine Tasse Tee zu bringen.

Die drei Polizisten treffen sich in der Kantine zum Mittagessen. Jetzt, wo es Ariane ein wenig besser geht, ist Michaels Appetit zurück. So sitzen sie vereint an einem der Tische. Thorsten mit einem Salat, Michael mit einem Chili con Carne und Karsten mit Pommes und Currywurst.

Nachdem sie aufgegessen haben, gönnt sich Michael noch einen Kaffee und bittet Karsten, ihnen die Ergebnisse seiner Befragung mitzuteilen.

»Ich habe jeden einzelnen Spieler, sogar die von der Reservebank, befragt. Keiner von denen wusste etwas von einem Wechsel. Es ist nur so, selbst die Typen, die besonders gut mit Roger klargekommen sind, waren nicht richtig überrascht. Roger war total verschlossen, wenn es um seine Person ging. Der hätte nie irgendetwas im Voraus erzählt. Wenn er gewechselt wäre, dann hätte er seine Kollegen frühestens nach der Vertragsunterzeichnung informiert. Einige meinten auch, einer wie Roger hatte Angebote ohne Ende, da hätten sie immer mit einem Wechsel gerechnet.«

»Auch mit einem Wechsel zu Bayer Leverkusen?«

»In der heutigen Zeit kommen viele Fußballer aus Afrika oder Südamerika. Für die gibt es keinen Zwist zwischen Köln und Leverkusen.«

»Hast du sonst irgendetwas in Erfahrung bringen können?«

»Die Jungs waren echt noch verdammt down. Der Tod von Roger ist allen ganz schön nahegegangen. Na ja, außer dem Ersatzstürmer. Der saß früher auf der Bank und steht jetzt in der Startelf. Der war nicht ganz so traurig. Aber der ist kein Mörder. Also, nee, traue ich dem einfach nicht zu«, ist Karstens Meinung.

»Wie ist der Name des Spielers?«

»Der Vorname ist so lang, den kann sich keiner merken. Der Trikotname lautet Moku. So nennen ihn alle.«

»Okay. Durchleuchte ihn, auch wenn du ihn für unschuldig hältst.«

»Micha, ich habe schon tierisch viel recherchiert. Was ist mit Thorsten? Lass ihn auch mal etwas machen.«

»Thorsten und ich verhören jetzt die Eltern des verschwundenen Jungen. Du kannst dich beruhigen, ich versichere dir, er schaut nicht gelangweilt aus dem Fenster.«

Thorsten hatte beim Mittagessen geschwiegen. Michael kann sein Schweigen verstehen, aber er muss sich in den Fall mehr einbringen.

Auf dem Weg in den Verhörraum spricht er ihn an: »Thorsten, ich habe mir die Tatortfotos angesehen. Ich würde gerne noch einmal nach Brühl fahren, um mir einen zweiten Eindruck vor Ort zu verschaffen. Schaffst du es, mich zu begleiten?«

»Ich komme mit. Vielleicht finden wir einen Hinweis. Aber egal, ob es mir hilft, besser klarzukommen oder auch nicht. Ich will Rogers Mörder finden.«

Mit diesen Worten öffnet Thorsten die Tür zum Verhörzimmer eins, wo die Mutter des verwundenen Jungen wartet, während Michael im Verhörraum zwei den Vater befragt.

11. Kapitel

Während die Polizisten die Eltern des verschwundenen Jungen verhören, beobachtet ein Spieler des 1. FC Köln eine Szene, die etwas in seinem Unterbewusstsein freisetzt.

Mesut sitzt in der Abteilung für Physiotherapie und lässt sich neue Tapes setzen. Heute Vormittag spürte er beim Training sein Knie und das dürfte bei einem gut getapten Knie nicht passieren. Auf noch einen Bänderriss kann er locker verzichten. Will, sein niederländischer Therapeut, ist ein Experte auf dem Gebiet. Er findet sofort die richtigen Stellen und verpasst Mesuts Knie eine neue Stabilität. In der Zeit der Behandlung hört Mesut Stimmen aus dem Nebenraum. In diesem Augenblick ist die Erinnerung wieder da. Es sind die gleichen Worte, die er schon einmal gehört hat. Er sollte diesen Polizisten anrufen. Wie hieß der bloß? Vielleicht ist seine Beobachtung wichtig für ihn. Er fragt am besten die anderen. Einer erinnert sich bestimmt an den Namen oder vielleicht auch, wie man ihn erreichen könnte.

Nach der Behandlung geht Mesut in die Sportlerkantine des FC. Er blickt sich um und sieht dort Karim. Vollkommen entspannt lässt dieser seinen linken Arm herunten baumeln, während er den Ellbogen des rechten Arms auf dem Tisch aufstützt. Sein Kopf ist so tief Richtung Teller gebeugt, dass er in der Lage ist, den Löffel in seinen Mund zu stecken, ohne dabei den Arm zu heben.

»Hey, Karim!«

»Was willst du?«

»I have a question. You know, Roger und Will had an argument. I didn´t understand everything. But you! We have to inform the police.«

»Bist du bescheuert! Der Will ist voll in Ordnung. Da erzähle ich den Bullen doch nicht von so einer blöden Meinungsverschiedenheit. Was soll die Scheiße, Mesut?«

»The policeman says everything is important. I could only partially understand it. Roger was very angry with Will.«

»Ich sage es dir genau einmal. Halt die Schnauze! Kein Wort an die Bullen! Verstanden?«

»Klaro.« Leicht verunsichert verlässt Mesut den Raum. Er versteht Karim nicht. Der ist doch hier geboren. Alle sagen, die deutsche Polizei ist nicht korrupt. Warum darf er dann von seiner Beobachtung nicht erzählen? Roger hatte nie Streit. Roger war immer friedlich. Aber bei Will war er so sauer, er hat ihn sogar angepackt. Da stimmt etwas nicht. Das muss die Polizei wissen. Wenn er mit denen spricht, kriegt er Ärger mit Karim. So ein Mist, was soll er machen?

Thorsten betritt das Verhörzimmer eins und blickt in das besorgt dreinblickende Gesicht der Mutter. Sie sitzt vollkommen in sich zusammengesunken auf ihrem Stuhl. Nach einem kurzen Blickkontakt sind ihre Augen wieder fest auf die Tischplatte vor ihr gerichtet. In diesem Augenblick kann Thorsten ihre Angst, aber auch ihre enorme Trauer spüren. Für Thorsten fühlt es sich an, als ob sie weiß, dass ihr Sohn tot ist. Thorsten setzt sich hin und beginnt den Dialog mit den üblichen Standardinformationen. Auch wenn die Stimme der Mutter recht leise ist, antwortet sie.

Als die Formalien abgeschlossen sind, sagt Thorsten: »Ich spüre, wie traurig und unglücklich Sie sind. Wollen Sie mir nicht erzählen, was mit Enes passiert ist?« Die Frau starrt ihn mit weit aufgerissenen Augen an. Sie kann nicht sprechen, Tränen laufen ihr über das Gesicht. Dann schluchzt sie laut. Ihr Körper wiegt sich hin und her. Thorsten spürt, er muss jetzt warten, bis sie ihre Trauerwelle überwunden hat. Erst dann kann er auf Antworten hoffen.

Michael hat im zweiten Verhörzimmer gegenüber Enes Vater Platz genommen. Den Angriff dieses Mannes auf Ariane muss Michael ignorieren, so schwer es ihm auch fällt. Herr Büyadin macht es ihm aber auch nicht leicht. Bereits die Formalien hat er nur sehr widerwillig über sich ergehen lassen. Jetzt besteht er lautstark auf einen Anwalt. Alle Fragen zu seinem Sohn quittiert er mit einem Schweigen. Keine Frage, keine Provokation ruft irgendeine Veränderung in dem versteinerten Gesicht des Mannes hervor. Michael ist klar, dieser Mensch hat etwas zu verbergen. Jede Aussage könnte ihn belasten. Er ist intelligent genug, dies zu wissen und zu schweigen.
Michael unterbricht das Verhör und verlässt den Raum. Nicht einmal dies führt bei Enes Vater zu einer Reaktion. Hoffentlich hat Thorsten bei der Mutter mehr Erfolg. Michael öffnet das Verhörzimmer eins und betritt den Raum.

»Frau Büyadin, bitte wiederholen Sie für Herrn Hauptkommissar Müller noch einmal ihre Aussage.« Thorsten Stimme ist sanft und verständnisvoll. Enes Mutter scheint für seine freundliche Art sehr dankbar zu sein. Die Frau putzt sich noch einmal die Nase und wischt ein paar letzte Tränen aus ihren Augen, bevor sie das Wort ergreift.

»Wissen Sie, mein Mann ist manchmal ein wenig ungeduldig. Enes hat nicht immer gemerkt, wann er den Bogen überspannte. Es gab Situationen, die vollkommen harmlos begannen. Plötzlich kippte die Stimmung und mein Mann schlug zu. Selbst ich habe es oft nicht voraussehen können. Letzten Samstag war es wieder so weit. Enes machte Faxen und mein Mann lachte darüber. Dann sollte der Junge von jetzt auf gleich damit aufhören, aber er war ein Kind. Kinder können das nicht. Es gelang ihm nicht, die Anweisung so schnell umzusetzen, wie man Mann sich das wünschte. Als ihn die Geduld verließ, schlug er zu. Enes ...«

Elif Büyadin braucht ein paar Minuten, um sich zu sammeln, bevor sie weitersprechen kann.

»Enes verlor das Gleichgewicht und fiel mit seinem Hinterkopf unglücklich auf sein Spielzeug. Er war sofort tot.«

Wieder rinnen Tränen über das Gesicht der Mutter.

Die Polizisten lassen ihr die Zeit, sich zu beruhigen, bevor sie wissen wollen, wohin die Eltern den Leichnam des Jungen gebracht haben.

»Das kann ich ihnen nicht sagen. Wir waren beide entsetzt. Es war ein Unfall. Er wollte meinen Jungen nicht töten. Ich habe geschrien und geweint. Mein Mann hat seinen Sohn genommen und weggebracht. Bevor er ging, erteilte er mir die Anweisung zu schweigen.«

»Beschreiben Sie uns, um welches Spielzeug es sich handelt. Wir schicken die Spurensicherung hin. So gut sie auch gereinigt haben, die Kollegen werden Blutspuren sicherstellen können. Eine letzte Frage habe ich noch. Sind Sie bereit, Ihre Aussage vor Gericht zu wiederholen?«

Die Frau blickte von Michael zu Thorsten. »Ja, es gibt nichts mehr, was mich an den Mann bindet, der für den Tod meines Sohnes verantwortlich ist. Er soll für Enes Tod büßen!«

»Danke!«

Auf den Weg nach draußen berührt die Frau Michael am Arm.

»Eine Frage habe ich noch, wie geht es der jungen Polizistin?«

Michael und Thorsten tauschen einen Blick. Dankbar für die Anteilnahme von Frau Büyadin, einer Frau, die ihren eigenen Verlust noch nicht verarbeitet hat, antwortet Michael freundlich:

»Die Ärzte glauben, sie wird wieder gesund.«

Thorsten fügt hinzu: »Das hat sie Ihrem beherzten Eingreifen zu verdanken. Das vergessen wir nicht!«

Während Thorsten den Haftbefehl für Enes Vater beantragt, ruft Michael in der Gerichtsmedizin an.

»Hallo, Ali, konntest du schon die DNA-Proben unserer Leiche mit den Spuren aus der Wohnung Büyadin ins Labor geben?«

»Hi, Michael, ich habe in der Wohnung genügend Material für einen Vergleich gefunden. Aber du weißt, dass das Labor ein wenig Zeit bis zum Ergebnis benötigt.«

»Danke. Melde dich, wenn du Ergebnisse hast.«

Anschließend geht Michael zurück zum Vater des Jungen in den Verhörraum. In der Zwischenzeit sitzt ein älterer Herr neben Ahmet Büyadin.

Der Mann im dunkelblauen Nadelstreifenanzug mit Goldrandbrille wirkt sehr elegant. Höflich stellt er sich Michael als Rechtsanwalt Dr. Hanam vor.

»Herr Dr. Hanam, wir haben gerade einen Haftbefehl gegen Herrn Büyadin beantragt. Uns liegt eine belastende Zeugenaussage vor, dass Herr Büyadin seinen Sohn tödlich verletzt hat.«

An Enes Vater gewendet, sagt Michael: »Sie können eine strafmildernde Aussage machen. Zum Beispiel, wo Sie die Leiche abgelegt haben. Wir haben eine Kinderleiche gefunden. Es wäre brutal, wenn wir Ihre Frau oder Ihre Schwiegereltern in die Leichenhalle zur Identifikation bitten müssen. Beraten Sie sich hierzu gerne mit Ihrem Rechtsbeistand. Dr. Haman wird Ihnen erklären, dass Sie Ihrer Strafe nicht entgehen werden. Aber Sie können Sie jetzt durch richtiges Handeln reduzieren.«

»Vielen Dank, Herr Hauptkommissar, ich bespreche mich mit meinem Mandanten.«

Der bis dahin zurückhaltende und schweigende Angeklagte explodiert von jetzt auf gleich wie ein Vulkan und schimpft lautstark in seiner türkischen Muttersprache. Nachdem er sich wieder beruhigt hat, bricht er weinend zusammen. Schluchzend gesteht er das Versteck seines Sohnes. Er hat ihn neben der alten Feuerwache im Kölner Stadtteil Nippes abgelegt. Auch wenn er zur Sicherheit noch einmal ins Leichenschauhaus gebracht wird, ist Michael überzeugt, dass es sich bei dem toten Jungen um die sterblichen Überreste von Enes handelt.

Nachdem Enes Vater in Arrest genommen wurde, beschließen Michael und Thorsten, sich auf den Weg nach Brühl zu machen. Michael möchte noch einmal

Rogers Wohnung durchsuchen. Vorher ruft er in der Uniklinik Köln an. Er möchte wissen, ob Arianes Zustand weiter stabil ist.

Nachdem ihn die Krankenschwester beruhigen konnte, steht der Fahrt nichts mehr entgegen.

Dort angekommen teilen sich die beiden Polizisten auf, um jeden Raum noch einmal genauestens unter die Lupe zu nehmen. Es besteht die Möglichkeit, dass Roger zu den Gesprächen an diesem Abend irgendwelche Notizen gemacht hat oder der Täter etwas hinterlassen hat, was die Spurensicherung übersehen hat.

Nach drei Stunden gibt Michael entnervt auf. Sein Magen knurrt so heftig. Weder er noch Thorsten haben auch nur den kleinsten Hinweis gefunden.

»Nichts!«, sagt Michael. »Wenn wir wenigstens sein Handy gefunden hätten. Vielleicht gibt es da ein paar interessante Nachrichten für uns zu entdecken.«

»Die Spurensicherung hat Rogers Handy nicht gefunden? Dann hat entweder der Täter das Telefon mitgenommen oder es liegt im Sofa.«

Michael schaut seinen Kollegen etwas irritiert an. Im Sofa? Hat er da richtig gehört?

»Hilf mir bitte, das Sofa auseinanderzunehmen. Roger hatte die schlechte Angewohnheit, sein Handy so auf das Sofa zu legen, dass es immer unter den Sitz rutschte. Ein- bis zweimal pro Monat haben wir es dort herausfischen dürfen.«

Tatsächlich hält Thorsten kurz darauf Rogers Handy in der Hand. Der Akku ist leer und Roger greift ganz vertraut in eine Schublade und holt ein Ladekabel hervor. Er schließt das Mobiltelefon an und baut mit Michael das Sofa wieder zusammen. Dann entsperrt er das Gerät und die beiden Polizisten können die Anrufliste und letzten Nachrichten ansehen.

»Die letzten Anrufe gingen in erster Linie an mich, seinen Trainer, seinen Manager, ein paar Spielerkollegen. Aber auffällig ist, dass er zwei Tage vor seinem Tod mehrmals mit seinem Steuerberater telefoniert hat. Das ist ungewöhnlich. Normalerweise gab es nur sehr selten Telefonate zwischen den beiden.«

»Thorsten, lass uns einen Blick in seine Nachrichten werfen. Gibt es hier etwas zu den Telefongesprächen?«

»Ja, sie haben auch Nachrichten ausgetauscht. Leider nichts Konkretes! Nur *sehr wichtig* oder *wir müssen reden*. Irgendein wichtiger Gesprächsbedarf war da, aber ich weiß nicht welcher. Roger hat mich leider nicht eingeweiht.«

»Wo hat der Steuerberater sein Büro?«, möchte Michael wissen.

»Hier in Brühl. Ich rufe ihn direkt an und frage, ob wir vorbeikommen können.«

Als Thorsten das Gespräch beendet hat, teilt er Michael mit: »Er hat sich ein paar Tage freigenommen und verbringt diese auf einem Campingplatz am Nürburgring in der Eifel.«

Michael wirft einen Blick auf seine Uhr. Es ist spät und er hat einen Riesenhunger. Er beschließt, Karsten zu bitten, am nächsten Morgen direkt in die Eifel zu fahren und den Steuerberater zu befragen. Er ruft Karsten kurz auf dem Handy an.

»Hey Karsten, kannst du bitte morgen in die Eifel zum Nürburgring fahren. Der Steuerberater Roland Rauschenbach ist auf dem Campingplatz untergekommen.«

Fröhlich antwortet Karsten: »Klaro, mache ich doch gerne.«

Für Karsten als Biker und begeisterter Camper ein spitzenmäßiger Auftrag.

Der Tag war lang und Michael möchte vor seiner Rückkehr nach Köln bei dem Griechen um die Ecke noch etwas essen. Thorsten soll ihm dabei Gesellschaft leisten.

Im Gegensatz zu Michael hat Thorsten eigentlich keine große Lust, in ein Restaurant zu gehen. Er verspürt in seiner Trauer einfach keinen Appetit. Aber er kennt auch Michael ziemlich gut und weiß, wenn er ihn jetzt nicht begleitet, kann er den Zug nach Köln nehmen. Der lange schlaksige Michael braucht einfach regelmäßig etwas zu essen, damit sein Gehirn klar denken kann. Heute möchte er griechisch essen. In Brühl gibt es mehrere griechische Restaurants. Sie entscheiden sich für das Restaurant *Foitadis*. Es liegt nur wenige Gehminuten von Rogers Wohnung entfernt, in der Uhlstraße. Michael hat es von einem Kumpel aus der Thekenmannschaft empfohlen bekommen und freut sich, es heute auszuprobieren. Als sie vor der Tür stehen, ist das Restaurant wegen eines Trauerfalls geschlossen und die beiden Polizisten machen sich kurzerhand ins *Lavendel* auf. Auch dieses Restaurant ist ein Tipp seiner Fußballerkumpels.

Während sich Michael den Lavendelspieß, einen Fleischspieß mit Puten-, Rinder- und Schweinemedaillons, gedünsteten Zwiebeln und Paprikastreifen, zusammen mit einer großen Folienkartoffel gefüllt mit Kräuterquark und einem großen Radler bestellt, wählt Thorsten ein Wasser und einen Salat.
»Mensch, Thorsten, willst du nicht etwas Gehaltvolleres bestellen? So ein Salat macht doch nicht satt. Wie viel hast du in den letzten Tagen schon abgenommen?«

»Weiß nicht. Ist doch auch egal. Ich kann einfach nicht essen. Mein Magen ist wie zugeschnürt.«

»Du kannst weder essen noch schlafen. Bist du dir sicher, dass du keine Auszeit brauchst?«

»Auf keinen Fall. Wenn ich jetzt auch noch alleine Zuhause herumhänge, drehe ich durch. Tu mir das nicht an!«

Das Essen wird gebracht und Michael verputzt schweigend seine üppige Portion. Als er fertig ist, stochert Thorsten immer noch lustlos in seinem Salat herum. Es ist offensichtlich, wie elend es ihm geht. Trotzdem muss ihm Michael jetzt ein paar Fragen stellen.

»Ich möchte noch eine Sache von dir wissen, Thorsten.«

Sein Kollege schaut auf, er scheint die Veränderung in Michaels Stimme erkannt zu haben. Jetzt wird es dienstlich.

»Woher stammt das viele Bargeld aus Rogers Wohnung? Bitte sage mir die Wahrheit!«

Bei diesen Worten betrachtet Michael ihn genau. Er sieht, wie Thorsten seinen Salat auf dem Teller hin und her schiebt, bevor er aufblickt.

»Das bleibt aber unter uns?«

»Thorsten, ich gebe nichts weiter, was nicht absolut notwendig ist. Aber jede Spur muss geprüft werden und kann uns zum Täter führen, das weißt du!«

»Du hast ja recht. Roger verfügte über eine besondere mathematische Begabung. Dadurch war er beim Pokern vielen überlegen. Er hat das Spiel einfach beherrscht und immer wieder sehr viel Geld gewonnen.«

»Das ist doch toll! Wo ist der Haken?«

»Wenn man so berühmt wie Roger ist, ich meine war, dann muss man aufpassen, was an die Öffentlichkeit kommt. Leidenschaftliche Pokerrunden sind für das

Image nicht so günstig. Also hat Roger an einer privaten Pokerrunde teilgenommen. Ich weiß nicht, ob sie legal war.«

»Thorsten, das müssen wir prüfen! Wenn du mir sagst, dass Roger regelmäßig ziemlich viel Geld gewonnen hat, heißt das, jemand anderes hat es verloren! Weißt du, wer an dieser Pokerrunde teilnahm?«

»Leider nein, er sagte immer, je weniger ich weiß, desto besser für mich. Er hatte Sorge, dass sein Pokern gesetzeswidrig war. Da wollte er keinen Polizisten einweihen.«

»Möglicherweise sind Informationen zu der Runde auf seinem Handy gespeichert. Versuche herauszufinden, mit wem Roger gespielt hat. Vielleicht entdecken wir jemanden mit massiven Geldproblemen. Wenn die betreffende Person erhebliche Schulden bei Roger hatte, hätten wir endlich ein Motiv!«

12. Kapitel

Für den Steuerberater Roland Rauschenbach gibt es nichts Besseres auf der Welt, als ein paar Runden auf seinem Motorrad auf dem Nürburgring zu drehen. Als Steuerberater hat er einen Zwölf-Stunden-Tag und selten ein freies Wochenende. Deshalb sind ihm seine Bikertouren so wahnsinnig wichtig. Hierbei kann er wunderbar entspannen, dadurch sammelt er neue Kraft für die nächsten stressigen Wochen.
Als er zur Anmeldung geht, sieht er aus den Augenwinkeln schon wieder dieses rote Auto. Den Sportwagen hat er bereits auf der Hinfahrt ständig im Rückspiegel gesehen und sich gewundert, warum der Fahrer ihn nicht überholt hat.
Wenn es nicht vollkommen lächerlich wäre, würde er glauben, das Fahrzeug verfolgt ihn. Aber warum sollte der Fahrer oder die Fahrerin das machen?
Obwohl er als rationaler Mensch keine Erklärung für sein Unbehagen findet, ist er besorgt. Nervosität macht sich in ihm breit, so dass er seine Handschuhe fallen lässt und seinen Schlüssel sucht. Immer wieder blickt er in alle Richtungen, aber das rote Auto ist verschwunden. Hat er sich die angebliche Verfolgung nur eingebildet? Er ist doch noch nicht senil. Nachdem er seinen Helm aufgesetzt hat und langsam auf seinem Motorrad zur Startposition gerollt ist, glaubt er erneut, den roten Sportwagen am Rand seines Blickfelds wahrgenommen zu haben.
Roland Rauschenbach begibt sich auf seine Runde.
Vor dem Start blickt er unruhig um sich. Obgleich von dem roten Flitzer nichts zu sehen ist, bleibt eine ungute Empfindung. Er versucht, es zu ignorieren. Heute

wird ihm die Runde auf dem Nürburgring nicht die vertraute Entspannung bringen.

Endlich ein Auftrag nach seinem Geschmack. Gutgelaunt sitzt Karsten in seinem umgebauten Bulli. Das Auto hat er vor Jahren mit ein paar Kumpels selbst in ein Campingmobil umgebaut. Auch wenn der Bulli schon ein paar Jahre auf dem Buckel hat, bewährt er sich doch immer als zuverlässiges Gefährt. Mit dem Anhänger ist es kein Problem für Karsten, sein Bike mit zum Nürburgring zu nehmen. Da stört es ihn auch nicht, dass er diesen Steuerberaterheini an einem Samstag befragen soll. Das ist bestimmt ruckzuck erledigt. Er hat sein Bike schließlich eingepackt, um selbst ein paar Runden zu drehen.

Karsten hat sich für die Route über die Autobahn 61 und dann über die Landstraße 257 entschieden. Er möchte die Gelegenheit nutzen, einen Blick auf die Trümmerregion des Ahrtals zu werfen. Auch nach Jahren sieht er noch vereinzelte Häuserruinen und von den Wassermassen weggerissene Vegetation. Was war das doch für eine friedliche Gegend und was konnte eine einzelne Nacht mit riesigen Wasserfluten für Schäden anrichten.

Als Karsten die Rennstrecke erreicht, fährt er direkt zum Schotterparklatz, um sich am Tickethäuschen für eine Fahrt auf der Nordschleife des Nürburgrings anzumelden. Wenn Karsten hier schon eine Runde dreht, dann auf der legendären Nordschleife und nicht auf der Grand-Prix-Strecke für Weicheier. Der Andrang ist größer, als Karsten es vermutet hätte. Als er endlich an der Reihe ist, glaubt er seinen Ohren nicht. Die Frau am Tresen will fünf Euro mehr von ihm für sein Ticket als von dem alten Mann vor ihm.

»Pass mal auf, Schätzchen, ich bin ein erfahrener Biker. Wieso soll ich mehr zahlen, als der Opa vor mir?«

»Ganz einfach, Schätzchen. Es geht hier nicht nach dem Alter, sondern nach dem Gefährt. Autos sind nun mal billiger als Motorräder.«

»Wieso? Ich bin dreimal besser unterwegs als der senile Knacker!«

»Erstens kann man die Fahrkünste einem Menschen nicht ansehen, denn dann wüsstest du, dass der alte Knacker ein ehemaliger Profi ist und dich locker nass macht. Zum anderen dürfen wir zehnmal so viele Biker wie Autofahrer von der Strecke kratzen. Entweder zahlst du mehr, oder du nimmst dein Auto.«

Missmutig bezahlt Karsten sein Ticket. Bei dem Preis wird er die Kosten als Spesen abrechnen, überlegt er sich auf dem Weg mit seiner BMW Richtung Schranke. Bevor der dienstliche Part beginnt, dreht er erst einmal zwei bis drei Runden. Ins Protokoll trägt er später ein, dass die Fahrt notwendig als passender Gesprächseinstieg bei Roland Rauschenbach ist. Ein Top-Argument, um die Spesen bei der Verwaltung zu begründen.

Die beiden Schranken öffnen sich abwechseln für die einzelnen Fahrer. Das meiste sind vollgetunte Autos, aber auch ein Kleinwagen und ein Kombi gehen hier an den Start. Ob denen bewusst ist, wie gefährlich die uneinsehbaren Kurven auf der Nordschleife sind? Karsten weiß, dass gerade er als Biker seine Rennmaschine im Griff haben muss, um nicht in einer Kurve aus dem Sattel zu fliegen.

Er versucht, auf der Ideallinie, dem sogenannten Race Track, zu bleiben. Dabei ist es wichtig, die mitfahrenden Konkurrenten in den Autos in seinem Rückspiegel kontrolliert zu beobachten. Es könnte tödlich enden, wenn er beim Anfahren einer Rechts- oder Linkskurve mit Schräglage von einem Auto erfasst wird.

Karsten genießt die Fahrt und fühlt sich als König der Bahn, als ihm die vielen Schaulustigen und Fotografen am Streckenrand bewusst werden. Er wird immer mutiger. Bald erreicht er das berühmte Schwedenkreuz, Vorhut für die gefährliche Arembergkurve mit den meisten tödlichen Unfällen in der Geschichte des Nürburgrings. Bevor die Strecke begradigt wurde, konnte man hier richtig abheben. Ehe Karsten weiter Gas geben kann, fordern ihn die Streckenposten mit ihren Fahnen auf, vom Gas zu gehen. Wenig später passiert er eine Unfallstelle. Während er langsam an der Stelle vorbeifährt, erkennt er, dass es einen Biker heftig zerlegt haben muss. Die Maschine wird in dem Moment, als er die Unfallstelle passiert, hinter der Leitplanke geborgen.

Etwas später darf Karsten wieder Gas geben. Voll ausgepowert beendet er seine Fahrt. Das war ein Spaß, den er sich öfter gönnen sollte. Jetzt braucht er erst einmal etwas zwischen die Zähne, bevor er den rasenden Roland sucht. Vielleicht findet er den Steuerberater auch im Restaurant. Das würde ihm eine Menge Zeit sparen.

Karsten betritt das American Diner Restaurant an der Nordschleifen-Zufahrt. Hier herrscht eine coole Atmosphäre. Die Sitzgelegenheiten sind Autobänke aus rotem Leder. Die Werbung spricht ihn sofort an.

Benzin im Blut, aber Magen leer? Dann wird es Zeit für einen Boxenstopp im legendären Devil's Diner. In original American Diner Atmosphäre gibt's die leckersten Burger – und als Topping den unschlagbar besten Blick auf die Zufahrt der Nordschleife. Look like an angel, drive like the devil – we'll see you at Devil's Diner!

Bei einem leckeren Burger mit einem alkoholfreien Bitburger kommt er mit seinem Banknachbarn ins Gespräch. Der kräftige Typ mit dem glattrasierten Kopf heißt Axel. Ein lustiger Vogel, der alle seine eigenen Bemerkungen urkomisch findet und mehr lacht als redet.

»Ich wollte am Schwedenkreuz richtig Gas geben. Ging aber nicht, weil sich irgend so ein Anfänger auf die Fresse gelegt hat.«

»Hab ich gesehen!«, antwortet Axel mit vollem Mund. »Der Typ ist vor mir aus der Kurve geflogen. Der hat großes Glück gehabt, dass er an der Leitplanke abgeprallt und auf der Strecke liegen geblieben ist. War eine Herausforderung für mich, den Typen nicht auch noch zu überfahren, so wie der durch die Gegend geflogen ist.«

»Krass! Bist du dann zum Streckenposten und hast den Unfall gemeldet?«

»Musste ich nicht. Im Rückspiegel habe ich gesehen, dass ein Streckenposten den Unfall mitbekommen hat. Außerdem stehen so viele Leute an der Strecke und gaffen, von denen kümmert sich immer einer.«

Als die beiden aufgegessen haben, fragt Karsten: »Sag mal, kennst du einen Roland Rauschenbach? Der ist auch Biker und soll hier heute seine Runden drehen.«

»Sorry, kenn ich nicht. Wie sieht der aus, dann frag ich mal in der Truppe nach, ob den einer kennt.«

Karsten zückt sein Handy und zeigt das Foto des Steuerberaters von dessen Homepage. Auf dem Foto trägt

Roland Rauschenbach einen dunklen Anzug mit Krawatte. Durch seine lichten Haare und der konservativen Hornbrille wirkt er wie Anfang fünfzig, obwohl er erst Mitte vierzig ist.

»Ist ein Scheißfoto! In der Aufmachung ist er hier bestimmt nicht aufgetaucht.«

»Ich habe nur das. Frag einfach mal, ob einer einen Typ mit wenig Haaren und so einer hässlichen Brille kennt. Es wird hier nicht so viele geben, auf die die Beschreibung passt.«

»Was willst du von dem Typen? Bist du ein Bulle?«

»Ich bin bei der Mordkommission und untersuche den Mord an Roger Hammer. Der hier«, und damit tippt Karsten auf das Foto seines Handys, »ist sein Steuerberater. Ich benötige seine Zeugenaussage.«

»Coole Scheiße! Habt Ihr schon einen Verdächtigen?«

»Wir haben da mehrere im Visier«, erklärt Karsten wichtigtuerisch. »Eins kannst du mir glauben, wenn der Typ hier Dreck am Stecken hat, kriege ich ihn an den Eiern!« Die Worte wirken wie aus einem zweitklassigen Hollywoodfilm.

Axel ist mächtig beeindruckt und schreibt sofort seine Kumpels an. Der Mord an Roger Hammer ist die Schlagzeile! Da wird sich keiner, auch Axel nicht, die Gelegenheit entgehen lassen, bei der Aufklärung mitzumischen.

Während die beiden sich noch ein weiteres Bier gönnen, kommt ein kleiner kräftiger Mann mit Vollbart an ihren Tisch.

Axel begrüßt ihn herzlich und stellt ihn als seinen Kumpel Tim vor.

»Krasse Scheiße, der Unfall heute. Habt Ihr den mitbekommen? Falls nicht, ich habe den als Video bekommen. Wollt Ihr das sehen?«

Karsten und Axel sind sofort Feuer und Flamme. Sie sehen, wie der Biker in der Kurve einfach geradeaus fährt. Sieht so aus, als ob er die Gewalt über sein Gefährt verloren hat. Während der Fahrer gegen die Leitplanke fliegt und zurück auf die Strecke geschleudert wird, fliegt sein Motorrad in hohem Bogen in die Fangzäune.

»Habt Ihr gesehen, wie ich an dem Unfallort vorbeigefahren bin? Allererste Sahne!«, lautet Axels Kommentar.

Da war was. Karsten hat etwas wahrgenommen.

»Kann ich das Video noch mal sehen?«, fragt er Tim. Während er es sich das zweite Mal alleine anschaut, erkennt er einen grünen Punkt auf dem Motorradhelm. War das etwa ein Laserpointer? Karsten schaut sich das Video noch mehrmals an. Er ist sicher, da ist ein Laserpunkt auf Augenhöhe. Wer so geblendet wird, sieht gar nichts mehr. Kein Wunder, dass der Mann die Kurve nicht genommen hat und gerade ausgefahren ist.

»Hier ist meine Handynummer. Kannst du mir das Video weiterleiten? Außerdem muss ich wissen, wer das aufgenommen hat. Ich brauche seine Aussage.«

»Klar schicke ich dir. Aber ihre!«

»Hä?«

»Ihre Aussage! Dani hat das Video gedreht. Die ist eine Freundin von mir, ich habe ihre Nummer, die schicke ich dir auch.« Zwinkernd blickt er zu Karsten und gibt dabei die Nummer in sein Handy ein.

13. Kapitel

Mahmod Saabu, der Neuzugang der Winterpause, ist sauer. Wütend schmeißt er seine Trainingsjacke auf den Beifahrersitz seines Mercedes-Coupés. Das Gespräch mit seinem Trainer Oliver Dahmen ist ihm heftig unter die Haut gegangen. Said aus der U23 hat seinen gerade erst ergatterten Stammplatz im Team des 1. FC Köln bekommen. Dabei hat man ihm bei seinem Wechsel nach Köln fest zugesagt, er würde Rogers Vertreter, wenn dieser Erholungszeiten nach seinen Einsätzen bei der Fußballnationalmannschaft bräuchte. Also war für Mahmod klar, er bekommt nach Rogers Tod seinen Platz im Team. Dann die Begründung von Oliver Dahmen, er zeige nicht genug Biss im Spiel. Dabei rennt er sich die Seele aus dem Leib. Natürlich schießt er nicht so viele Tore wie Roger, aber das macht keiner. Erst recht nicht dieser Junge Said. Als ob Said besser Fußballspielen könne als er.
Während Mahmod Gas gibt, kommt ihm ein Gedanke. Er beschließt, direkt zur Polizei zu fahren. Er hat schlicßlich etwas gehört. Das wollte er eigentlich für sich behalten. Die Polizei muss nicht alles wissen. Aber jetzt sieht er keinen Grund mehr zu schweigen. Wenn er geredet hat, wird der Trainer schon sehen, was es bedeutet, ihn so mies zu behandeln.

Thorsten nimmt Rogers Handy in die Hand. Gut, dass Roger ihm einmal die PIN verraten hat, so kann er es ohne Hilfe der Technikabteilung einschalten. Als Erstes schaut sich Thorsten die Anrufliste an. Die meisten Telefonate hat er mit ihm geführt. Viele mit seiner Familie. Danach kommen sein Trainer, sein Manager und ein paar Kollegen aus der Nationalmannschaft oder vom FC. Diese Anrufe sind vollkommen normal. Thorsten interessiert sich aber für die übrigen Gesprächsteilnehmer. Er schreibt alle Namen oder auch Nummern in eine Liste und versucht herauszufinden, wer sich hinter diesen Einträgen verbirgt. Als er am Schluss die Vertreter von diversen Werbefirmen, Journalisten und anderen üblichen Kontakten eines Weltfußballers herausgestrichen hat, bleiben nur noch wenige Personen über. Nachdem er diese zugeordnet hat, entfährt ihm ein leises wow. Bei den Leuten handelt es sich um sehr reiche Brühler Bürger. Die Crème de la Crème der Brühler Gesellschaft. Dabei zwei alte Bekannte und ein paar Prominente aus Funk und Fernsehen. Alles Menschen, die genau wie Roger auf keinen Fall in der Öffentlichkeit pokern können, ohne am nächsten Tag ihr Foto in der Zeitung zu sehen. Diese Herrschaften zu befragen wird interessant. Keiner von denen wird unmittelbar zugeben, dass sie an geheimen Pokerrunden teilgenommen haben. Erst recht würde keiner von ihnen finanzielle Probleme zugeben. Es muss einen anderen Weg geben, um herauszufinden, wo sie sich alle am Tatabend aufgehalten haben. Dann bleibt sein Blick an einem bekannten Namen hängen. Vielleicht bekommen sie doch noch ihre Informationen.

Obwohl Wochenende ist, macht sich Thorsten auf den Weg ins Büro. Er geht davon aus, dass auch Michael heute im Dienst ist. Schließlich wollen sie unter allen Umständen Rogers Mörder finden. Überrascht stellt er fest, dass Karsten in Michaels Büro sitzt. Während Michael nach den Tassen auf seinem Schreibtisch zu urteilen bei der dritten Tasse Kaffee angekommen ist, redet Karsten wie ein Wasserfall.

»Guten Morgen! Gibt es Neuigkeiten?«, möchte er von den Kollegen wissen.

»Stell dir vor, die haben Rogers Steuerberater gestern auf dem Nürburgring umgebracht.«

»Roland Rauschenbach ist tot? Der Nürburgring ist zwar gefährlich, aber ein so erfahrener Biker verunglückt doch nicht tödlich? Wie ist es passiert?«

Karsten erzählt jetzt zum zweiten Mal an diesem Morgen, wie ihm der Mord an dem Steuerberater aufgefallen ist.

»Hervorragende Arbeit, Karsten.« Mit diesem Lob unterbricht Michael Karstens ausschweifende Erzählungen vom Tod des Steuerberaters Rauschenbach. Einmal die ganze Geschichte ausführlich erzählt zu bekommen, reicht ihm im Moment vollkommen aus.

»Die Frage, die ich mir jetzt stelle ist, hängt dieser Mord mit Rogers Tod zusammen?«

Wie immer ist Karsten der Erste, der antwortet. »Logo, so viele Zufälle auf einmal gibt es nicht!«

»Karsten, du kannst recht haben, aber manchmal gibt es auch verrückte Umstände. Thorsten, wie weit bist du mit Rogers Handy?«

»Wie gut, dass Menschen gerne für ihre Aktivitäten WhatsApp Gruppen einrichten. So war es leicht für mich, die Pokerpartner herauszufinden. Allesamt Schwergewichte der Brühler Gesellschaft. Aber auch zwei alte Bekannte sind darunter. Stellt euch vor, Katharina Groß und Hubert von Lauenstein gehören dieser Runde an. Jetzt werde ich deren Alibis überprüfen.«

Sofort schaltet sich Karsten dazwischen. »Pokern? Sag nicht, unser heiliger Roger war ein Zocker?«

Michael wählt seine Worte mit Bedacht. »Roger hat wohl gerne in einem privaten Kreis gepokert. Ob er ein Zocker ist, wissen wir nicht. Wir wollen aber keine mögliche Spur außer Acht lassen und prüfen selbstverständlich auch diese Möglichkeit. Ich denke, es ist sinnvoll, dass in der Zeit, in der Thorsten die Alibis der Pokerrundenmitglieder überprüft, du, Karsten, den Steuerberater durchleuchtest. Ich möchte wissen, warum er getötet wurde. Wenn wir den Grund finden, wissen wir, ob die Morde zusammenhängen.«

Nachdem Michael seinen Kommissaren die nächsten Aufträge erteilt hat, plant er, sich dem verhassten Papierkram zum Unfalltod des Nippeser Jungen zu widmen. Karsten ist wie immer schnell verschwunden, während Thorsten ein wenig unsicher in der Tür steht. »Was ist los?«, möchte Michael wissen, als er das Mienenspiel seines Kollegen betrachtet. Irgendetwas passt ihm nicht. Das verrät Michael dessen Mimik.

»Du weißt doch, dass ich aktuell ein paar Probleme mit dem Essen habe. Alleine die Vorstellung von Frau Groß mit ihrer Tüte Schaumerdbeeren löst Übelkeit in mir aus.« Nach einem kurzen Seufzer kommt die Frage: »Kannst du das Gespräch übernehmen?«

»Ein paar Gramm mehr auf den Hüften würden dir zwar guttun, aber ich übernehme die Befragung. Gib mir ihre Handynummer, damit ich sie anrufen kann.«

»Svea, du kannst ruhig zugreifen. Das ist alles voll vegan und hat fast keine Kalorien.«

Svea betrachtet Chantals Algensalat skeptisch. Er sieht weder besonders appetitlich aus noch riecht er so. Sie denkt an das Dschungelcamp, als sie mutig eine Gabel Salat zum Mund führt. Der Geruch der Algen direkt unter ihrer Nase lässt ihren Hunger auf der Stelle verschwinden. Noch nie war sie so dankbar über den Klingelton ihres Handys wie in diesem Moment. Während ihre gefüllte Gabel langsam den Weg zurück zu ihrem Teller findet, hat Chantal schon die Hälfte ihres Salates selbst aufgegessen.

Sie wirft einen Blick auf das Display: Jennifer, oh nein. Wenn es eine Spielerfrau gibt, die ihr so richtig auf die Nerven geht, dann ist das Jennifer. Sie ist zwar äußerlich das Supermodel, aber wehe, sie öffnet ihren Mund. Bei der Stimme rollen sich ihre Fußnägel auf. Jennys Stimme ist eine Vergewaltigung für jedes Ohr. Dazu redet die Frau wie ein Wasserfall.

Svea nimmt das Gespräch an, es scheint ihr das kleinere Übel zu dem Algensalat zu sein.

»Hi, Jenny, ewig nichts mehr von dir gehört! Ich habe dich bei unserem Treffen vermisst.« Bei diesen Worten verdreht sie die Augen in Richtung Chantal. Diese verzieht dabei ihr Gesicht. Niemand mag Jennifer!

»Ich war in Paris bei einer Haute-Couture-Veranstaltung engagiert. Aber ich habe noch einmal über deine Fanklubidee nachgedacht.«

Was mag jetzt kommen? Hoffentlich kein ultralanger Beitrag mit Kopfschmerzpotential.

»Aha«, lautet Sveas kurze Antwort.

»Wenn wir den FC von den Titelseiten der Medien verdrängen wollen, reicht ein Fanklub nicht aus. Das ist zu wenig.«

»Wieso nicht? Das sehe ich persönlich ganz anders!«

»Im Internet mag deine Strategie aufgehen, aber bei den Printmedien läuft das anders. Die kennen die Internetgrößen häufig nicht. Deshalb habe ich eine Idee. Ich habe schon mit Gina darüber gesprochen. Du weißt, sie ist ein absoluter Medienprofi. Sie stimmt mir zu.«

»Und wie lautet die geniale Idee?« Bei diesen Worten steckt Svea ihren Zeigefinger in den Mund, als ob sie sich übergeben möchte.

»Wir wollen den Mord an Roger aufklären! Das landet überall auf der Titelseite!«

»Okay, und wie sollen wir das anstellen? Wir haben doch von Polizeiarbeit keinen Schimmer!«

»Rogers Freundin ist Polizistin bei der Mordkommission. Die muss uns helfen!«

»Jenny, ich habe nicht mal ihre Handynummer. Keiner von uns hat Kontakt zu ihr.«

»Wenn du einverstanden bist, finde ich die schon heraus. Ich werde so viel moralischen Druck aufbauen, dass ihr gar nichts anderes übrig bleibt, als mitzumachen.«

»Tja. Einen Versuch ist es wert. Viel Glück!«

Nachdem Svea aufgelegt hat, zucken ihre Schultern in die Höhe. Sie ist gespannt, ob Jenny erfolgreich ist. Kann es sich aber nicht vorstellen. Bei Jennifers Auftreten wird Rogers Freundin ganz schnell das Gespräch beenden wollen.

Ein Blick zu Chantal zeigt Svea, dass diese schon die Hälfte der zweiten Portion Algensalat verspeist hat. Bevor sie umkippt, beschließt Svea, ihn zu probieren. Nach der dritten Gabel Salat schafft sie es gerade noch rechtzeitig zur Toilette.

Bevor sich Michael auf den Weg zu Frau Groß macht, möchte er Ariane in der Klinik besuchen. Er muss wissen, wie es ihr geht. Er will sie unbedingt sehen. Es lässt ihm keine Ruhe, bis er sich persönlich davon überzeugt hat, wie ihr Gesundheitszustand ist.

Unterwegs sieht er einen kleinen Blumenladen. Direkt davor findet er einen freien Parkplatz. Das ist ein Wink des Schicksals. Etwas verloren betritt Michael den Laden. Es ist doch lange her, als er das letzte Mal in einem Blumengeschäft war.

»Was kann ich für Sie tun?«, möchte die freundliche Verkäuferin wissen.

»Ich benötige einen Blumenstrauß für einen Krankenbesuch. Was würden Sie mir empfehlen?«

»Die Kranke ist eine junge Dame?« Fragend blickt sie zu Michael.

»Ja, meine Kollegin«, antwortet Michael leicht irritiert. Warum will die Frau das wissen?

»Ich verstehe. Wenn ein so gutaussehender junger Mann eine junge Dame im Krankenhaus besucht, gibt es nur eine Sorte Blumen, die passend sind. Ich mache Ihnen einen Strauß mit diesen wunderschönen schwarzroten Rosen fertig.«

»Ich glaube, Sie haben da etwas falsch verstanden. Ich besuche meine Kollegin, nicht meine Freundin!«

»Ich habe vierzig Jahre Berufserfahrung und ich habe mich noch nie geirrt. Mein Instinkt sagt mir, das sind die richtigen Blumen für Sie!«

Die Frau ist so überzeugend und duldet keinen Protest, dass Michael die roten Rosen tatsächlich kauft.

Michael steigt völlig überrumpelt mit dem Strauß ins Auto. Bei dem Preis ist wegwerfen keine Option. Er wird sie Ariane wohl oder übel schenken. Hoffentlich interpretiert sie da nichts Falsches hinein.

Als er mit einem Grummeln im Bauch, nervös wie ein Schuljunge, die Krankenhauszimmertür öffnet, traut er seinen Augen nicht, als er seine Oma dort sitzen sieht.

Bei der Suche nach dem Mörder einer Brühler Industriellen hatte seine Großmutter Ariane kennengelernt. Damals hatte sie große Freude daran, sie ständig als Liebespaar zu bezeichnen.

Nachdem sich Michael von seiner Überraschung erholt hat, fragt er:

»Oma, was machst du denn hier?«

»Mein Junge, schön, dich zu sehen, auch wenn ich ein wenig verärgert bin. Warum hast du mir nicht gesagt, dass deine Freundin im Krankenhaus liegt? Alles muss ich selber herausfinden.« Bei diesen Worten nimmt sie ihren Enkel in den Arm und wirft Ariane ein spitzbübisches Lächeln zu.

»Na ja, wenigstens hast du daran gedacht, deiner Freundin Blumen mitzubringen. Ich hole eine Vase.«

Mit diesen Worten verlässt Michaels Oma das Zimmer. Michael schaut ihr nach und fragt Ariane: »Woher weiß sie, dass du hier bist?«

»Wir telefonieren regelmäßig.«

»Davon weiß ich nichts.«

»Deine Oma ist total lieb und sie hört so selten von dir. Weil ich sie so gerne mag, habe ich ihr regelmäßig berichtet, wie es dir so geht.«

Als Michael sie immer noch irritiert ansieht, erklärt ihm Ariane:

»Ich habe ihr erzählt, wie es dir geht, und als Dankeschön wurde ich mit Streuselkuchen verwöhnt.«

Michael weiß nicht, wie er diesen Zusammenschluss hinter seinem Rücken werten soll. Um das Gespräch in andere Bahnen zu lenken, fragt er leicht verlegen: »Wie geht es dir?« Wenngleich es vollkommen offensichtlich ist, Ariane ist so blass wie ihr Kopfkissen.

»Die Ärzte sind zuversichtlich, dass ich wieder ganz genese. Ich muss nur ein wenig geduldig sein.«

In dem Moment wird Michael bewusst, dass er immer noch den Blumenstrauß in den Händen hält.

»Ich habe dir Blumen mitgebracht.« Mit diesen Worten reicht er Ariane den Strauß.

Ariane strahlt vor Glück. Auch wenn sie findet, dass Michaels Geste, ihr diese wunderschönen Rosen mitzubringen, im krassen Gegensatz zu seinem unsicheren Verhalten steht. Gerne würde sie seine Gedanken lesen. Aufmunternd, mit einem Lächeln sagt sie:

»Danke, dass du da bist und natürlich auch für die bildschönen Blumen. Hier ist es ziemlich langweilig und Geduld ist nicht gerade mein zweiter Vorname. Da kann ich jede Abwechslung gut gebrauchen.«

In diesem Moment erscheint Michaels Oma mit einer Vase, um die Blumen zu versorgen.

»Dann lasse ich euch beiden Turteltäubchen mal alleine.«

»Oma, ich hatte dich gebeten, damit aufzuhören.«

»Mein Junge, ich bin zwar alt, aber nicht blind. Tschüss, ihr beiden.«

Mit diesen Worten ist sie auch schon weg. Michael bleibt weiter neben Arianes Bett stehen. Wie soll er die Situation normalisieren? Die einzigen harmlosen Worte, die ihm auf die Schnelle einfallen, lauten:

»Also, es geht dir besser?«

Ariane überlegt, wie sie sich verhalten soll. Die Ärzte haben ihr gesagt, dass sie sehr großes Glück hatte, den Messerangriff zu überleben. Sie wird den Rat des Oberarztes annehmen. Dieses zweite Leben will sie genießen und alle ihre Chancen nutzen. Ihr ist schon sehr lange bewusst, was sie für Michael empfindet. Seine Oma ist der festen Überzeugung, dass er genauso fühlt. Aber wegen einer sehr hässlichen

Geschichte mit seiner Ex-Freundin und früheren Kollegin traut er sich nicht. Ihr bleibt nur der Weg, selbst die Initiative zu übernehmen.

»Micha, bitte setzte dich zu mir.«

Nachdem er sich auf dem Stuhl direkt neben ihrem Bett gesetzt hat, sieht sie ihm tief in die Augen.

»Es sah am Anfang nicht gut für mich aus. Ich hätte durchaus sterben können. Was hast du bei dem Gedanken gefühlt?«

Michael spürt, wie ihm ganz schön warm wird.

»Es hätte mir den Boden unter den Füßen weggezogen.«

»Warum?«

»Weil ich dich mag und schätze.«

»Den Kollegen Holger aus der Abteilung für Wirtschaftskriminalität magst und schätzt du auch. Hättest du in seinem Fall das Gleiche gefühlt?«

In Michaels Innerem tobt ein Kampf. Soll er jetzt sein Herz öffnen? Wenn er ehrlich zu sich ist, ist ihm schon lange bewusst, dass Ariane ihm mehr bedeutet als jeder andere Mensch, sogar mehr als Eva. Aber er hat sich nach dem Drama mit seiner Exfreundin geschworen, nie wieder mit einer Kollegin anzubändeln. Fast hätte er damals seinen Job verloren. Das braucht er kein zweites Mal.

Während Ariane den schweigenden Michael betrachtet, ergreift sie seine Hand.

»Wir kennen uns schon einige Jahre. Ist es mir gegenüber fair, nur die Kollegin in mir zu sehen und Kaffee zu schnorren?«

Während Michael auf ihre Hände schaut, antwortet er leise mit: »Nein.«

»Das Leben kann schneller vorbei sein, als uns lieb ist. Ich war kurz davor, es zu verlieren. Ich habe mir geschworen, die Gelegenheiten in meinem zweiten Leben zu ergreifen.«

Michael sieht sie an. Als er immer noch schweigt, spricht Ariane weiter.

»Du musst dich entscheiden. Ich liebe dich und möchte mit dir zusammen sein.«

»Ariane, ich liebe dich auch, aber ...«

Michael weiß nicht weiter, was richtig ist. Soll er seinen eigenen Schwur brechen?

Während Michael sich nicht entscheidet, sich nicht entscheiden kann, hilft Ariane nach.

Sie hebt ihre Hand, um sein Gesicht zu berühren. Sodann befördert sie seinen Kopf ganz sanft zu ihrem Gesicht. Als er ihr sehr nah ist, sagt sie: »Diese einmalige Gelegenheit sollten wir auf gar keinen Fall verstreichen lassen. Sie kommt sonst nie wieder.«

In diesem Augenblick ist Michael klar, dass er das Gleiche fühlt.

Als Michael das Krankenhaus überglücklich verlässt, fällt es ihm nicht leicht, sich wieder auf den Fall zu konzentrieren. Es kostet ihn sichtlich Mühe, aufzubrechen. Erst als er Arianes Erschöpfung gespürt hat, gibt es keine Ausreden mehr für ihn. Viele Begebenheiten gestalten sich im Nachhinein betrachtet für ihn als absolut verständlich. Hätte er sich doch schon viel früher seine wahren Gefühle für seine Kollegin eingestanden. Es wäre vieles so viel einfacher gewesen. Er muss zugeben, dass seine Oma ihn weit besser kennt als er sich selbst. Bei nächster Gelegenheit wird er ihr als Entschuldigung einen Blumenstrauß schenken. Den hat sie sich verdient.

14. Kapitel

Michael setzt sich in seinen alten Mercedes und fährt Richtung Brühl. Er biegt auf die Römerstraße ab, um auf dem Parkplatz an der Schlaunstraße zu parken. Von dort kommt man direkt durch den Supermarkt zum Brühler Whiskyhaus. Als er das Geschäft betritt, ist er von der großen Menge an Spirituosen beeindruckt. Die Regale sind prall gefüllt, mit geistigen Getränken aller Art. Michael hatte nur Whisky erwartet und stellt beeindruckt fest, dass das Geschäft auch über eine ansprechende Auswahl an Wein, Rum, Obstbränden, Likör und vieles mehr verfügt.

Im Eingangsbereich bleibt er kurz stehen, um die Vielfalt auf sich wirken zu lassen. Es ist sehr voll an diesem Tag und er muss kurz warten, bis eine aufmerksame junge Frau ihn anspricht.

»Wie kann ich Ihnen weiterhelfen?«

Der Hauptkommissar zeigt ihr seinen Ausweis und fragt nach dem Inhaber. Kurz darauf bittet ein kräftiger Mann mittleren Alters, ihm zu folgen.

»Wie kann ich Ihnen helfen?«

»Ich ermittle im Fall Roger Hammer und ich habe gehört, dass eine Gruppe Brühler Persönlichkeiten regelmäßig ihre Räume anmietet. Ist das immer noch so?«

»Das können nur die Whiskyfreunde Brühl sein. Die Gruppe kommt einmal im Monat zu mir. Ich stelle ihnen immer verschiedene Sorten Whisky mit einer Kleinigkeit wie Käse, Suppe oder einem herzhaften Gebäck zum Tasting hin. Das sind allesamt Genießer, die gerne diskutieren.«

»Sonst machen diese Leute nichts?«

»Ich verstehe Ihre Frage nicht?«

»Spielen sie zum Beispiel Karten?«

»Sie spielen Karten und machen bestimmt auch noch andere Dinge. Ich bitte Sie zu bedenken, ich bin weder ihr Betreuer noch werden diese Gäste von mir überwacht.«

»Welches Kartenspiel? Wurde auch um Geld gespielt?«

»Dazu kann ich Ihnen nichts sagen, da müssen Sie die Mitglieder der Runde schon selbst befragen.«

»Können Sie mir sagen, wer alles Mitglied in dieser Gruppe ist?«

»Ich kenne nicht alle. Natürlich habe ich Roger Hammer, den berühmten Fußballer vom 1. FC Köln, erkannt und auch unsere renommierte Brühler Filmschauspielerin. Aber fragen Sie Frau Groß. Sie kann Ihnen mehr sagen. Sie ist diejenige, die immer den Raum bucht und alle Rechnungen bezahlt. Katharina Groß, die war mal mit dem ehemaligen Landtagsabgeordneten verheiratet. Den Ex-Mann kennen Sie bestimmt.«

»Ich danke Ihnen, Sie haben recht, ich kenne Frau Groß und auch den ehemaligen Landtagsabgeordneten. Bevor ich mich verabschiede, habe ich noch eine letzte Frage: Ist Ihnen irgendetwas aufgefallen? Gab es beim letzten Treffen eine Veränderung zu den vorherigen Zusammenkünften?«

»Nein, alles war wie immer. Mir ist keine Veränderung zu den vorherigen Treffen aufgefallen. Ich kann Ihnen leider nicht weiterhelfen.«

»Vielen Dank und auf Wiedersehen.«

Obwohl Michael bei der mannigfaltigen Auswahl gerne ein paar Flaschen eingekauft hätte, macht er sich lieber direkt auf den Weg zur Villa Groß. Hoffentlich wohnt Katharina Groß, die Ehefrau des Landtagsabgeordneten, nach ihrer Trennung dort noch.

Karsten ist überzeugt, dass der Tod des Steuerberaters zum Himmel stinkt. Er hatte heute Morgen mit der Sekretärin von dem toten Burschen telefoniert. Die Braut hat eine verdammt sexy Stimme. Für ein paar zusätzliche Informationen lohnt es sich bestimmt, seinen Charme einzusetzen. Das geht am besten in einem persönlichen Gespräch. Daher entschließt er sich zu einer spontanen Fahrt nach Brühl. Michael ist unterwegs, so kann er sich die Frage und die mögliche negative Antwort sparen.

Er klingelt an der Tür der Kanzlei. Obwohl die Öffnungszeiten vorbei sind, öffnet eine Frau die Tür. Das muss Olga Kabusch sein. Karsten erkennt sie an der Stimme. Sie wirkt ziemlich müde. Das war scheinbar ein harter Tag für sie.

Die Sekretärin ist durchaus attraktiv, aber sie erfüllt definitiv nicht die Verheißung ihrer Stimme. Egal, er hat sich auf den Weg gemacht, um sie persönlich kennenzulernen und will sich jetzt nicht einfach abwimmeln lassen.

»Hallo, mein Name ist Karsten Pohlmann von der Mordkommission. Wir haben heute Morgen telefoniert. Ich würde Ihnen gerne noch ein paar Fragen stellen.«

»Bitte entschuldigen Sie, aber ich bin vollkommen fertig. Können wir ein anderes Mal miteinander reden?«

Ihr Argument ist überzeugend, sie sieht sehr müde aus. Karsten gibt den Frauenversteher, damit die Fahrt nach Brühl nicht unnötig für ihn war.

»Das verstehe ich, aber auch ein müder Körper braucht Nahrung. Was halten Sie davon, wir essen zusammen und danach dürfen Sie sich gerne auf Ihrer Couch vom Fernsehprogramm berieseln lassen.« Er spürt, wie sie schwankt.

»Sie dürfen das Restaurant aussuchen!«

»Okay, dann gehen wir ins *Seasons*, das ist nur fünf Minuten von hier und Sie bezahlen.«

Schweigend gehen sie am Brühler Schloss vorbei zum Restaurant. Das Seasons ist rappelvoll, aber sie haben Glück, dass der Tisch am Eingang noch frei ist. Hier ist wenigstens eine entspannte Unterhaltung möglich, was im Hinblick auf den Lärmpegel im überfüllten hinteren Gastraum schwierig sein könnte.

Nachdem sie sich beide für den gemischten Tapas Teller und für eine der leckeren Biersorten entschieden haben, kommt Karsten direkt zur Sache.

»Sie wissen, dass Ihr Chef keinen Unfall hatte, sondern dass es Mord war?«

Olga Kabusch schaut ihm in die Augen. Bevor sie etwas sagen kann, wird ihr Bier gebracht. Nachdem der Kellner weg ist, nehmen beide einen kräftigen Zug.

»Roland war ein wirklich guter Biker. Er hat mich mal mitgenommen, daher kann ich das beurteilen. Einen Unfall konnte ich mir schwer vorstellen. Einen Mord noch viel weniger! Wer sollte ein Interesse daran haben, diesen freundlichen und fleißigen Mann zu töten?«

»Er war der Steuerberater eines berühmten Mordopfers und hat kurz vor dessen Tod mit ihm telefoniert. Kann es sein, dass ihm irgendetwas in Rogers Unterlagen aufgefallen ist?«

»Möglich wäre es, aber er hat mir leider nichts gesagt.«

»Könnten Sie es für uns herausfinden?«

Olga schaut Karsten vollkommen entsetzt an.

»Das meinen Sie jetzt nicht ernst? Kennen Sie das Steuergeheimnis? Wieso soll ich das machen?«

Bevor Karsten antworten kann, wird das Essen gebracht und gibt ihm die Gelegenheit über eine mögliche Lösung nachzudenken.

Die Tapas schmecken hervorragend und nach dem zweiten Bier ist Olga um einiges entspannter.

»Haben Sie Kontakt zu anderen Steuerfachgehilfen?«, möchte Karsten wissen.

»Mit drei Frauen, die mit mir die Ausbildung gemacht haben, bin ich befreundet. Warum fragen Sie?«

»Könnte eine der Frauen die Kontrolle von Rogers Unterlagen übernehmen?«

»So einfach geht das nicht. Die Unterlagen sind streng vertraulich!«

»Keine Sorge, den richterlichen Beschluss organisieren wir, Sie müssen nur für das Fachwissen sorgen.«

Thorsten sitzt alleine in seiner Wohnung und schaut die Wand an. In diesem Augenblick ist es gut, dass er weder von Michaels Besuch bei Ariane noch von Karstens Flirt in Brühl weiß. Selbstverständlich gönnt er seinen Kollegen alles Glück der Erde. Aber ihr Glück würde ihm seine Einsamkeit verstärkt zeigen.

Die traurigen Gedanken werden vom Klingelton seines Handys unterbrochen.

»Hallo, Thorsten, wie geht es dir?«

Thorsten freut sich über den Anruf von Rogers Schwester. Wie oft waren sie bei ihr zu Gast. Es gibt jetzt keinen Grund mehr für sie, ihn einzuladen.

Thorsten wird schmerzlich bewusst, wie sehr er diese tolle Familie vermissen wird. Er lässt sich von seiner

Traurigkeit nicht überwältigen und reißt sich für das Telefonat zusammen.

»Lieb von dir, dass du fragst. Dabei geht es dir doch genauso mies wie mir.«

»Auch wenn ich meinen Lieblingsbruder verloren habe, habe ich immer noch meine Eltern, meinen Mann, meine drei Kinder und meinen kleinen Bruder. Aber du hast deine wichtigste Bezugsperson verloren. Für dich ist alles viel schrecklicher. Kann ich irgendetwas für dich tun?«

Jetzt ist Thorsten so ergriffen, dass er mit den Tränen kämpft. Er hat die Liebe seines Lebens und damit verbunden auch die tollste Familie der Welt verloren. Der Schmerz droht ihn zu übermannen. Hier im Präsidium darf das nicht passieren. Er atmet mehrmals tief ein, bevor er antwortet:

»Ich bin im Büro. Du kannst mir helfen, wenn du vielleicht einen Anhaltspunkt für mich hast. Ich muss Rogers Mörder finden. Erst dann wird es mir besser gehen. Gibt es irgendetwas, dass dir in der jüngsten Vergangenheit an Roger aufgefallen ist?«

»Nein, mein Bruder war wie immer. Da war nichts.«

»Du hast doch früher auch Profifußball gespielt. Hat er dir von der Absicht, nach Leverkusen zu wechseln, erzählt?«

»Roger nach Leverkusen? Wer hat denn den Blödsinn von sich gegeben? Nie und nimmer hätte er seinen geliebten FC im Stich gelassen. Auf gar keinen Fall! Wie kommst du darauf?«

»Ich habe es von seinem Trainer und von seinem Manager gehört. Du glaubst das nicht?«

»Die lügen! Ganz bestimmt. Warum sollte er das tun?«

Als das Gespräch beendet ist, kreisen Thorstens Gedanken noch lange um den angeblichen

Vereinswechsel. Ist die Nachricht falsch, nur weil sie unvorstellbar ist?

Nach seinem Besuch im Whiskyhaus fährt Michael zur Villa Groß. Bei seiner letzten Mordermittlung stand der Ehemann von Katharina Groß unter dringendem Tatverdacht. Michael erinnert sich noch sehr gut daran, wie wenig Unterstützung es vom ehemaligen Landtagsabgeordneten bei ihren Ermittlungen gab.

Das Haus in unmittelbarer Nähe zum Brühler Wasserturm, nahe am Wald, hat sich nicht verändert. Genau wie damals ist der Vorgarten immer noch sehr übersichtlich und langweilig. Rasen mit ein paar riesigen Magnolien, die nur im Frühjahr ihren wahren Zauber entfalten.

Er hat Glück und die Hausherrin ist daheim. Frau Groß bittet ihn ins Haus. Dort wartet eine Überraschung auf ihn. Die Diele, die damals so überladen war, ist jetzt sehr modern und minimalistisch in frischen Farben und modernen Möbeln gestaltet.

Frau Groß bemerkt seine Überraschung. Lächelnd antwortet sie: »Nach der Trennung von meinem Mann habe ich ein paar Räume des Hauses entsprechend meinen Vorstellungen geschmacklich angepasst.«

Das Wohnzimmer sieht genauso edel aus wie damals. Aber die Gartenanlage ist nicht mehr wiederzuerkennen. Ein richtiges Pflanzenmeer blickt ihm entgegen.

»Donnerwetter! Ihr Garten ist nicht mehr wiederzuerkennen!«

»Leider besitze ich keinen grünen Daumen. Aber mein neuer Gärtner sprudelt nur vor kreativen Ideen. Es ist eine Freude zu sehen, wie sich mein Garten in ein

Paradies verwandelt. Aber ich gehe davon aus, dass Sie nicht aus diesem Grund hier sind.«

»Ich ermittle in dem Mord an Roger Hammer. Wir haben erfahren, dass er ein leidenschaftlicher Pokerspieler war. Soweit ich informiert bin, sind auch Sie Teil der Pokerrunde, die sich im Whiskyhaus Brühl trifft?«

»Hubert, Hubert von Lauenstein, war schon länger dort Mitglied. Eines Tages hat er mir angeboten mitzukommen. Es ist eine angenehme Runde, die nicht unbedingt im Fokus der Öffentlichkeit stehen möchte. Jeder aus einem ganz speziellen Grund, so wie auch Roger.«

»Sie verstehen sicherlich, dass wir gezwungen sind, alle Alibis der Mitglieder der Pokerrunde zu überprüfen.«

»Natürlich. Wir verbinden unsere Runden gerne mit einer Whiskyprobe. Kommen Sie doch einfach morgen Abend dazu. Dann lernen Sie die Mitglieder kennen. Bei dieser Gelegenheit können Sie Ihre Fragen stellen.«

Auf der Rückfahrt wird Michael klar, dass er nie erwartet hätte, dass der Mord an Sophia von Lauenstein Hubert und Katharina zu Freunden werden lässt. Die beiden hatten kein einfaches Leben. Sie war in einer unglücklichen Ehe gefangen und er hatte eine Mutter, die ihn weder wertschätzte noch liebte. Es freut ihn sehr für die beiden, dass sie jetzt scheinbar ihr Glück gefunden haben.

Zur gleichen Zeit präsentieren die Spielerfrauen in Köln ihren Fanklub der Öffentlichkeit. Mit Nathalie und Chantal im Schlepptau hat Svea die ortsansässige Presse ins Hotel *Excelsior Ernst* am Dom gebeten. Damit sie auf jeden Fall ein Foto auf den Titelseiten der

Blätter bekommen, tragen die drei attraktiven Frauen superenge, kurze und vor allem tief dekolletierte Kleider in den FC-Farben Rot und Weiß. Ihnen ist ihre Ausstrahlung bewusst. Lächelnd genießen sie ein wahres Blitzlichtgewitter der Presse.

Sobald das Klicken der Fotoapparate und Handys erloschen ist, ergreift Svea das Wort. Sie berichtet von dem neuen FC-Fanklub der Spielerfrauen. Dabei verspricht sie brandheiße News auf Instagram und TikTok, für alle, denen das Umfeld und die Hintergründe der Spieler wichtig sind.

Leider hatte die neunmalkluge Jenny recht. Für die Presse ist der Fanklub schnell abgehakt. Sie geifern nach Neuigkeiten über Rogers Tod. Ausgerechnet hierzu können die Frauen aber rein gar nichts beitragen. Svea ist klar, dass das Interesse der Journalisten abrupt nachlässt, wenn sie nicht irgendetwas zum Mord anbieten.

Auch wenn keine der Spielerfrauen jemals Kontakt zu Rogers Freundin Ariane hatte, beschließt sie zu lügen. Sie kann nur hoffen, dass es gut geht.

»Meine Damen und Herren, wie Sie alle wissen, ist Roger Hammers Freundin Polizistin. Unser Fanklub steht bei der Aufklärung des Mordes voll hinter ihr. Wir unterstützen sie bei der Suche nach dem Mörder. Noch dürfen wir hier nichts verraten. Aber schon bald könnte es sein, dass wir die ein oder andere für Sie alle interessante und spannende Geschichte zu erzählen haben.«

Als die Presse weg ist, sind Nathalie und Chantal mega-neugierig.

»Du weißt etwas über Rogers Tod? Mensch, Svea, warum wissen wir davon nichts?«

»Weil es mir gerade ganz spontan eingefallen ist. Ich habe es nur ausgedacht, damit die Journalisten an uns dranbleiben. Sie hätten uns sonst niemals die Titelseite gewidmet.«

»Ob Ariane das gut findet?«, möchte Nathalie wissen.

»Niemals!«, antwortet Chantal.

Svea zuckt nur mit den Schultern und verzieht das Gesicht. In dem Moment, als sie den Satz ausgesprochen hatte, war ihr klar, dass es Ärger gibt.

Kickerszene Aktuell Kickerszene Aktuell

Wer wird deutscher Fußballmeister?

Nach der überragenden Hinrunde des 1. FC Köln mit den vielen Traumtoren des Topstürmers Roger Hammer gab es in der Fachwelt keinen Zweifel, dass Köln auch in diesem Jahr wieder die Meisterschaft erringen wird.
Das Schicksal hat durch einen brutalen Mord an ihrem Torjäger zugeschlagen. Mit der Folge, dass die Kölner bis auf zwei Unentschieden alle Spiele nach der Bluttat verloren haben. Sollte die Talfahrt des Vereins so weitergehen, müssen sie um den Einzug in die Champions League bangen.
Damit wäre der Verein doppelt gestraft. Wir wünschen ihm, dass die Spieler sich schnellstmöglich von ihrem Schock erholen. Damit sie uns wieder den atemberaubenden Fußball zeigen, den wir von ihnen kennen.
Wir werden alle Spiele beobachten und analysieren. Wie immer gibt es die Informationen für euch auf Kickerszene.

15. Kapitel

Bevor Michael zum Dienstbeginn ins Präsidium fährt, macht er sich auf ins Krankenhaus. Er kauft bei einem kleinen Kaffee-Start-up-Büdchen neben dem Hospital zwei Becher Kaffee. Der Duft ist so überwältigend, dass er nur schwer widerstehen kann, sie nicht auf der Stelle auszutrinken. Als er die Tür zu Arianes Krankenzimmer öffnet, sitzt bereits seine Oma dort.

»Micha, wie schön, dich zu sehen«, strahlt seine Oma, während Ariane ihn anlächelt. Dann steht Oma auf und umarmt ihn zur Begrüßung. Anschließend nimmt sie Michael die beiden Kaffeebecher ab. Einen gibt sie an Ariane weiter und den anderen behält sie für sich.

»Danke für den Kaffee, den können wir gut gebrauchen. Ich hatte heute Morgen noch keinen und das Zeug, das Ariane hier bekommt, ist alles, aber kein Kaffee.«

Michael schaut so verdattert, dass die beide Frauen lachen müssen. Die Schmerzen, die das Lachen bei Ariane hervorruft, lassen sie unverzüglich verstummen. Nachdem sie sich beruhigt hat, reicht sie Michael ihren Kaffeebecher.

»Hier, ich hatte heute Morgen schon meine tägliche Portion. Aber trotzdem danke fürs Mitbringen.«

Michael setzt sich zu Ariane ans Bett und nimmt sie sanft in den Arm. Nach dem Begrüßungskuss blicken sie sich so lange tief in die Augen, bis Michaels Oma sich räuspert.

Michael rückt ein Stück von seiner Freundin ab, behält ihre Hand aber fest in seiner.

»Wie geht es dir? Was machen die Schmerzen?«

»Die Ärzte sind der Meinung, dass die Heilung gut voranschreitet. Aber ich brauche weiterhin Geduld.«

»Mein Junge, du darfst deine Freundin jetzt viele Wochen verwöhnen. Ist das nicht schön!«

Lächelnd gibt Michael seiner Oma recht.

Thorsten als Frühaufsteher betritt immer als erster Mitarbeiter der Mordkommission das Polizeipräsidium. Er will schon mit einem kurzen Nicken an dem Diensthabenden vorbei, als dieser ihn zu sich ruft.

„Herr Kreiner, hier ist ein Mann, der unbedingt mit einem Mitarbeiter der Mordkommission sprechen möchte. Es sei wichtig. Aber er möchte nicht hier warten, sondern lieber draußen in seinem Auto. Er fährt einen schwarzen Porsche. Dürfte nicht zu übersehen sein.“

Thorsten bedankt sich und geht zurück nach draußen. Es ist noch nicht richtig hell und der leichte Nieselregen behindert die Sicht. Nach ein paar Sekunden entdeckt er das schwarze Sportauto. Er geht zur Beifahrerseite und steigt ein.

„Guten Morgen! Mein Name ist Thorsten Kreiner von der Mordkommission. Sie möchten mit uns sprechen, Herr ...?“

Der junge Mann ist sichtlich nervös. „I saw something. But my German is not enough. I didn´t understand everything. The colleagues say no police.“

„Machen Sie sich keine Sorgen. Wir sind verpflichtet, zu schweigen und verraten niemanden, dass Sie hier waren.“

Trotz der beruhigenden Worte scheint der Mann weiter Angst zu haben. Unruhig rutscht er in seinem Sitz hin und her. Seinen inneren Kampf kann Thorsten an seinem Gesicht ablesen. Er sieht den Mann an. Dieser junge und durchtrainierte Mensch kommt ihm irgendwie bekannt vor. Er erinnert ihn an Mahmod Saabu, den Ersatzstürmer für Roger beim FC. Deshalb spricht er ihn aufmunternd an:

„Herr Saabu, wir sind bei der Suche nach dem Mörder von Roger Hammer auf jede Hilfe angewiesen. Wenn Sie uns einen Tipp geben, bleibt das unter uns. Wir werden Sie nicht bloßstellen."

„Roger was very angry with the coach. He grabbed him and spoke to him angrily. I couldn't understand his words. I've never seen Roger so angry. I only saw him like that once with the coach."

»Welche Worte haben Sie denn verstanden? Es ist egal, was Sie mir sagen, auch wenn Sie den Zusammenhang nicht verstehen, kann es uns weiterhelfen.«

»Elfmeter, Schwein, schwul. That's all.«

»Hat das der Trainer gesagt?«, möchte Thorsten wissen.

Der Spieler nickt nur.

„Wissen Sie noch, wann das war?"

„Yes, it was the day he died. Now I have to go to training. Otherwise the coach will bevery angry on me. Tschüss."

Thorsten steigt gerade noch rechtzeitig aus dem Auto aus, als der Fußballer auch schon Gas gibt.

Dem Hinweis wird er nachgehen. Trotzdem findet er es eigenartig, dass Roger ihm von dem Vorfall nichts erzählt hat. Auf der anderen Seite haben sie sich an Rogers Todestag auch nur kurz telefonisch gesprochen.

Als Michael nach dem Krankenhausbesuch bei Ariane zusammen mit Karsten im Präsidium ankommt, fängt der diensthabende Polizist sie am Eingang ab.

»Micha, dein Mitarbeiter hat gerade eine Aussage von einem jungen Mann erhalten. Danach war er irgendwie verändert. Hoffentlich ein guter Tipp für euch.«
»Danke, Jürgen. Einen nützlichen Tipp können wir wahrlich gut gebrauchen. Im Moment haben wir nur viele Puzzleteile, aber noch kein Bild.«

»Karsten, bringe Thorsten in mein Büro. Ich ziehe mir noch schnell einen Automatenkaffee.« Michael benötigt unbedingt noch ein wenig Kaffeedoping, um auf Arbeitstemperatur zu kommen.
Als die drei Polizisten in Michaels kleinem Büro zusammensitzen, erzählt Thorsten von der Aussage des jungen Spielers des 1. FC Köln.
Weil Karsten dabei ist, erwähnt er das Wort schwul nicht. Das kann er Michael auch später noch erzählen.
»Interessant. Die beiden zoffen sich tagsüber, um am Abend friedlich beieinander zu hocken. Ich denke, Oliver Dahmen hat uns etwas unterschlagen. Bitten wir ihn doch ein weiteres Mal zu uns. Ich bin gespannt, wie er uns seine bisherigen Aussagen erklärt.«
»In Ordnung, ich rufe ihn an«, bietet Thorsten hilfsbereit wie immer an.
»Nicht nötig, ich übernehme das selbst.«
»Danke! Karsten, kannst du bitte Mamod Saabu durchleuchten? Ich will nur sicher sein, dass er wirklich etwas gesehen hat und sich nicht auf einem Rachefeldzug befindet.«
Nachdem die beiden das Büro verlassen haben und Michael seinen Rechner hochgefahren hat, steht Thorsten wieder im Büro.
»Ich wollte das eben nicht vor Karsten sagen, aber er hat noch ein drittes Wort verstanden. Und zwar schwul.«

»Sei ganz beruhigt. Karsten wird die Wahrheit über dich und Roger nicht erfahren. Ich lasse mir etwas einfallen, damit er bei dem Verhör nicht dabei sein kann.« Mit Michaels Worten weicht bei Thorsten die Angst vor den Konsequenzen. Schade, dass er immer noch Angst hat, sich zu outen. Die Zeiten haben sich geändert. Aber auch bei der Polizei?

Als Thorsten sein Büro verlassen hat, verschränkt Michael seine Hände hinter dem Kopf und legt seine langen Beine auf den Schreibtisch. Er schließt kurz die Augen. Aber auch in dieser Entspannungsposition fällt ihm keine gute Lösung ein. Das bedeutet, dass er heute Abend eine Poke bowl zubereiten darf. Hierfür darf er so viel kleinschneiden, dass seine grauen Zellen ihm ganz bestimmt von alleine den passenden Ausweg präsentieren werden.

Zurück in der Arbeitsposition an seinem Schreibtisch widmet sich Michael seinen E-Mails. Währenddessen betritt Frank Koch sein Büro. Auf diesen Kollegen hat Michael so gar keinen Bock. Deshalb grüßt er nur mit einem knappen »Morgen.«

»Guten Morgen, Herr Kollege«, lautet die süffisante Antwort, verbunden mit einem schleimigen Lächeln. »Ihnen ist ja bekannt, dass die Schäfer im Krankenhaus liegt. Da sie bei einem Einsatz in Ihrem Team verletzt wurde, habe ich Frau Lobel um Verstärkung gebeten. Ihr Mitarbeiter Kreiner war schuld an der Misere und darf die Schäfer bis zu ihrer Einsatzfähigkeit vertreten. Den Pohlmann will ich nicht zurück. Der Kerl ist vollkommen unfähig. Aber der Kreiner soll ja zu gebrauchen sein.«

Michael starrt den Kollegen entsetzt an. Er kann sich gar nicht entscheiden, ob er sich mehr über seine unhöfliche Sprache, in der er seine Kollegen herabsetzt, oder seine Forderung nach Thorsten aufregen soll.

»Dann werde ich jetzt zu Frau Lobel gehen und sehen, was Sie mir zu sagen hat. Ich danke schon einmal für die Vorabinfo.«

Mit einem widerlichen Grinsen und einer coolen Handbewegung verlässt Frank Koch das Büro. Michael stiefelt direkt hinter ihm her Richtung Treppenhaus. Er kocht vor Wut und könnte der Lobel den Hals umdrehen. Er bleibt kurz vor dem Aufzug stehen, bis ihm bewusst wird, dass er in dem Gemütszustand nur verlieren kann. Deshalb sollte er einen Teil seiner Wut beim Treppensteigen abbauen. In dem Moment öffnet sich die Aufzugstür und der Polizeipräsident steht vor ihm.

»Hauptkommissar Müller!« Mit einem Handschlag begrüßen sich die Männer. »Wie läuft es mit der Suche nach dem Mörder von Roger Hammer?«

Michael spürt, seine einzige Chance, die Entscheidung der Lobel umzudrehen, steht gerade vor ihm. Entweder bekommt er jetzt die dringend notwendige Unterstützung oder Michael kann sich eine neue Dienststelle suchen.

»Es gibt ein paar interessante Neuigkeiten. Wenn Sie ein paar Minuten Zeit haben, werde ich Ihnen gerne unsere neuesten Ermittlungsergebnisse vorstellen.«

Der Präsident wirft einen Blick auf die Uhr. Dann weist er seinen Fahrer an, im Auto auf ihn zu warten. Die beiden Männer gehen in Michaels Büro.

»Herr Präsident, ich habe Sie gerade angelogen. Ich gestehe, dass es zu meiner Mail von gestern nur einen neuen Anhaltspunkt zum Trainer gibt. Einen Mann,

den wir sowieso als sehr verdächtig eingestuft hatten. Aber es gibt eine Sache, die bisher geheim ist.«
Der Präsident zieht leicht die Augenbrauen hoch. Schweigend, als warte er darauf, dass Michael weiterspricht.

»Mein Kollege Thorsten Kreiner und Roger Hammer waren schon seit Jahren ein Paar. Zwei Männer, die ihre wahre sexuelle Orientierung auf keinen Fall publik machen wollten. Für Thorsten ist eine Welt zusammengebrochen, als er die Liebe seines Lebens verlor. Er hat seitdem nur ein Ziel, den Mörder seines Partners zu finden. Um ihm das zu ermöglichen, ist Frau Schäfer sogar zu Hauptkommissar Koch gewechselt. Thorsten verfügt über Einblicke in Familie und Umfeld, die er mir vorbehaltlos zur Verfügung stellt. Er ist ein sehr guter Kommissar, vollkommen integer und vertrauenswürdig!«

»Warum berichten Sie mir jetzt von diesem Geheimnis? Eigentlich müsste ich Kommissar Kreiner unverzüglich von dem Fall abziehen. Welche Intention verfolgen Sie?«

»Ich habe es Ihnen erzählt, weil Sie meine einzige Hoffnung sind, dass Thorsten Kreiner nicht aus meinem Team versetzt wird.«

»Das müssen Sie mir erklären. Betroffene Angehörige sollten nicht ermitteln. Bis vorhin war keine Versetzung geplant. Schließlich hat die Aufklärung des Mordes höchste Priorität. Es wäre also kontraproduktiv, einen Ihrer Mitarbeiter abzuziehen!«

Michael ist verdutzt, findet aber seine Sprache schnell zurück.

»Hauptkommissar Koch hat mir soeben berichtet, dass Kommissar Kreiner als Ersatz für Kommissarin Schäfer in seine Abteilung versetzt wird. Und zwar so lange, bis die Kollegin wieder dienstfähig ist.«

»Hauptkommissar Müller, ich bitte Sie, unter der Maßgabe, dass niemand von der Freundschaft der Männer weiß, ist eine Versetzung vollkommen sinnlos. Damit würden wir die Aufklärung eines international aufsehenerregenden Mordes unnötig erschweren! Ich kann mir nicht vorstellen, wer das hier im Haus angeordnet haben sollte?«

»Polizeirätin Lobel.«

Der Präsident schließt für eine Zehntelsekunde die Augen. Ansonsten kann Michael keine Reaktion in seinem Gesicht feststellen.

»Ich spreche mit der Kollegin Lobel. Nach dem Gespräch wird sich bestätigen, dass der neue Kollege etwas falsch verstanden hat. Entschuldigen Sie mich jetzt bitte, mein Termin wartet.«

»Selbstverständlich. Nur ...«

»Keine Sorge, die mir anvertraute Neuigkeiten habe ich schon wieder vergessen. Allerdings sollte Ihnen klar sein, dass die Wahrheit ans Licht kommen kann. In dem Fall weiß ich von nichts.«

Michael hat bereits den Telefonhörer in der Hand, um den Trainer Oliver Dahmen ins Präsidium zu bitten, als Karsten in sein Büro stürmt.

»Micha, das ist der Wahnsinn, aber ich finde nichts, rein gar nichts über den Spieler, bevor er beim FC angefangen hat. Im Netz gibt es null Informationen über Mahmod Saabu. Es fühlt sich an, als ob der Typ vorher in keiner Weise existiert hätte.«

»Karsten, das ist unmöglich. Ein Fußballer steht im Fokus der Öffentlichkeit. Im Netz muss stehen, bei welchen Vereinen er schon gekickt hat.«

»Fehlanzeige. Kein Verein vor dem 1. FC. Kein Geburtsort, keine Angaben zur Familie. Null Infos über ihn!«

»Karsten, das ist vollkommen unmöglich! Möglicherweise hat sich im Laufe seines Lebens in seinem Namen ein Schreibfehler eingeschlichen?«

»Ich bin doch nicht bescheuert! Natürlich habe ich die verrücktesten Schreibkombis ausprobiert. Es gibt vor dem Eintritt beim FC keinen einzigen Fußabdruck im Netz!«

»Was ist mit einer Recherche bei *Kicker* oder *11 Freunde*, die wissen doch alles über Fußball? Ansonsten hast du die Möglichkeit, beim Bundeskriminalamt oder Europol anzurufen. Vielleicht hatte er so großen Ärger in der Vergangenheit, dass er einen neuen Namen angenommen hat. Ich fahre jetzt ins Geißbockheim und unterhalte mich mit ihm. Bei der Gelegenheit bitte ich Oliver Dahmen, zum Gespräch ins Präsidium zu kommen. Eine offizielle Vorladung halte ich in seinem Fall für wenig sinnvoll.«

Karsten trottet missmutig zurück an seinen Schreibtisch. So eine Scheiße. Am liebsten würde er sich weigern, die Deppen vom Bundeskriminalamt und Europol anzurufen. Das sind doch allesamt arrogante Besserwisser. Aber ihm ist klar, er darf Michael nicht gegen sich aufbringen. Ohne ihn muss er zurück zum mega-Vollidioten Frank Koch. Darauf hat er noch weniger Bock, als mit irgendwelchen Dumpfbacken zu telefonieren. Wütend setzt er sich an seinen Schreibtisch und knallt mit den Schubladen. Wenn er seine Wut schon nicht an Michael auslassen kann, soll wenigsten Thorsten genervt werden.

Dieser reagiert leider nicht. Der Streber ist in eine x-beliebige Tabelle versunken. Bestimmt irgendeine unwichtige Scheiße. Alles nur, um sich vor richtiger Arbeit zu drücken.

An diesem Nachmittag nimmt sich Thorsten noch einmal die Mitglieder der Pokerrunde vor, als Karsten schlechtgelaunt ihm gegenüber Platz nimmt. Bereits in den wenigen Tagen nach dem Tausch mit Ariane hat er gelernt, dass es für ihn am einfachsten ist, wenn er Karsten ignoriert. Der Fehler, ihn anzusprechen und eine geballte Ladung Frust abzubekommen, ist Thorsten nur einmal unterlaufen. Diese schlechte Erfahrung hat sich bei ihm eingebrannt.

Roger wollte weder über die Teilnehmer seiner Pokerrunde noch über die Geldbeträge, die dabei verzockt oder gewonnen wurden, reden. Der bekannte Radiosprecher und die berühmte Schauspielerin mussten ihre Teilnahme genauso verbergen wie Roger. Das mediale Echo wäre extrem schlecht für sie ausgefallen. Selbst Katharina Groß und Hubert von Lauenstein, die keine Prominenten sind, ist es wohl lieber, dass ihr Laster geheim bleibt. Zwei weitere Namen der Liste sagen Thorsten rein gar nichts. Die Namen sind auch nicht so einzigartig, dass er im Internet direkt einen Treffer landen kann. Er muss nach weiteren Anhaltspunkten suchen, um sie zu identifizieren. Es könnte für Michael sonst peinlich werden, wenn er die Pokerrunde aufsucht.

Bevor er die beiden kontaktieren kann, steht Arianes Verehrer, Kevin Schenkenberg mit einem Geschenk für seine Angebeteten Kollegin in der Tür.

»Hallo, Thorsten, ich habe von Arianes Verletzung gehört. Ich weiß nicht, in welchem Krankenhaus sie liegt und auch nicht, ob sie mich sehen will.«

»Kevin, sie ist sehr schwer verletzt worden und braucht absolute Ruhe. Besuche sind im Moment nur von ihrer Familie und ein oder zwei Freunden erlaubt.«

»Das tut mir sehr leid. Ich habe hier eine Kleinigkeit für sie. Vielleicht kannst du es ihr überreichen?«

»Natürlich. Das ist sehr aufmerksam von dir. Ich nehme es gerne morgen mit in die Klinik.«

Kevin steht noch ein paar Augenblicke unentschlossen im Büro herum, bevor er sich verabschiedet.

Kaum ist er weg, schaut Thorsten neugierig in die bunte Geschenktüte.

Karsten, der die Szene schweigend beobachtet hat, will wissen, womit Kevin Ariane eine Freude machen will. Thorsten lässt ihn einen Blick hineinwerfen und Karsten bricht in schallendes Gelächter aus. Thorsten indes bedauert seine Zusage, das Geschenk weiterzugeben.

Michael nimmt seine Lederjacke vom Garderobenhaken im Büro und begibt sich auf den Weg zum FC. Als er am Büro seiner Kollegen vorbeikommt, hört er Karstens Lachen. Er hält kurz inne, um nach der Ursache zu fragen, überlegt es sich aber anders. Wenn es wichtig ist, wird Thorsten ihm den Grund verraten. Stattdessen steuert er zielstrebig auf den Ausgang zu und fährt wie geplant zum Geißbockheim.

16. Kapitel

Im Geißbockheim angekommen, klopft Michael beim Präsidenten Dr. Alfons Steinberger an. Überrascht hebt Dr. Steinberger den Kopf, als er Michael sieht.

»Ihre Sekretärin ist gerade nicht an ihrem Platz. Ich hoffe, Sie haben ein paar Minuten Zeit für mich.«

»Ich werde sie mir nehmen. Was kann ich für Sie tun?«

»Was können Sie mir zu Mahmod Saabu sagen?«

»Ein netter Junge und sehr talentiert. Er hat ein paar private Probleme. Diese haben aber nichts mit dem Mord an Roger zu tun.«

Michael überlegt, von welchen Problemen der Präsident spricht. Meint er die nicht auffindbare Vergangenheit des Spielers?

»Dr. Steinberger, warum finden wir von Mahmod keine Informationen im Netz, bevor er beim FC unter Vertrag genommen wurde?«

Der Präsident blickt Michael direkt in die Augen, bevor er sagt:

»Was ich Ihnen jetzt erzähle, darf diesen Raum nicht verlassen. Können Sie mir das versprechen?«

Michael überlegt kurz und verspricht die Geheimhaltung.

»Die Staatsanwaltschaft hat gegen den Jungen wegen Tatverdacht des Asylbetruges ermittelt. Nach Aktenlage sah es kurze Zeit so aus, dass unser Spieler nicht aus seinem Heimatland stammt. Stattdessen sollte er schon einige Monate früher unter einem anderen Namen nach Italien eingereist sein. Sie können sich vorstellen, wie belastend dies für einen Menschen ist, dessen Familie im Heimatland verfolgt und ermordet wurde. Wir wissen nicht, wie die damaligen

Anschuldigungen zustande kamen. Aber der Staatsanwaltschaft lagen angeblich konkrete Hinweise vor.
Aus diesem Grund wurde gegen Mahmod wegen illegaler Einreise, Urkundenfälschung und falscher eidesstattlicher Versicherung ermittelt. In diesen Fällen ist die Staatsanwaltschaft verpflichtet, ein Ermittlungsverfahren einzuleiten. Glücklicherweise haben sich die Anschuldigungen nicht bestätigt.
Das Kölner Landgericht konnte keinen hinreichenden Tatverdacht feststellen und hat die Anklage gegen unseren Spieler fallengelassen. Da das Verfahren unter seinem richtigen Namen lief, wissen nur ganz wenige Personen darüber Bescheid.
Eine riesengroße Schweinerei, die unseren Spieler damals vollkommen fertigmachte. Wir haben dem Jungen geholfen, indem wir dafür gesorgt haben, dass er bei seiner Vertragsunterzeichnung mit unserer Hilfe einen neuen Namen erhält. Wir wollen und müssen Mahmod Saabu weiter schützen. Er hat trotz seines jungen Alters so viel Schreckliches erleben müssen. Deshalb bitte ich Sie ausdrücklich, dieses Wissen über seine Vergangenheit nicht weiterzugeben.«
»Selbstverständlich! Ich danke Ihnen für Ihre Offenheit. Ich gehe nicht davon aus, dass wir diese Informationen noch einmal benötigen werden.«

Nach dem Gespräch mit dem Präsidenten macht sich Michael auf die Suche nach dem Cheftrainer Oliver Dahmen. Er findet ihn zusammen mit dem Athletiktrainer Manuel Mayer in seinem Büro.
»Guten Tag, darf ich Sie kurz stören?«
»Das ist gerade ungünstig. Herr Hauptkommissar. Können wir das Gespräch nicht auf morgen verlegen? Wir haben heute ein sehr wichtiges Spiel.«

Dass es so gut läuft, hätte sich Michael im Traum nicht ausgemalt.

»Wenn es heute so gar nicht für Sie passt, Herr Dahmen, dann kommen Sie doch einfach morgen früh ins Präsidium.«

»Okay, ich bin morgen gegen acht Uhr bei Ihnen.«

Bevor die Männer sich erneut dem Bildschirm zuwenden, unterbricht Michael sie noch einmal.

»Herr Mayer, es wäre gut, wenn Sie morgen auch Zeit für einen Besuch im Präsidium finden. Wir beide hatten noch keine Gelegenheit zu einem ausführlichen Gespräch.«

»Warum? Ich habe Ihnen doch alles, was ich weiß, erzählt.«

Michael lächelt den Athletiktrainer freundlich an und verabschiedet sich mit den Worten:

»Dann bis morgen, die Herren.«

Ohne weitere Reaktionen auf den Einwand dreht sich der Hauptkommissar um und verlässt das Büro. Die erste Aussage von Manuel Mayer hatte nicht die geringsten Anhaltspunkte für ein zweites Gespräch gegeben. Trotzdem ist es wichtig, auch ihn ins Präsidium einzuladen. Nur so können sie sicher sein, dass der Trainer morgen vollkommen unbekümmert bei ihnen erscheint und keinen Verdacht schöpft, dass sie etwas von seinem Streit mit Roger wissen.

Bevor sich Michael auf den Rückweg macht, hält er noch für ein schnelles Mittagessen am Traditionsgasthaus *Marienbild*, welches seit 1883 direkt an der Aachener Straße liegt.

Die Gaststube sieht noch immer wie früher aus. Wenn Michael hier einkehrt, fühlt es sich wie eine kleine

Zeitreise an. Neben der geschichtsträchtigen Atmosphäre besticht auch die gute Küche.

Nach der Tagessuppe und einem hausgemachten Krüstchengulasch mit einem Kölsch und zwei Tassen Kaffee begibt er sich gut gesättigt auf den Weg zurück ins Büro.

Als er dort kommt, sieht er Thorsten am Schreibtisch sitzen. Der Platz ihm gegenüber ist frei.

»Wo steckt denn Karsten?«, möchte Michael wissen.

»Ich glaube, in der Kantine. Aber ich weiß es nicht. Ich gestehe, dass ich mir angewöhnt habe, nicht hinzuhören. Egal, was er gerade von sich gibt. So kann ich ihn leichter ertragen.«

»Ich weiß, Karsten ist speziell. Die Zusammenarbeit ist besonders in deiner schwierigen Lage belastend. Aber dir ist sicherlich bewusst, es gibt keine andere Lösung.«

Thorsten bringt ein müdes Lächeln zustande und nickt zustimmend.

»Du hast ja recht. Gibt es etwas Neues?«, möchte er wissen.

»Morgen früh um acht kommt Oliver Dahmen ins Präsidium. Damit er gar nicht erst auf die Idee kommt, dass wir von seinem Streit mit Roger wissen, habe ich Manuel Mayer gleich mit eingeladen. Wie sieht es bei dir aus? Hast du etwas Neues erfahren?«

Thorsten schüttelt den Kopf. Dann fällt ihm ein: »In den Medien kursiert gerade nur ein ganz besonderes Thema. Die Frauen und Freundinnen der FC-Spieler haben einen Fanklub gegründet. Das haben sie ganz schön clever hinbekommen. So lenken sie ein wenig von den aktuellen Problemen des FC ab«.

»Der Zeitpunkt für ihre Gründung ist auch für uns genial,« freut sich Michael.

»Wir nutzen die Gelegenheit und schicken Karsten als Womanizer morgen früh dort hin. Dann haben wir ihn bei dem Gespräch mit Oliver Dahmen nicht dabei.«

»Das ist eine gute Idee. Micha, soll ich oder sagst du ihm, dass er noch heute Kontakt zu den FC-Frauen herstellen soll?«

Die Tür geht auf und Karsten schlendert ins Büro.

»So, wir ihr guckt, habt ihr doch irgendwas ausgeheckt?«, will er leicht aufmüpfig wissen.

»Karsten, es gibt etwas Neues. Ich möchte, dass du sofort die Initiatorin des frisch gegründeten FC-Frauen-Fanklubs aufsuchst und herausfindest, ob sie Infos zu Roger oder Mahmod haben.«

Bei Michaels Worten verändert sich Karstens Gesicht und ein glückseliges Strahlen breitet sich aus.

»Na, endlich mal 'ne Aufgabe, die zu mir passt. Die scharfen Ladys verhöre ich doch liebend gern.«

»Du hast den ganzen morgigen Vormittag Zeit, um die maßgebenden Initiatorinnen des Clubs zu befragen. Um eins treffen wir uns zu einem gemeinsamen Mittagessen. Dann kannst du berichten, was du alles herausgefunden hast.«

Karstens Antwort ist ein freudestrahlendes Grinsen. Er schaltet direkt wieder seinen PC an, um herauszufinden, wer zum Fanklub gehört und wer dort das Sagen hat. So schnell hat er noch nie mit der Ausführung eines Auftrages losgelegt.

Nach Dienst springt Michael kurz in den nächsten Supermarkt, um ein paar Lebensmittel einzukaufen. Bevor er zu Ariane ins Krankenhaus fährt, braucht er noch etwas zu essen. Er entscheidet sich für eine Poke Bowl, mit Lachs und Avocado.

Zuhause schneidet er den Lachs in kleine Stücke. In der Zwischenzeit kocht er den Reis. Der Fisch wird in einem Dressing aus Sojasauce, Sesamöl und Limetten-saft mit ein paar Gewürzen und frischen Kräutern ma-riniert. Während er im Kühlschrank durchzieht, schneidet Michael die Avocado, die Tomaten und die Frühlingszwiebeln klein. Beim zerteilen des Gemüses kommen Michael immer die besten Ideen. Versunken im Fall, übergart der Reis und wird langsam matschig. Er richtet ihn mit den restlichen Zutaten auf einem Tel-ler an und brät noch schnell den Lachs in der Pfanne. Anschließend lässt er sich sein Essen schmecken.

Auf dem Weg ins Krankenhaus hält Michael am Blu-menladen an, um festzustellen, dass dieser bereits ge-schlossen ist. Er möchte auf keinen Fall mit leeren Händen Ariane besuchen und schaut sich hektisch die Umgebung an. Auf der anderen Straßenseite entdeckt er ein kleines Schokoladengeschäft. Der Laden ist zwar schon geschlossen, aber die Inhaberin ist noch mit der Dekoration beschäftigt. Michael versucht sein Glück und klopft an die Scheibe. Die Frau schüttelt nur ihren Kopf. Aber so leicht gibt er nicht auf und klopft weiter. Endlich kommt sie zur Tür und öffnet diese.

»Wir haben geschlossen. Heute kann ich nichts mehr für Sie tun.« Mit diesen Worten möchte sie die Tür schon wieder schließen, als Michael dies mit seinem Körpergewicht verhindert.

»Ich weiß, aber ich flehe Sie an, eine Ausnahme zu ma-chen. Ich muss ins Krankenhaus und möchte dort nicht ohne eine Aufmunterung für eine Schwerverletzte ankommen.«

»Sie sind gut, die Kasse ist bereits abgerechnet. Wenn ich unter der Hand etwas verkaufe, kriege ich Ärger mit dem Finanzamt und der Polizei. Darauf kann ich verzichten.«

Mit den Worten, das wird heute auf keinen Fall passieren, zeigt Michael ihr seinen Dienstausweis.

Die Frau schaut sich den Dienstausweis genau an und lässt Michael ins Ladenlokal.

»Ich kann Ihnen aber nur etwas gegen Cash verkaufen. Die Kasse ist für heute geschlossen.«

Michael ist erleichtert, dass die Ladenbesitzerin ihre Meinung geändert hat und er tatsächlich genügend Bargeld bei sich hat.

Mit drei wunderschönen Rosen aus Schokolade betritt er kurze Zeit später Arianes Krankenzimmer. Ihre Augen sind geschlossen und ihre blasse Haut hebt sich nur leicht von der weißen Farbe des Kopfkissens ab.

Als er sich zu ihr setzt, öffnet sie ihre Augen und ein Strahlen breitet sich auf ihrem Gesicht aus.

Obwohl sie sich bei seinem letzten Besuch so nah gekommen sind, bringt Michael nur ein schüchternes »Hi« heraus.

Ariane könnte verzweifeln, ihr Chef ist doch sonst nicht so zögerlich. Muss sie schon wieder die Initiative übernehmen? Sie nimmt seine Hand und fordert einen Begrüßungskuss von ihm. Ariane spürt, wie Michael sich anschließend entspannt.

»Meine Liebe, ich habe dir etwas mitgebracht. Rosen aus Schokolade. Gefallen Sie dir?«

»Sie sehen sehr schön aus. Ob sie auch schmecken? Lächelnd beobachtet Ariane, wie der Schokoladenjunky Michael die erste Rose auspackt und sich gleich ein

Blatt in den Mund steckt. Dann wird ihm klar, dass es gar nicht seine Schokolade ist, und legt vorsichtig auch Ariane ein Schokoladenblatt in den Mund.

Ariane überlässt Michael den Rest der Schokoladenrose. Ihr Appetit ist noch nicht wieder zurück. Zärtlich halten sie sich ihre Hände, als Michael endlich gesteht: »Ich liebe dich. Du glaubst gar nicht, welche Sorgen ich mir gemacht habe, als ich von dem Angriff auf dich erfuhr. Ich stand vollkommen neben mir. Es war mir vorher gar nicht bewusst, wie sehr ich dich liebe. Trotzdem bedurfte es deiner Worte, um mir meine Gefühle einzugestehen. Ich bin unendlich froh und glücklich, dass du lebst und wir jetzt zusammen sind.« Ariane ist so gerührt, dass das Geständnis ihre Schmerzen vergessen lässt.

»Deine Oma hat mir bereits im letzten Jahr beim Streuselkuchenessen von deinen Gefühlen berichtet. Sie kennt dich wohl besser als du dich selbst. Damals meinte sie, ich solle dir Zeit geben, du wärst schon immer ein Spätzünder gewesen.«

Während sie Hand in Hand in Erinnerungen schwelgen, wird Michael bewusst, dass er so einiges in der Vergangenheit falsch interpretiert hat.

Ein Blick auf die Uhr zeigt Michael, dass die Zeit gerast ist. Schweren Herzen verabschiedet er sich von Ariane mit einer zärtlichen Umarmung und einem innigen Kuss. Alsdann macht er sich auf in die Brühler Innenstadt.

17. Kapitel

Nachdem Michael im Parkhaus hinter dem Brühler
Krankenhaus seinen Wagen geparkt hat, macht er sich
auf den Weg zum Balthasar-Neumann-Platz. Nach wenigen Schritten sieht er, dass Katharina Groß ihn zusammen mit Hubert von Lauenstein bereits vor dem
Brühler Whiskyhaus erwartet.

Mit einem leichten Vorwurf begrüßt ihn mit den Wor-
ten: »Hauptkommissar Müller, wir warten schon zehn
Minuten auf Sie. Pünktlichkeit ist scheinbar nicht Ihre
Stärke.«

Bevor Michael auch nur seinen Mund öffnen kann,
legt sie bereits nach: »Jetzt argumentieren Sie bitte
nicht mit der Verkehrslage auf der A 555«.

Hubert von Lauenstein zuckt nur kurz mit den Schultern, ehe er Michael mit einem festen Händedruck
freundlich begrüßt.

»Ich freue mich, Sie wiederzusehen. Wenn ich Ihnen
bei der Aufklärung von Rogers Tod behilflich sein
kann, zögern Sie nicht, meine aufrichtig gemeinte
Hilfe in Anspruch zu nehmen.«

»Ich bin schon dankbar, dass Sie mir die Gelegenheit
geben, Roger Hammers Pokerrunde kennenzulernen«,
freut sich Michael über das Angebot.

Damals hätte ihm diese Unterstützung am Anfang der
Mordaufklärung von Sophia von Lauenstein sehr geholfen. Aber es gefällt ihm, dass Hubert von Lauenstein jetzt dazu bereit ist.

Michael betrachtet die Außenansicht des Whiskyge-
schäftes. Die Verkaufsräume befinden sich in einem
Ecklokal am Balthasar-Neumann-Platz. Von außen

wirkt das Ladenlokal neu und modern, während der Rest des Gebäudes den Charme der Achtzigerjahre versprüht.

Die Glasschiebetür öffnet sich und Michael betritt sein persönliches Paradies. Eine überwältigende Auswahl an Spirituosen. Die Fläche des Raumes wurde maximal ausgenutzt. Die Wände sind mit Regalen bestückt, die Gänge verfügen über prall gefüllte Aufsteller sowie kleine und große Schränke und weitere Regale. Dazwischen stehen opulente rote Ledermöbel, wie man sie sich in einem alten englischen Landhaus vorstellt. Wäre Michael heute nicht dienstlich hier, würde er sich in einem der gemütlichen Sessel fallenlassen und gerne durch das üppige Angebot des Hauses durchprobieren.

Katharina und Hubert führen ihn durch das Ladenlokal zu einer breiten Holzschiebetür. Dort geht es in den Loungebereich. In der Mitte des Raumes befindet sich ein sehr großer viereckiger Tisch, an dem locker fünfzehn Personen Platz nehmen können. Vor den bequem aussehenden Stühlen im modernen Design stehen Holzbretter mit jeweils acht mit Whisky gefüllten Gläsern und einer großen Flasche Mineralwasser. Die Farben der Whiskys leuchten von Zartgelb über Golden bis Kupfergelb. Michael läuft das Wasser im Mund zusammen.

Sie sind heute Abend die ersten Gäste der Pokerrunde und werden vom sympathischen Eigentümer gutgelaunt begrüßt. Der Mann ist groß und kräftig und scheint die gute Laune in Person zu sein. Als Michael ihm den Grund seines Besuchs mitteilt, huscht ein Schatten über sein Gesicht. Eine ähnliche Reaktion wie bei anderen Befragungen. Wieder ein Mensch aus Rogers Umfeld, der ihn offensichtlich geschätzt hatte.

»Ich möchte Ihnen zu Roger Hammer und seinem Treffen bei Ihnen ein paar Fragen stellen«, fragt Michael nach der Begrüßung.

»Über den Mord an Roger kann man täglich im Netz lesen. Es ist unerklärlich für mich, warum ausgerechnet dieser angenehme, freundliche und vor allen Dingen umgängliche Gast getötet wurde.« Bei diesen Worten bewegt der Mann langsam seinen Kopf von rechts nach links, um seine Worte zu unterstreichen.

»Roger war ein Gast, der auch sehr gerne Poker spielte«, sagt Michael.

»Wenn ich hier keine Whiskyseminare abhalte, vermiete ich den Raum. Meine Gäste nutzen ihn, um Whiskys zu probieren. Wir sind schließlich ein Whiskyhaus. Ich stelle Ihnen immer neue Kombination zusammen. Dass sie dabei ein bisschen Kartenspielen, stört mich nicht, beziehungsweise interessiert mich ehrlich gesagt auch nicht«, lautet die Antwort des Eigentümers.

»Auch nicht, wenn es um illegale Pokerrunden geht?«, möchte Michael wissen.

»Hören Sie: Roger Hammer, der berühmteste Fußballer Deutschlands, Karo Cat, doppelte Oscar-Preisträgerin und berühmte Hollywood-Blockbuster-Schauspielerin, Otto Anger, WDR-Moderator, Katharina Groß, Ex-Frau unseres Landtagsabgeordneten, Hubert von Lauenstein, Sohn einer ermordeten Mutter Sophia von Lauenstein und jetzt Brühler Industrieller – glauben Sie wirklich, dass diese Menschen in ein normales Lokal gehen können, um in Ruhe etwas zu trinken? Hier bei mir haben Sie Privatsphäre. Da können Sie ohne Angst vor Paparazzi oder aufdringlichen Fans in Ruhe ihren

Whisky genießen. Das sind keine illegalen Pokerrunden, das ist eine private Pokerrunde.« Bei dieser langen Antwort ist der Eigentümer sichtlich verärgert. Michael erkennt, dass der Mann recht hat. Wer so berühmt ist, braucht einen sicheren Rückzugsort. Überall lauern Handys, um unerwünschte Schnappschüsse später im Internet zu veröffentlichen.

Während des kurzen Gesprächs sind die anderen Teilnehmer der Pokerrunde eingetroffen. Eine Frau und ein Mann kommen Michael zwar vage bekannt vor, aber ihm fallen ihre Namen nicht ein.

Um die Situation zu entspannen, fragt Michael den Eigentümer bewusst provokant, um die Atmosphäre zu lockern:

»Und ihr Whisky schmeckt?«

»Warum nehmen Sie nicht einfach Platz und ich stelle Ihnen auch ein Degustiertablett zur Verkostung hin?«

»Was kostet das?«, möchte Michael wissen. Wie immer hat er nicht viel Bargeld im Portemonnaie.

Daraufhin bricht die Schauspielerin Caro Cat in ein ansteckendes Lachen aus. Kein Wunder, dass diese Frau eine Berühmtheit ist.

»Tja, Herr Kommissar, bei uns zahlt der Gewinner die Rechnung für alle!«

In dem Moment ist Michael klar, dass es ein sehr teurer Abend werden kann.

An diesem düsteren Morgen benötigt sein Wecker ganze zwanzig Minuten, um Michael wach zu klingeln. Sein Kopf dröhnt und ihm ist klar, dass er gestern mehr als einen Whisky zu viel getrunken hatte. Schwerfällig kämpft er sich aus dem Bett. Als er die Jalousien hochzieht, kann er selbst im Dämmerlicht den

kräftigen Regen erkennen. Am liebsten würde er sich direkt wieder hinlegen. Ein Blick auf die aktuelle Uhrzeit zeigt ihm die Unmöglichkeit seines Wunsches und er tappt schlaftrunken in Richtung Badezimmer. Die Dusche lässt ihn ein wenig wacher werden. Zum Frühstück bereitet er sich in seiner Küche ein Müsli zu. Mit zwei großen Tassen Kaffee, die er sich obendrein gönnt, sollte er auch wieder fahrtauglich sein. Er darf gar nicht daran denken, wie er in dem Zustand, in dem er sich gestern Abend befand, nach Hause gekommen ist. Aber eins muss er sich eingestehen, er hat selten einen so entspannten und kurzweiligen Abend verbracht. Die Pokerrunde kann er als Verdächtige ausschließen. Das Letzte, woran er sich erinnert, ist, dass alle ein Alibi für die Tatzeit hatten. Aber Michael hat gestern bei niemanden in der Runde auch nur einen Ansatz für ein Motiv entdecken können.
Als er in sein Auto steigt, liegen zwei Flaschen Whisky auf dem Beifahrersitz. Einen Quitman und einen Tomatin. Scheinbar haben diese beiden Sorten ihm so gut geschmeckt, dass er sie gekauft hat. Er muss heute Abend einen Blick auf sein Konto werfen, um herauszufinden, wie teuer der gestrige Abend für ihn war. Er kann nur hoffen, dass sein Dispo nicht in den Keller gerutscht ist.

Als Thorsten an diesem Morgen erwacht, ist er, anders als Michael, einfach nur dankbar, dass er nach langer Zeit ein paar wenige Stunden schlafen konnte. Auf dem Weg zum Präsidium hält er bei seinem Lieblingsbäcker und gönnt sich eine Bio Kornstange. Nachdem er diese noch im Auto mit einem Orangensaft verzehrt hat, fühlt er sich das erste Mal nach Rogers Tod wieder halbwegs zurechnungsfähig. Die letzten Tage hat er nur funktioniert. Er weiß, er wird die Liebe seines Lebens nie vergessen, egal, wann er diesen Mord verarbeitet hat. Was auch in seiner Zukunft geschieht, die Erinnerung an Roger wird für immer in ihm weiterleben.

Als Michael und Thorsten wohl zum ersten Mal in ihrer Laufbahn gemeinsam das Polizeipräsidium in Köln betreten, wartet der Trainer des 1. FC Köln, Oliver Dahmen, bereits auf sie.
Nach einer kurzen Begrüßung begleitet er die Polizisten in Michaels Büro. Auf dem Weg weist Oliver Dahmen darauf hin, dass er pünktlich zum Trainingsbeginn wieder im Müngersdorfer Geißbockheim sein muss.
Nachdem die Bürotür geschlossen ist und alle sitzen, beginnt Michael mit dem Verhör.
»Herr Dahmen, ich danke Ihnen, dass Sie heute zu uns gekommen sind. Da Sie in Zeitnot sind, möchte ich Sie nicht unnötig mit Smalltalk aufhalten. Deshalb komme ich gleich zu meiner Frage: Worum ging es in dem Streit zwischen Ihnen und Roger Hammer an dessen Todestag?«
Dem Trainer entweicht die Gesichtsfarbe. Er behält ansonsten seine Haltung.
»Ich verstehe Ihre Frage nicht. Roger und ich haben uns immer sehr gut verstanden. Wir hatten keinen Streit!«, lautet die zögerliche Antwort.
»Dann nennen wir es Meinungsverschiedenheit. Auf jeden Fall sind Sie dabei beobachtet worden.«
Der Trainer presst angestrengt seine Lippen zusammen und blickt schweigend zur Seite.
So kamen Sie nicht weiter. Michael erinnerte sich besonders an ein Wort aus dem Disput. Er musste das

Wort »schwul« nutzen, um die Wahrheit herauszubekommen. Hoffentlich reicht es aus, damit der Trainer sein Schweigen bricht.

»Ich sage nur zwei Worte: Elfmeter und schwul. Was haben Sie von ihm verlangt? Was musste Roger tun, damit seine Homosexualität nicht publik wurde? Ich möchte wissen, womit Sie ihn unter Druck gesetzt haben?«

»Hören Sie, ich habe ihn nicht umgebracht. Ich hatte ihn in einer privaten Sache um Hilfe gebeten, aber er hat sie mir verweigert. Daraufhin bin ich ausgerastet. Das war nicht in Ordnung. Ich schäme mich dafür. Am Abend habe ich ihn deshalb aufgesucht, um mich für mein Verhalten zu entschuldigen, aber da war er bereits tot.«

»Warum haben Sie dann nicht die Polizei gerufen? Das wäre doch eine normale Reaktion, wenn man einen Toten findet.«

»Bedaure, aber dafür müsste ich Vertrauen zur Polizei haben. Dass ich hier heute sitze, zeigt doch nur, dass ich für Sie ein Hauptverdächtiger bin. Wenn ich Sie direkt angerufen hätte, wer weiß, ob ich dann nicht schon längst hinter Gittern wäre.«

Thorsten schaltet sich in das Gespräch ein. »In welcher privaten Angelegenheit benötigten sie Rogers Hilfe? Roger war für seine Hilfsbereitschaft bekannt. Was haben Sie von ihm verlangt, dass er Ihnen seine Hilfe verweigert hat?«

»Dieser Vorfall hat mit dem Mord nicht zu tun. Das ist ganz alleine meine private Angelegenheit.«

Michael und Thorsten blicken sich an.

»Hören Sie«, sagt Michael, »lassen Sie uns entscheiden, ob Ihr Problem mit dem Fall zu tun hat. Wenn das nicht so ist, werden wir Ihre Information sofort wieder vergessen. Das verspreche ich Ihnen.«

Thorsten und Michael beobachten, wie der Trainer nach den richtigen Worten sucht. Immer wieder beginnt er einen Satz. Immer nur ein oder zwei Worte. Dann bricht er ab und schließt seine Hände zur Faust. Sie geben ihm Zeit, die er braucht, und warten darauf, dass er weiterspricht.

Stotternd, unterbrochen von großen Pausen erzählt er ihnen:

»Vor meiner Verpflichtung hier in Köln war ich Trainer der ungarischen Nationalmannschaft. Meine Kinder besuchen eine internationale Schule in Budapest. Im Sommer macht die Große ihr Abitur. Sie fühlt sich wohl dort. Beide Kinder sind in Budapest glücklich. Sie haben einen großen Freundeskreis und super Noten. Deshalb haben meine Frau und ich entschieden, dass wir die Älteste in Ruhe die Schule abschließen lassen, bevor alle zusammen nach Köln umziehen.«

Oliver Dahmen legt eine kurze Pause ein, um aus einer mitgebrachten Trinkflasche zu trinken.

»Irgendwann kam ein Anruf meiner Frau, der unser Leben für immer veränderte. Sie klang vollkommen panisch. Ich hörte ihre Angst. Meine Frau ist stark, aber bei dem Gespräch konnte sie kaum sprechen. Ich erfuhr, dass zwei Männer bei ihr und den Kindern waren.«

Erneut braucht Oliver Dahmen eine kleine Pause, bevor er weiter berichten kann.

»Bei dem Telefonat wurde mir bewusst, dass die Männer zur serbischen Wettmafia gehören. Sie machten mir unmissverständlich klar, dass meine Frau und meine Töchter in ihrer Gewalt seien. Sie haben gedroht, sie zu töten, wenn ich die Spiele nicht nach ihren Vorgaben manipuliere. Ich war verzweifelt. Meine Familie ist mein Ein und Alles. Ich wollte beim FC kündigen, um die Erpressung zu beenden. Aber sie machten mir äußerst brutal klar, dass meine Familie diese Entscheidung genauso wenig überlebt.«

Michael und Thorsten sind bestürzt über das Geständnis des Trainers. Was für eine extreme Belastung muss dieser Mann aushalten?

»Meine Aufgabe war es, Roger dazu zu bringen, für sie zu arbeiten. Aber selbst für meine Familie war Roger nicht bereit zu betrügen.«

»Was genau wurde von Roger verlangt?«, fragt Michael.

»Das übliche, Elfmeter verschießen, sich in der ersten oder zweiten Halbzeit eine gelbe oder auch rote Karte einhandeln. So was in der Art. Die Serben wetten auf die verrücktesten Sachen. Damit machen sie wahnsinnig viel Geld. Einige Spieler arbeiten freiwillig für die Wettmafia, aber andere werden dazu gezwungen. Glauben Sie mir, deren Macht reicht viel weiter, als Sie sich das im Moment vorstellen können.«

Es tritt nach diesen Worten eine Pause ein, in der die Polizisten darauf warten, dass der Trainer weiterspricht.

»Ich war verzweifelt. Ich habe wahnsinnige Angst um meine Familie, also habe ich Roger bedrängt, möglicherweise auch bedroht. Er meinte nur zu mir, wer droht, unschuldige Menschen zu töten, dem darf und kann man nicht nachgeben. Solche Leute würden immer weiter drohen und erpressen. Es würde nie ein Ende nehmen. In meiner Verzweiflung war ich extrem verärgert über seine Entscheidung. Nachdem meine Wut abgekühlt war, musste ich mir eingestehen, dass Roger recht hat.«

Nach einer kleinen Pause fährt er fort. »Deshalb bin ich am Abend zu ihm. Ich wollte ihn um Verzeihung bitten. Nach dem schrecklichen Fund bin ich panisch weggelaufen, direkt in die Arme seines Managers. Ich habe Marcel Schmitter gesagt, was passiert ist und dass wir besser verschwinden. Er war über den Mord genauso geschockt und erschüttert wie ich.
Er fragte, ob ich es war. Natürlich nicht, habe ich ihm gesagt. Er hat mir geglaubt und mit mir zusammen Brühl verlassen.«
»Sie wissen, dass diese Aussage Sie belastet. Ich muss Sie hierbehalten und Ihre Angaben prüfen. Ich hoffe, dass die Gerichtsmedizin uns bestätigt, dass keine Tatortspuren zu Ihnen führen. Sobald die Ergebnisse vorliegen, dürfen Sie uns verlassen. Ansonsten sind wir gezwungen, Haftbefehl gegen Sie zu beantragen.«
Oliver Dahmen nickt nur stumm und verlässt mit Thorsten den Raum. Michael überlegt unterdessen, wie er herausfindet, ob Ehefrau und Tochter sich tatsächlich in der Gewalt der serbischen Wettmafia befinden. Er benötigt Beweise, um sicher zu sein. Der Trainer wirkte bei der Vernehmung überzeugend. Aus Prinzip wird das Ergebnis bei der Lobel nicht ausreichen. Sie lässt ihn nur in Ruhe, wenn er stichhaltige Beweise vorlegt.

Nachdem Schwester Yvonne bei Ariane den Verband erneuert hat, verlässt sie das Zimmer. Kaum ist die Tür zu, klopft dort jemand an. Nach einem flüchtigen Blick auf ihre Armbanduhr ist sie neugierig, wer das sein könnte. Für Michael ist es noch zu früh und ihre Freundin Kira hat sich vor einer halben Stunde erst verabschiedet. Als die Tür sich öffnet, sieht Ariane ihren Kollegen Hannes dort ein wenig verlegen stehen.

Um ihm die Verlegenheit zu nehmen, begrüßt sie ihn aufmunternd.

»Was für eine schöne Überraschung! Ich war kurz davor, an Langeweile zu sterben. Danke für die Rettung!«

»Ich freue mich, dich zu sehen. Ich hätte dich schon viel früher besuchen sollen«, antwortete Hannes leicht zerknirscht. »Wäre es trotzdem okay für dich, wenn ich etwas Dienstliches mit dir bespreche?«

Ariane kann ein Lachen nur schwer unterdrücken.

»Ach, Hannes, gib zu, dass du wegen eines Problems hier bist und nicht, weil du mich so sehr vermisst hast.«

Ihre offene Art hilft ihm, sich weit besser zu fühlen als noch vor fünf Minuten.

»Wo drückt der Schuh, spuck es aus. Ich hoffe, ich kann dir helfen.« Während sie antwortet, zeigt sie mit der rechten Hand auf den Besucherstuhl neben ihrem Bett.

»Es geht um Antonio Giulio.« Ariane zieht hörbar die Luft ein.

»Unser Undercoveragent hat zu uns Kontakt aufgenommen. Er hat Giulio bei einem Telefonat belauscht. In diesem ging es um Informationen zu einem Drogendeal. Ein neuer Kunde soll erstmalig mit Drogen beliefert werden. Wir haben den genauen Termin der Warenübergabe von ihm erhalten. Angeblich werden sich nur zwei Personen zur Übergabe treffen, um keine Aufmerksamkeit zu erregen.«

»Giulio soll geheime Details am Telefon im Beisein Dritter verraten? Niemals!«, antwortet Ariane sofort.

»Voraussichtlich hat er einen Verdacht gegen unseren Mann und versucht, ihm eine Falle zu stellen. Sobald er dann die Bestätigung für seinen Verdacht erhält, ist

der Agent tot. Es wäre hochgradig dumm, diesen abge-
zockten Kriminellen zu unterschätzen.«

Als Ariane Hannes bekümmertes Gesicht bei ihrer Äußerung sieht, ist ihr sofort klar, dass Koch beschlossen
hat, Hannes zu dieser Drogenübergabe zu schicken.

»Hannes, das riecht entschieden nach einer Falle. Wie
viele Kollegen sollen dich bei dem Einsatz unterstützen?«

»Koch meinte, drei Kollegen reichen vollkommen als
Unterstützung aus. Dann wäre es ein Zwei-zu-Eins-
Verhältnis und das dürfte kein Problem für uns sein.«

»Ich kenne Giulios Akte in- und auswendig. Niemals
macht er einen Eins-zu-Eins-Deal. Der Typ hat einen
Kontrollwahn. Bestimmt sind in der Gegend ohne
Ende bewaffnete Männer von ihm positioniert. Wenn
ihr da zu viert auftaucht, seid ihr tot, bevor ihr den
Platz des Deals auch nur gesehen habt. Du musst dich
weigern. Du wirst diesen Auftrag nicht überleben.
Denke an deine Frau und dein Kind! Lieber zwangs-
versetzt als tot ist der einzige Rat, den ich dir geben
kann.«

»Du hast recht, ich will da nicht mitmachen, es geht
um mein Leben. Dann muss Frank Koch den Job selbst
übernehmen. Angeblich ist er doch so ein super Bulle.
Wieso gehen bei uns die Alarmglocken an und bei ihm
nicht? Soll doch Koch selber hingehen. Wenn er die Situation unterschätzt und zu Schaden kommt, hat er es
wenigstens selbst verbockt.«

»Koch ist mir gleichgültig, aber nicht unser V-Mann.
Er ist ein anständiger Kollege, es wäre unverantwort-
lich, wenn er durch Kochs Arroganz verletzt würde
oder gar stürbe. Wende dich an Michael, er hat bestimmt eine gute Idee und kann dir helfen.«

Während Arianes Worte hellt sich Hannes Miene ein wenig auf.

»Ariane, ich danke dir für deine Ratschläge. Bitte werde ganz schnell gesund. Du merkst, wie sehr ich, nein, wir alle dich brauchen.«

Die Uhr zeigt die Mittagsstunde an und Michaels Magen verlangt nach einem Essensnachschub. Er mag nicht alleine essen, daher überredet er Thorsten, ihm in der Kantine Gesellschaft zu leisten. Gerade als sie sich auf den Weg machen wollen, kündigt die Kollegin vom Eingang die Ankunft des Athletiktrainers Manuel Mayer an.

Was für ein Dilemma. Zum einen hat Michael riesigen Hunger und zum anderen gibt es eigentlich keinen richtigen Grund, warum der Mann hier ist. Kurzerhand beschließt Michael, den Athletiktrainer mit in die Kantine zu nehmen.

Aus ernährungstechnischen Gründen gibt es nur noch selten Pommes frites mit Currywurst. Während die beiden Sportler zu einem Gemüsecurry mit Feta Würfel greifen, freut sich Michael über die Fritten.

Die drei Männer ergattern einen ruhigen Tisch am Rand. Sie beschließen, zuerst das Essen zu genießen, bevor Michael und Thorsten mit ihren Fragen loslegen. Diese Zeitspanne ist optimal für Michael. Er kann sich in dieser Zeit ein paar sinnvolle Fragen ausdenken. Schließlich soll Manuel Mayer nicht den Eindruck bekommen, es gäbe keinen wichtigen Grund für dieses Gespräch.

»Erst einmal danke, dass Sie hier sind, um uns zu unterstützen«, beginnt Michael das Gespräch.

»Am Anfang unserer Befragungen wurde uns von allen Seiten bestätigt, wie harmonisch der Umgang beim FC ist. Angeblich hatte niemand je Ärger oder Streit mit Roger. Leider haben wir neue Aussagen erhalten, nachdem es doch ein paar Differenzen gab. Was können Sie uns zu den kleinen Streitereien sagen?«

Die beiden Polizisten beobachten ihren Gast genau. Die lockere Freundlichkeit ist mit einem Schlag verschwunden. Sein Gesicht wirkt plötzlich verschlossen. Sie lassen ihm Zeit, sich zu entscheiden.

Manuel Mayer wird zunehmend unruhiger. Keiner der beiden Polizisten spricht weiter. Es ist nun an ihm das Wort zu ergreifen.

»Ich bitte Sie. Sie wissen doch selbst, dass es keine Gemeinschaft ohne gelegentliche Differenzen gibt. Aber dass jemand Streit mit Roger hatte, kann ich Ihnen nicht bestätigen.«

»Wir haben aber von einem Streit zwischen Roger und seinem Trainer gehört. Erzählen Sie uns nicht, dass Sie davon nichts mitbekommen haben.«

Die plötzliche Blässe im Gesicht des Athletiktrainers scheint ihre Aussage zu bestätigen.

»Warum fragen Sie ihn nicht selber?«, lautet die genervte Antwort.

»Das haben wir natürlich. Jetzt möchten wir Ihre Version hören«, mischt sich Thorsten ein.

So hatte sich Manuel Mayer das Gespräch nicht vorgestellt. Unruhig rutscht er auf seinem Stuhl hin und her.

»Hören Sie, ich kann Ihnen nichts Genaues sagen. Ich weiß nur, dass Oliver ernsthafte Sorgen hat. Ich habe gehört, wie er Roger angefleht hat, etwas für ihn zu tun. Aber Roger hat abgelehnt. Oliver war am Boden zerstört und ist laut geworden. Vielleicht sind auch ein paar unschöne Worte gefallen. Aber ich bin absolut sicher, dass Oliver kein Mörder ist.«

»Sie haben ihn nie nach seinen Sorgen gefragt?«

»Cheftrainer eines Bundesligisten zu sein ist eine extreme hohe Belastung. Dafür müssen Sie mental sehr stark sein. Solche Menschen spricht man nicht verdachtsweise auf private Sorgen an.«

Nach diesen Worten betritt Karsten die Kantine. Bevor er sein Essen bestellt, winkt er den Kollegen kurz zu. Die beiden verabschieden sich von Manuel Mayer und warten, bis Karsten mit seinem Tablett zu ihnen kommt.

»So 'ne Scheiße, Currywurst ist aus. Dabei hatte ich mich so darauf gefreut.« Mit einem Teller Linsensuppe und einer Cola setzt er sich auf den gerade freigewordenen Platz.

Während er seine Suppe löffelt, erzählt er Michael und Thorsten von seinem Treffen mit Svea, der Frau von Torhüter Finn Korhonen.

»Die Braut ist echt scharf.«

»Karsten, dass die Spielerfrauen Hingucker sind, wissen wir. Was hat sie dir erzählt?«

Michael hat gerade so gar keinen Bock auf Karstens sexistische Kommentare.

»Es gibt jetzt einen neuen Fanklub des FC. In dem sind alle Frauen, Freundinnen der Spieler. Sie posten auch Sachen aus ihrem Privatleben. Ihr Ziel sind positive Schlagzeilen. Aber vor allem hoffen sie auf Informationen über den Mord an Roger. Sie wollen uns bei der Aufklärung helfen. Dafür benötigen sie Zugang zu unseren Ermittlungen.«

Nachdem Thorsten bislang das Mittagessen hauptsächlich schweigend verbracht hat, legt er aufgebracht los: »Das meinst du wohl nicht ernst!«

Karsten reagiert vollkommen überrascht auf Thorstens plötzlichen Ausbruch. Er hat noch nie erlebt, dass sein Kollege so laut geworden ist. Sein Kopf ist puterrot, während er wie ein Rohrspecht schimpft. Karsten vergisst zu kauen und verschluckt sich an seiner Suppe. Kaum ist der einsetzende Hustenanfall überstanden, setzt Thorsten nach.

»Du willst doch wohl nicht behaupten, dass ein paar junge Frauen einen Mord besser aufklären können als wir Polizisten. Allein die Idee, Ermittlungsergebnisse mit Zivilisten zu teilen, ist absolut indiskutabel.«

»Da stimme ich Thorsten zu. Wenn die Frauen Informationen für uns haben, gerne. Aber wir geben kein Wissen an Unbefugte weiter. Ich gehe davon aus, Karsten, dass du diesen Standpunkt bei der attraktiven Svea genauso vertreten hast.«

Karsten Gesichtsfarbe wechselt von Puterrot zu leichenblass und den beiden Kollegen ist klar, dass Karsten dieses Mal richtigen Bockmist gebaut hat.

»Was soll das heißen, du kannst heute den Auftrag nicht durchführen?«

Hauptkommissar Frank Koch tobt. Genauso abscheulich hatte Hannes es sich ausgemalt, als er beschloss, den Einsatzbefehl zu umgehen.

»Das ist eine Arbeitsanweisung! Das ist dir hoffentlich klar.«

»Ich war beim Arzt und wurde krankgeschrieben. Somit handelt es sich nicht um eine Arbeitsverweigerung. Krank ist krank.«

»Du siehst aber gar nicht krank aus. Hör mir zu, in meinem Team ist kein Platz für Weicheier. Am besten schaust du dich schon mal nach einer neuen Stelle um. So einen Schwächling wie dich kann ich nicht gebrauchen.«

Hannes verlässt das Büro und trifft auf Thorsten und Michael, die auf dem Rückweg aus der Kantine sind.

»Micha, hast du kurz Zeit?«

»Klar, komm mit in mein Büro.«

Als die Tür verschlossen ist, erzählt Hannes von dem Telefonat des Drogenbosses, welches ihr Agent zufällig mitangehört hat. Heute Abend soll ein Treffen mit einem neuen Kunden stattfinden. Er berichtet von Arianes Einschätzung, dass es sich um eine Falle handeln könnte und er sich aus Angst um sein Leben krankgemeldet hat.

»Du weißt also, wann und wo der Deal stattfinden soll?«

»Ja. Angeblich sollen nur zwei Personen vor Ort sein, sodass Koch davon ausgeht, vier Polizisten können die beiden locker festnehmen.«

Michael öffnet Google Maps und schaut sich das Gelände am Niehler Hafen an.

»Wenn das Treffen am Mohlenkopf stattfindet, braucht Guilio nur auf den drei Kais jeweils einen Mann zu positionieren. Damit hätte er das ganze Areal unter Kontrolle. Zudem wäre es eine Leichtigkeit, von diesen Observationsplätzen einen Menschen mit einem Schuss zu töten. Ariane hat recht. Es sieht nach einem Hinterhalt aus.«

Michael schaut einen Moment konzentriert aus dem Fenster. Dann dreht er sich zu Hannes um und erklärt:

»Ich stimme Ariane zu, auch ich glaube an eine Falle. Ich denke, ich weiß, wer uns hier helfen kann.«

Hannes vertraut Michael. Jetzt haben Ariane und er seine Bedenken gegen den Einsatz im Fall Giulio bestätigt. Das gibt ihm Kraft zum Durchatmen.

Kickerszene Aktuell Kickerszene Aktuell

Trainer des 1. FC Köln wurde verhaftet

Aus Insiderkreisen haben wir erfahren, dass heute der Trainer des Fußballbundesligavereins 1. FC Köln in Polizeigewahrsam genommen wurde. Auf unsere Nachfrage, ob es sich um eine Verhaftung im Zusammenhang mit dem Mord an unserer Fußballikone Roger Hammer handelt, verweigert die Polizei jede Auskunft.

Für den Kölner Fußballverein, der an diesem Wochenende zum Derby nach Mönchengladbach reisen darf, ist die Entscheidung der Polizei eine zusätzliche Belastung. Seit der Ermordung von Roger ist der Spielfluss der Mannschaft gestört. Es gab seitdem nur zwei magere Unentschieden. Alle anderen Spiele verlor die Mannschaft. Sollte Köln jetzt auch dieses wichtige Spiel verlieren, dürfen sich die Fans bei der Polizei bedanken.

18. Kapitel

Michael kehrt in sein Büro zurück und ruft den einzigen Menschen an, der die problematische Materie versteht und ihnen unverzüglich helfen kann. Das Telefonat verläuft so, wie er es sich vorgestellt hat. Kaum hat Michael aufgelegt, beginnt er mit der Planung des abendlichen Einsatzes. Mitten in den Vorbereitungen klingelt sein Telefon. Er wird mal wieder zur Lobel bestellt. Liebend gerne hätte er erst seine Arbeit beendet. Er weiß aber, wenn er sie warten lässt, wird der Anschiss nur noch schlimmer, als wenn er direkt zu ihr geht.

Nach einem kurzen Klopfen betritt er Lobels Büro.
»Frau Polizeirätin, Sie wollten mich sprechen.«
Ohne Begrüßung legt sie auch schon los.
»Hauptkommissar Müller, wie kann es sein, dass es im Fall Roger Hammer eine Festnahme gegeben hat und Sie mich nicht informiert haben? Hatte ich mich nicht klar und deutlich ausgedrückt, dass Sie mir über alle Entwicklungen zu berichten haben!«
»Es gibt belastende Aussagen gegen Oliver Dahmen. Wir prüfen gerade seine Gegenargumente. Ich gehe davon aus, dass die Verdachtsmomente in sich zusammenfallen und wir den Trainer wieder freilassen. Ich habe dieses Wissen bewusst geheim gehalten. Sollte der Mann unschuldig sein, wäre sein Leben ruiniert, wenn die Presse davon erführe.«
»Sie wagen es, mir zu unterstellen, dass Informationen an mich mit Informationen an die Presse gleichgesetzt sind? Dann bin ich froh, dass bereits alle Neuigkeiten im Netz nachzulesen sind.«

Lobel baut sich vor ihm auf.

»Es reicht, Müller. Ich habe so etwas die Nase voll von Ihrer Arroganz und Überheblichkeit. Sobald Hauptkommissar Koch seinen aktuellen Fall abgeschlossen hat, wird er den Fall Hammer übernehmen. Und jetzt verschwinden Sie aus meinem Büro!«

Michael dreht sich wortlos um und verlässt seine Chefin. Er gibt sich Mühe, die Bürotüre besonders leise zu schließen. Er möchte nicht, dass sie glaubt, es wäre ihr gelungen, ihn wütend zu machen. Er stellt fest, dass er aktuell auch gar nicht wütend ist. Ganz im Gegenteil, sie hat eine sehr interessante Äußerung von sich gegeben.

Nach Dienstschluss besucht Michael Ariane. Irritiert sieht er einen fremden Mann Anfang vierzig an ihrem Bett sitzen. Er ist groß und schlank, mit dichtem dunklem Haar und einer gesunden Bräune. Er wirkt offen, freundlich und hat eine fröhliche Ausstrahlung. Plötzlich steigt in seinem Inneren eine gewaltige Angst auf, er könnte Ariane an diesen Traumtypen verlieren. Obwohl er es nicht will, fühlt es sich doch sehr nach Eifersucht an. Noch bevor er etwas sagen kann, erscheint seine Oma.

»Michael, schön, dich zu sehen.«

Sie drückt nur flüchtig seinen Arm, während sie an ihm vorbei stürmt. Ariane begrüßt sie um einiges herzlicher, indem sie vorsichtig Küsschen auf ihre Wangen verteilt. Anschließend ergreift sie die Hand des fremden Manns mit beiden Händen.

»Alex, schön, Dich wiederzusehen.«

Jetzt ist Michael komplett durcheinander. Ariane scheint das zu ahnen und sagt:

»Micha, darf ich dir meinen Bruder Alex vorstellen? Alex, das ist mein Freund Michael.«

Was für eine Erleichterung. Jetzt kann Michael dem Fremden entspannt die Hand geben, während er ihn genau betrachtet. Alex ist nur wenig kleiner als er, schlank und dunkelhaarig wie seine Schwester, mit klaren Gesichtszügen und strahlenden grünen Augen. Bei seinem festen Handschlag zeigt er seine blendend weißen Zähne. Mit denen könnte er jederzeit in die Zahnpasta Werbung einsteigen. Sein Lächeln ist herzlich und macht ihn um Jahre jünger.

»Ich freue mich, dich kennenzulernen. Ariane hat mir viel über dich erzählt. Am Anfang war ich nicht begeistert, als sie mir verriet, dass sie sich in ihren Chef verguckt hat. Aber jetzt, wo ich dich sehe, sind meine Bedenken vom Tisch.«

Ariane hat wenigstens den Anstand, rot zu werden. Vor allem, nachdem Oma sich einmischt: »Mein Junge ist wirklich clever, aber sich einzugestehen, dass er in deine Schwester verliebt ist, hat ewig gedauert.«

Da sich der Boden nicht öffnet, um ihn zu verschlingen, fragt Michael: »Ist es okay, wenn ich bleibe, oder soll ich noch einmal rausgehen, solange ihr über mich redet?«

Ariane bricht in ein von Herzen kommendes Lachen aus und zuckt im gleichen Moment von den heftigen Schmerzen zusammen.

»Komm her.«

Sie ergreift seine Hände und küsst ihn zärtlich auf den Mund.

»Ich war so verliebt und gleichzeitig so verzweifelt, weil du dich nicht getraut hast. Mit irgendwem musste ich doch reden. Gib zu, dass Alex die offenkundig bessere Wahl als Thorsten ist.«

Bei dieser ehrlichen Offenheit kann Michael ihr nicht böse sein. Je länger die vier sich austauschen, umso besser wird die Atmosphäre. Inmitten der guten Stimmung klingelt Michaels Telefon. Hannes teilt ihm mit, dass alle bereit für den heutigen Einsatz sind und auf ihn warten.

»Sorry, aber ich habe gleich noch einen Außendiensteinsatz. Ich muss los,« verabschiedet er sich hastig. Ehe die Anderen nachfragen können, was er genau meint, ist er auch schon verschwunden.

Hannes Wagen wartet vor dem Eingang auf ihn. Als Michael einsteigt, reicht ihm sein Kollege einen großen Kaffee und zwei belegte Baguette Brötchen. Michael strahlt über das ganze Gesicht.

»Danke, jetzt, wo ich die Baguettes sehe, wird mir bewusst, wie hungrig ich bin. Du scheinst mich ziemlich gut zu kennen.« Mit diesen Worten beißt Michael herzhaft in eines der leckeren Stangenbrote.

Lachend startet Hannes das Auto. In puncto Essen ist Michael wahrlich leicht einzuschätzen.

Alle Polizisten haben ihre Posten rechtzeitig eingenommen. Sie sind so früh am Niehler Hafen angekommen, dass sie von ihrer Position am Mohlenkopf die drei gegenüberliegenden Kais beobachten können. Dort hat Guilio inzwischen seine Männer in Stellung gebracht. Nach einer Stunde des Wartens fährt ein weißer Transporter über dem Mohlenkamp. Er hält direkt gegenüber dem mittleren Kai auf der anderen Rheinseite. Der Fahrer bleibt wartend im Wagen sitzen. Soweit die Polizisten wissen, soll hier die Übergabe der Drogen mit dem neuen Kunden stattfinden. Der Transporter stoppt, ohne dass jemand aussteigt. Das ist verständlich. Der Deal soll erst in dreißig Minuten über die Bühne gehen. Jetzt ist erstmal Warten angesagt. Als die Zeit abgelaufen ist, ist vom Kunden des Drogenbosses immer noch nichts zu sehen. Wo bleibt er nur? Niemand nähert sich dem Transporter.

Die Zeit der Drogenübergabe ist seit zwanzig Minuten überschritten. Die Polizisten hätten erwartet, dass der Transporter wieder wegfährt, aber er bewegt sich nicht von der Stelle.

Endlich kommt Bewegung in die Szenerie. Sie beobachten die Ankunft eines zivilen Fahrzeugs. Das Auto fährt zu dem Transporter. Es hält dort an und zwei Männer steigen aus. Es handelt sich um zwei Kollegen, wovon einer Frank Koch ist. Koch bleibt zurück, während der zweite Polizist auf den Transporter zugeht. In dem Moment, als er den Griff der Beifahrertür anfasst, explodiert der Wagen. Koch steht weit genug weg. Er hat das große Glück, durch die Detonation nicht verletzt zu werden. Das erkennen auch die Schützen des Drogenbosses. Sie eröffnen direkt nach der Explosion das Feuer auf Koch. Viele Schüsse können sie aber nicht abgeben, da werden sie bereits von den Scharfschützen der Polizei ausgeschaltet. Aber die Treffer, die Koch einsteckt, reichen aus, dass der Hauptkommissar zusammenbricht.

Sofort rasen die versteckt geparkten Rettungswagen heran. Egal, wer im Transporter saß und wer die Tür öffnen wollte, sie können unmöglich noch leben. Also geht das Sanitätspersonal direkt zu Frank Koch, um festzustellen, wie sie ihn retten können. Koch liegt am Boden und blutet stark. Ein Arzt und ein Sanitäter leisten Erste Hilfe, indem sie die Blutungen stoppen, die Wunden verbinden und ihm ein Medikament spritzen.

Dann ordert der Arzt den Transport ins Krankenhaus an.

Als der Mediziner sich zu den drei Polizisten, die hinter ihm stehen, umdreht, sagt er:

»Durch seine Schutzweste scheinen keine inneren Organe getroffen worden zu sein. Die Schusswunden haben wir versorgt. Ich gehe davon aus, dass er überleben wird.«

Das Gesicht von Hauptkommissar Koch ist schmerzverzerrt. Seine Gesichtsfarbe ist fast weiß. Er sieht übel aus. Richtig elend wird ihm erst, als er sieht, wer die drei Polizisten sind, die an seiner Seite stehen.

Es verschlägt ihm die Sprache und aus seinem Mund entweichen nur ein paar stotternde Laute.

Der Polizeipräsident betrachtet ihn verärgert. Der Ablauf der Aktion war stümperhaft. Die Gefahr, dass es sich um eine Falle handelte, war von vorneherein groß. Jetzt haben sie zwar die Gewissheit, aber dafür auch zwei Tote. Sollte der Mann im Transporter ihr Undercoveragent sein, wovon er ausgeht, haben sie zwei Kollegen verloren. Er hätte sich Koch vorher schnappen und die Aktion abblasen sollen. Es war dumm von ihm, die Möglichkeit in Erwägung zu ziehen, dass Koch vielleicht doch recht hat.

Bevor Koch in den Krankenwagen geschoben wird, sagt ihm sein Chef ihm noch seine Meinung:

»Es sieht ganz danach aus, dass Ihnen der Drogenboss Guilio eine Falle gestellt hat und Sie sind darauf hereingefallen. Hauptkommissar Koch, Sie können sich bei Hauptkommissar Müller bedanken. Wenn er mich nicht um Hilfe gebeten hätte, wären Sie jetzt tot. Ich bin froh, dass Sie leben. Leider hat mindestens ein Kollege von uns dieses große Glück nicht gehabt. Wir müssen ihren unnötigen Verlust ertragen. Sie müssen sich für den Tod zweier Menschen verantworten. Dieser Einsatz wird ein Nachspiel für Sie haben.«

Michael und Hannes danken ihrem Präsidenten für seine Unterstützung und für das SEK. Ohne ihn wäre es weit schwieriger geworden, die Truppe rechtzeitig für den Einsatz anzufordern.

Dann wendet sich der Polizeipräsident noch einmal an Michael und Hannes.

»Ich frage mich wirklich, ob diese Aktion von Koch von einem Kollegen aus dem höheren Dienst autorisiert wurde?«

»Bei meinem heutigen Gespräch mit Frau Lobel hat sie eine Andeutung gemacht, die darauf schließen lässt, dass sie involviert ist. Natürlich kann ich mich auch irren.«

Auch wenn Michael und Hannes nicht traurig sind, dass Lobel und Koch Ärger bekommen, ist es schmerzhaft, einen vielleicht sogar zwei Kollegen zu verlieren. Dass dies auch noch bei einem so unnötigen Einsatz geschieht, ist doppelt schwer zu ertragen.

Als Michael die Wohnungstür an diesem Abend schließt, wirkt das gerade Erlebte immer noch nach. Er geht in seine Küche und wirft einen Blick in den Kühlschrank. Im Gefrierschrank findet er noch eine Packung Gambas. Er brät sie kurz in Knoblauchöl und fügt ein paar Kirschtomaten hinzu. Dann backt er ein halbes Baguette dazu auf.

Er braucht dringend etwas im Magen, damit er abschalten und schlafen kann.

19. Kapitel

Der nächste Tag startet für die Polizeirätin alles andere als angenehm. Sie hatte in der Nacht immer wieder versucht, Hauptkommissar Koch auf seinem Handy zu erreichen. Das gelang ihr nicht, von Stunde zu Stunde wurde sie unruhiger. An Schlaf war in dieser Nacht nicht zu denken. Frank hatte ihr versichert, dass es eine Routineangelegenheit sei. Sorgen seien bei dieser Aktion vollkommen unangebracht. Ganz im Gegenteil, es würde ein Triumph werden, wenn er wie geplant bei dem Treffen erfolgreich sein würde. Die Presse singt danach wahre Loblieder auf die Polizei, hatte er fest versprochen. Er überzeugte sie vom Wert des Einsatzes. Heute Morgen bereut sie, ihn nicht gezwungen zu haben, mehr über den Coup zu erzählen.

In dieser angespannten Stimmung betritt ausgerechnet der Polizeipräsident ihr Büro. Zu dumm, dass ihr immer noch keine Rückmeldung von Frank Koch vorliegt. Falls doch etwas schiefgelaufen ist, tröstet sie sich mit dem Wissen, dass ihr Chef von dem gestrigen Einsatz keine Ahnung hat. Schnell setzt sie ihr professionelles Lächeln auf und wünscht ihm einen guten Morgen.

»Als gut würde ich diesen Morgen nicht unbedingt bezeichnen. Schließlich haben wir in dieser Nacht zwei Kollegen verloren! Einer davon war unser V-Mann bei Guilio. Er saß in dem Transporter, der in die Luft gesprengt wurde. Die Bedeutung muss ich Ihnen nicht erläutern.«

Die Aussage lässt das Pokerface der Frau auf der Stelle verschwinden. Warum weiß sie das nicht? Haben die

Kollegen dieses Wissen absichtlich vor ihr geheim gehalten?

»Wer ist der zweite Tote?«, ist alles, was sie heraus-
bringt.

»Keine Sorge, es ist nicht Ihr Liebling Hauptkommissar Koch, mit dem Sie so eng verbunden sind. So, wie
sein Gesundheitszustand aussieht, erhalten wir die
Möglichkeit, ihn für seinen unbedachten Einsatz, der
zum Tod zweier Kollegen führte, zur Verantwortung
zu ziehen, erst später. Deshalb bin ich nicht hier. Das
ist die Aufgabe der Dienstaufsichtsbehörde. Ich bin
hier, weil ich von Ihnen wissen will, inwieweit Sie
über die gestrige Operation informiert waren?«

»Wollen Sie mir nicht zuerst sagen, wie schwer die
Verletzungen meines Mitarbeiters sind?«

»Frau Polizeirätin Lobel, ich warte ungern auf die Antwort zu meiner Frage!«

Sie überlegt, welche Optionen ihr bleiben. Koch hat
sie in diese schwierige Situation gebracht. Jetzt geht es
in erster Linie für sie darum, ihre Karriere zu retten.

»Ich wollte mich gestern Abend mit Herrn Koch zu einem rein dienstlichen Austausch bei einem Essen treffen. Er sagte mir, er wäre vorher noch in einem Routi-
neeinsatz und würde direkt ins Restaurant kommen.
Nachdem er zur verabredeten Zeit nicht erschien und
auch nicht auf meine Nachrichten reagierte, machte ich
mir verständlicherweise Sorgen. Leider sind das alle
meine Kenntnisse zum gestrigen Abend. Ich wäre
Ihnen daher verbunden, mehr zu erfahren.«

»Wir haben das Handy von Koch konfisziert. Von einer Verabredung zum Essen war dort nichts zu lesen,
bis in den Morgen hinein gab es dreißig Anrufe oder
Textnachrichten von Ihnen. Ich bin der festen Überzeugung, Sie haben mich gerade angelogen. Sobald

Koch vernehmungsfähig ist und er ihr Mitwissen bestätigt, wird die Dienstaufsichtsbehörde ihre Entscheidungen treffen. Seien Sie froh, dass die personalrechtlichen Konsequenzen nicht von mir festlegt werden!« Mit diesen Worten verlässt der Polizeipräsident eine vollkommen panische Polizeirätin.

Michael und Hannes sitzen mit Thorsten und Karsten zusammen, um über die vergangene Nacht zu sprechen. Hannes hat eine ganze Kanne Kaffee in der Kantine organisiert. Für ihn und Michael wären heute Morgen eine Tasse viel zu wenig.

Während Thorsten schweigend den Berichten folgt, hält Karsten es nicht lange aus, ohne seine ganz spezielle Art der Kommentierung.

»Ich habe doch gleich gesagt, dass der Koch das allerletzte Oberarschloch ist. Er hat es geschafft, jedem Kollegen, mit dem er zusammengearbeitet hat, ans Bein zu pissen. Jetzt hat der Arsch auch noch zwei Tote auf dem Gewissen! Ich hoffe, er bezahlt dafür!«

Michael mag es überhaupt nicht, wenn Karsten sich so aufspielt. Auch wenn er den Kollegen Koch kein wenig mag, bringen solche Aussagen die beiden toten Kollegen nicht zurück.

»Mach mal langsam! Karsten, der Polizeipräsident ist informiert und er war gestern Abend so wütend, dass Koch auf jeden Fall gehörigen Ärger kriegen wird. Aber deshalb haben wir euch das nicht erzählt. Wir halten es für wichtig, dass Ihr die Hintergründe kennt, falls falsche Informationen die Runde machen. Zum anderen sollten wir gemeinsam überlegen, wen wir bitten können, eine Sammlung für die Familien der verstorbenen Kollegen zu übernehmen.«

»Was haltet ihr von Chan, unserem neuen Anwärter?«, schlägt Thorsten vor. »Der ist superbeliebt bei allen. Das hat den Vorteil, dass die Leute großzügiger mit ihren Spenden sind.«

Nachdem die Kollegen zugestimmt haben, erhebt sich Thorsten, um auf die Suche nach Chan zu gehen. Auch Michael macht Anstalten, das Büro zu verlassen. Bevor die beiden durch die Tür gehen, kommt ein Anruf vom Empfang. Ein Spieler des 1. FC Köln möchte Michael sprechen. Thorsten bietet sich an, den Spieler abzuholen und ins Gemeinschaftsbüro zu bringen. Aber Michael möchte in Ruhe mit dem Mann sprechen. Nach einem kurzen Telefonat steht fest, dass der Verhörraum eins frei ist. Michael bittet Karsten und Thorsten erst einmal, nicht an dem Gespräch teilzunehmen. Er möchte den Sportler nicht vergraulen. Wer so lange braucht, um sich an die Polizei zu wenden, hat bestimmt große Bedenken. Da wäre es alles andere als sinnvoll, wenn er gleich drei Polizisten gegenübersitzt.

Mesut ist seine Nervosität anzusehen. Sein Kopf ruckelt unnatürlich in alle Richtungen. Seine Augen schauen gehetzt immer wieder zur Tür. Es sieht so aus, als habe er Sorge, von jemanden beobachtet zu werden.

»Nehmen Sie Platz, soll ich Ihnen etwas zu trinken holen?«, bietet ihm Michael an. Vielleicht hilft es dem Sportler, sich bei seiner Aussage an einem Getränk festzuhalten.

Mesut schüttelt nur mit dem Kopf. Er rutscht auf seinem Stuhl hin und her und knetet verkrampft seine Hände.

»Karim hat mir verboten, hier zu sein und über Roger zu sprechen«, lautet sein erster Satz. Danach schweigt er wieder.

Der Mann braucht eine Ermunterung, schießt es Michael durch den Kopf.

»Hören Sie, niemand muss von diesem Besuch erfahren. Trotzdem muss ich Ihnen ehrlicherweise gestehen, wenn wir durch Ihre Aussage den Täter finden, werden Sie als Zeuge vor Gericht geladen. Ich denke, Sie sind hier, weil Sie wie wir wissen wollen, wer der Mörder von Roger ist.«

Bei dem letzten Satz nickt Mesut zustimmend und atmet einmal laut aus.

Sein Deutsch ist noch holprig. Aus diesem Grund untermalt er seine Aussage mit einer schauspielerischen Einlage. Er spielt abwechselnd die beiden Streithähne. Einmal packt er die andere imaginäre Person. Dann wieder rutscht er auf den Boden in bittendender Haltung. Die Szenen sind so lebendig, dass Michael sich den Streit zwischen dem Physiotherapeuten Will und Roger viel besser als mit irgendwelchen Worten vorstellen kann.

Es ist vollkommen egal, dass Mesut das Gespräch inhaltlich nicht richtig verstehen konnte. Michael weiß auch so, dass es sich nicht um eine kleine Meinungsverschiedenheit handelte. Es stellt sich die Frage, warum Karim, der damals mit Mesut zusammen war, auf keinen Fall wollte, dass die Polizei von dieser Auseinandersetzung erfährt. Das ist interessant und könnte eine neue Spur für sie sein, ist sich Michael sicher.

Morgen früh wird er zusammen mit Karsten den Physiotherapeuten genauer in Augenschein nehmen, dann werden sie wissen, worum es bei dem Streit ging.

Bevor er das Präsidium verlässt, informiert er Karsten und Thorsten über die Aussage des Fußballspielers. Sie verabreden, den Physiotherapeuten für den nächsten Vormittag ins Präsidium einzuladen. Thorsten soll den Anruf übernehmen. Er macht das so zuvorkommend, dass der Mann nicht spürt, dass sie ihn verdächtigen.

Bevor Michael Ariane im Krankenhaus besucht, braucht er dringend etwas zu essen. Er fährt zu seiner Wohnung und stellt bei einem ernüchternden Blick in seinen recht leeren Kühlschrank fest, dass er von den Resten nicht satt wird. Mit hungrigem Magen einkaufen zu gehen ist nicht sinnvoll. Also beschließt er, sich erst einmal auf der Venloer Straße einen Döner zu holen. Nachdem er ihn genüsslich verputzt hat, kann er entspannt im Supermarkt seine Vorräte auffüllen und auch noch für Ariane einen Blumenstrauß erstehen. Im Krankenhaus angekommen, ist seine Freude, Ariane alleine anzutreffen, nur von kurzer Dauer. Kurz nach einer intensiven Begrüßung steht auch schon wieder Michaels Oma in der Türe.
»Wie schön, euch beide zusammen zu sehen. Ihr seid ein so entzückendes Paar! Ich freue mich sehr, dass du deine Freundin regelmäßig besuchst. Noch mehr würde ich mich freuen, wenn du auch mal wieder bei deiner Oma vorbeischaust.«
»Oma, du hast recht. Aber ich bin mitten in einem Fall. Sobald er abgeschlossen ist, besuche ich dich. Versprochen!«
»Klar, außer natürlich, wenn ein neuer dringender Fall ansteht«, antwortet Oma und lächelt ihren Enkel liebevoll an. »Ich kenne dich, Michael, und halte mich in

Zukunft besser an Ariane. Dann weiß ich wenigstens, wie es dir geht.«

Ariane muss laut lachen und verzieht sofort das Gesicht. Sie hält sich ihre schmerzende Wunde und tadelt ihre Besucher.

»Ihr dürft mich doch nicht zum Lachen bringen«, sagt sie und lächelt, »Ihr seid schon ein irres Paar!«

Die drei erzählen noch eine gute Stunde miteinander. Ariane wird am Ende des Gesprächs immer ruhiger und die beiden Besucher erkennen, dass sie erschöpft ist, und verabschieden sich von ihr.

Michael möchte nicht, dass seine Oma den Zug nach Brühl nimmt, und fährt sie in Opas altem Mercedes dorthin. Er weiß, wie sie die Fahrt in dem Auto genießt.

»Michael, du weißt, wie sehr ich deine Freundin mag. Ich besuche sie jeden Tag im Krankenhaus. Es gibt etwas, das ich nicht verstehe. Ihr Bruder kommt, ihre Freundinnen, ihre Kollegen, aber nie ihre Eltern.«

»Jetzt, wo du es sagst, das verstehe ich auch nicht. Vielleicht befinden sie sich auf Reisen?«

»Aber sie leben noch, da bist du dir sicher?«, möchte Oma wissen.

»Da bin ich mir ganz sicher. Sie hat sie vor ihrer Verletzung regelmäßig besucht.«

Schweigen breitet sich aus. Als Michael später in Brühl vor der Wohnung seiner Oma hält, sagt er: »Schätzungsweise ist es bei Arianes Eltern, wie bei meinen. Sie sind dagegen gewesen, dass sie Polizistin wurde. Deshalb dürfen sie nicht wissen, dass sie im Dienst verletzt wurde. Ich würde es meinen Eltern auch nicht erzählen. Die Kommentare bräuchte ich nicht zusätzlich zu meinen Schmerzen.«

»Das kann sein. Irgendwann wird sie dich ihren Eltern vorstellen und dann beantwortet sich die Frage von selbst. Tschüss, mein Junge und danke nochmal für die Heimfahrt.«

Auf der Rückfahrt nach Köln wird Michael bewusst, wie oft manche Menschen gegen den Polizeiberuf eingestellt sind. Bei Eltern mag es Angst oder Sorge um die Kinder sein. Gleichzeitig wird erwartet, dass in der Not dein Freund und Helfer zur Stelle ist. Alles geht nicht.

Karsten trifft sich erneut mit Olga, der Sekretärin des Steuerbüros. Die Frau hat ihm bei ihrem letzten Gespräch immer besser gefallen. Für die Auflösung eines Falls ist alles erlaubt. Also hat er sich mit ihr erneut im *Seasons* verabredet. Das Restaurant verfügt über eine gute Bierauswahl. Da Olga genau wie er gerne zwei oder mehr Biere trinkt, könnte der Abend in doppelter Hinsicht für ihn erfolgreich werden.

Bei den ersten beiden Bieren und dem Tapas Teller haben Olga und Karsten sich gegenseitig ein wenig aus ihrem Leben erzählt. Beide sind überrascht, wie viele Gemeinsamkeiten sie haben. Dazu gehören ihre Vorlieben für Bier, den 1. FC Köln und ihr Singledasein. Als das dritte Bier gebracht wird, geht Karsten zum Dienstlichen über.

»Olga, hast du Kolleginnen finden können, die Rogers Unterlagen für uns prüfen?«

Ein breites Grinsen breitet sich auf Olgas Gesicht aus, als sie freudig antwortet: »Nein!«

Es hat Karsten tatsächlich die Sprache verschlagen. Olgas Strahlen und ihre Antwort passen überhaupt nicht zusammen. Eine Armee von Fragezeichen umkreist seinen Schädel.

Nach einer kleinen Lachsalve über Karsten verstörtes Gesicht erklärt Olga Karsten ihre gute Laune.

»Es ist viel besser. Die Kanzlei hat sowohl einen neuen Steuerberater als auch noch einen Azubi eingestellt. Die beiden fangen morgen bei uns an. Somit kann ich ab übermorgen die Unterlagen selbst prüfen.«

Nach dieser guten Nachricht prosten sie sich zu und bestellen noch ein weiteres Bier, um auf die erfreuliche Wendung in Olgas Steuerberaterfirma zu trinken.

Die Stimmung ist hervorragend, aber es ist spät und Karsten stellt fest, dass er in seinem Zustand unmöglich mit dem Auto von Brühl nach Köln fahren darf.

Karsten ist heute ein wahrer Glückspilz, denn Olga sieht es genauso und bietet ihm mit einem vielversprechenden Lächeln an, in ihrer Wohnung zu übernachten. Besser hätte dieser Abend nicht enden können.

Nachdem die Kollegen das Präsidium verlassen hatten, macht Thorsten sich mit seinem Rennrad auf den Heimweg. Der Regen peitscht ihm ins Gesicht. Obwohl Thorsten sehr viel Sport treibt, kostet die Fahrt bei Gegenwind heute mehr Kraft als gewöhnlich. Zuhause angekommen zieht er die nassen Klamotten aus und gönnt sich eine warme Dusche. Während seine Muskeln wieder auftauen, wird ihm bewusst, dass sein Schmerz sich verändert hat.

Liegt es an der Zeit oder daran, dass er zwar wenig, aber unregelmäßig wieder Nahrung zu sich nimmt? Meistens besteht seine Mahlzeit nur aus einer einzelnen Tasse Kakao. Auf jeden Fall ist sein Gehirn keine reine Nebelmasse mehr. Er ist heute zu mehr klaren Gedanken fähig als noch gestern oder vorgestern.

Wenn er ehrlich zu sich ist, hat er bei der Durchsuchung von Rogers Wohnung gar nichts wahrnehmen können. Sein Schmerz hatte keinen klaren Gedanken zugelassen.

Er geht in die Küche, erhitzt eine Tasse Milch und gibt ein Stück Bitterschokolade hinein. Noch während er den Kakao trinkt, beschließt er, noch einmal nach Brühl zu fahren, um sich dort umzusehen. Vielleicht fällt ihm heute etwas auf, was er beim letzten Mal vielleicht übersehen hat.

Das sagt ihm auch seine innere Stimme. Er muss etwas übersehen haben. Irgendwo liegt der Schlüssel zur Tat. Es war ein Mord im Affekt. Dahinter steht Verzweiflung. Jemand hatte in einer Kurzschlussreaktion keinen anderen Ausweg gesehen, als Roger zu erschlagen. Damit es zu einer solchen Affekthandlung kommt, muss es einen Anlass geben. Ein solches Ereignis hat ganz bestimmt Hinweise hinterlassen. Thorsten muss sie finden. Das ist er sich, Roger und auch dessen Familie schuldig.

Als Thorsten die Brühler Wohnung betritt, spürt er einen kalten Klumpen in seinem Magen. Er bleibt kurz stehen. Die leichte Übelkeit schluckt er hinunter. Einmal tief durchatmen, dann geht es schon wieder. Als sich sein Puls normalisiert, beginnt er systematisch, jeden einzelnen Raum erneut zu durchforschen.

Kurz vor halb zwölf ist er mitten in der Durchsuchung des Schlafzimmers, als er vor Müdigkeit kaum noch die Augen offenhalten kann und sich nur einmal kurz auf dem Bett ausstrecken möchte. Im nächsten Moment ist er auch schon eingeschlafen. Als er vier Stunden später vollkommen durchgefroren aufwacht, gönnt er sich erst einmal eine heiße Dusche. Wie vertraut diese Wohnung ist. Gleichzeitig wird ihm bewusst, dass er hier in Rogers Wohnung nie wieder mit seinem Partner zusammen sein kann. Thorsten trocknet sich ab und schaut in den Spiegel. Etwas stimmt hier nicht. Ein Blick an die rückwärtige Wand zeigt, dass dort nur ein Handtuch hängt. Sonst hängen überall zwei. Ein Helles und ein Dunkles. Eins für ihn und eins für Roger. Warum hat der Täter ein Handtuch mitgenommen?

Thorsten trocknet sich weiter ab und stellt bei einem kritischen Blick in den Spiegel fest, dass sein Gesicht eine Rasur dringend nötig hat. Roger bevorzugte im Gegensatz zu ihm Nassrasuren. Ob vor Müdigkeit oder weil ihm die Übung fehlt, schneidet er sich. Auf der Suche nach einem Pflaster entdeckt er im Verbandskasten einen kleinen Notizblock. Die vielen Zahlen wirken auf den ersten Blick ziemlich konfus. Aber warum sollte Roger einfach grundlos so viele Zahlen notieren? Roger war ein Zahlengenie. Vielleicht ist es eine Art Geheimcode?

Kickerszene Aktuell Kickerszene Aktuell

Gesamte Mannschaft gedopt?
Die kolumbianischen Copa Libertadores Sieger wa-
ren wohl gedopt.

Es gibt erschütternde Dopingvorwürfe gegen den letzt-
jährigen Gewinner der Copa Libertadores, dem Pendant
zur europäischen Champions League. Der gesamten
Mannschaft des Sajunos Football Club wird systemati-
sches Doping vorgeworfen.

Doping ist im Radsport oder in der Leichtathletik keine
Besonderheit. Aber im Fußball sind wir immer davon
ausgegangen, dass es sich um einen sauberen Wettkampf
handelt. Vielleicht hätten Experten mit einem einzelnen
schwarzen Schaf leben können, aber der Dopingvorwurf
gegen eine komplette Mannschaft schockt die gesamte
Fußballwelt.

Selbstverständlich wird der südamerikanische Verband
Sanktionen gegen den Sajunos Football Club einleiten.
Die Fans verlangen bereits jetzt den Rücktritt des ge-
samten Vorstands.

Wie wird es weiter gehen? Hat der Verein noch eine Zu-
kunft?

Wir werden weiter berichten. Kickerszene bleibt auch bei
diesem brisanten Thema dran.

20. Kapitel

Michael sitzt in seiner Küche mit dem Blick auf den Melatenfriedhof. Er ist früh wach geworden und hat Zeit, ein knuspriges Tomaten-Mozzarella-Baguette mit zwei Cappuccino zu genießen. Was für ein entspannter Morgen, dazu bietet das Wetter strahlenden Sonnenschein.

Seine Gedanken schweifen zum Fall. Heute nehmen sie sich den Physio vor. Hoffentlich bringt er sie auf eine neue Spur und sie können den Trainer gehen lassen. Michael glaubt nicht daran, dass Oliver Dahmen der Mörder ist, den sie suchen. Aber sein Glaube zählt nicht. Sie brauchen dringend Fortschritte. Könnte er doch für Thorsten den Fall schnell lösen, damit er Ruhe findet.

Der Gedanke ist noch nicht zu Ende gedacht, als sein Mobiltelefon klingelt.

»Hallo, Michael, hier ist Ali. Ich habe leider schlechte Neuigkeiten für dich.«

»Was ist passiert?«, möchte Michael wissen.

»Oliver Dahmen wurde in seiner Zelle ermordet.«

Michael glaubt, seinen Ohren nicht zu trauen. Fluchend antwortet er:

»Verdammte Scheiße!! Ich komme sofort in die Gerichtsmedizin.«

Michael ist der Appetit vergangen. Er packt den Rest seines Baguettes in den Kühlschrank und macht sich auf den Weg.

Thorsten sitzt mit dem kleinen Notizblock aus Rogers Wohnung bereits am Schreibtisch, als Karsten hereingestürmt kommt.

»Thorsten, wo ist Micha? Ich habe Neuigkeiten!«

»Guten Morgen, Karsten!«

»Ach so, Morgen. Wo steckt er?«

»Kann ich dir nicht sagen. Hier ist er nicht. Angerufen hat er auch nicht.«

Zuerst wollte Thorsten Karsten anbieten, ihm schon einmal die Neuigkeiten zu berichten. Er hatte sich aber noch rechtzeitig zurückgehalten. Nur wenn man Karsten nicht um etwas bat, hatte man Chancen, es zu bekommen. Also schwieg er, bis Karsten unbedingt sein Wissen mitteilen wollte.

Keine Minute später legt dieser auch schon los: »Die Sekretärin Olga aus dem Steuerbüro hat mir erzählt, dass die Kanzlei für heute neue Kollegen eingestellt hat. Aller Wahrscheinlichkeit nach wird sie sich ab morgen den Unterlagen von Roger widmen können. Dann wissen wir endlich, ob es einen Zusammenhang zwischen dem Tod des Fußballers und des Steuerberaters gibt.«

Triumphierend blickt er zu Thorsten. Anscheinend erwartet er Freude oder Begeisterung bei den Kollegen. Als dies ausbleibt, schüttelt er verständnislos den Kopf und verlässt wortlos das Büro.

Ali obduziert gerade den Leichnam des Trainers, als Michael in der Gerichtsmedizin ankommt.

»Hallo, Michael«, grüßt er nur kurz, während er konzentriert weiterarbeitet.

»Hallo, Ali, wie ist er gestorben und was macht dich so sicher, dass es Mord war?«, bricht es auch schon aus Michael heraus. Er ist begierig, mehr zu erfahren und wünscht sich schnellstens Antworten auf seine Fragen.

Ali unterbricht seine Arbeit und konzentriert sich ganz auf seinen Besucher.

»Als die Leiche in die Pathologie eingeliefert wurde, hatte er ein in Streifen gerissenes Laken um seinen Hals. Auf den ersten Blick wirkte es wie eine Selbsttötung. Wir haben das Tuch entfernt. Ich habe mir seinen Hals etwas genauer angesehen. Bei der Untersuchung ist mir aufgefallen, dass er über zwei Ligaturmarken am Hals verfügt.«

»Zwei?«, fragt Michael erstaunt.

»Ja, eine, die zu unserem Laken passt. Zusätzlich entdeckte ich noch eine zweite Linie. Diese stammt von einem sehr dünnen Drahtseil.«

»Du hast recht, damit ist es Mord, niemand kann sich zweimal erhängen!«, antwortet Michael.

»Ich habe noch einmal im Gefängnis angerufen. Sie haben die gesamte Zelle auf links gedreht, aber am Tatort konnten sie keinen Draht oder etwas Vergleichbares finden.«

»Schrecklich genug, dass er tot ist. Ich muss die Frage klären, wem ist es gelungen, ihn in einer abgeschlossenen Zelle zu ermorden?«

»Das wird nicht einfach für dich. Heute Morgen erzählte mir der Gefängnisdirektor von einem Stromausfall in der letzten Nacht. Es gibt also keine Kameraaufzeichnungen.«

»Danke, Ali. Das waren unbestreitbar Profis. Ich werde mir noch einmal Oliver Dahmens Aussage durchlesen. Unter Umständen gibt es hier Anhaltspunkte. Ansonsten wird es mühsam bis unmöglich, die Täter zu finden.«

Als Michael das Büro betritt, steuern Karsten und Thorsten gleichzeitig auf ihn zu. Sofort beginnen beide mit ihrem Bericht.

»Stopp!« Michael hebt die Hände und die Kollegen verstummen.

»Einer nach dem anderen.«

Karsten will schon loslegen, als Michael ihn wieder stoppt.

»Bevor Ihr mir jetzt eure Ergebnisse präsentiert, habe ich noch eine schlechte Nachricht für euch.«

Er wartet einen Augenblick, solange bis er sicher ist, dass er die volle Aufmerksamkeit hat.

»Oliver Dahmen wurde letzte Nacht in seiner Zelle ermordet!«

Die Nachricht schlägt ein. Seine beiden Kollegen erkennen urplötzlich, dass ihre Neuigkeiten durch die Ermordung des Trainers gar nicht mehr so wichtig sind.

Karsten findet als Erster seine Sprache wieder: »Was für eine Scheiße! Wie konnte das passieren?«

»Das müssen wir herausfinden. Glaubt mir, es wird nicht einfach, der Mörder hatte Hilfe. Es gab einen Stromausfall. Damit fehlen uns die entscheidenden Kameraaufnahmen. Ich möchte, dass Ihr alle Gefängnismitarbeiter, die letzte Nacht im Dienst waren, unter die Lupe nehmt. Versucht herauszufinden, wer eventuell erpresst wurde, plötzlich über mehr Geld verfügt, Kontakt zur Wettmafia unterhält oder was auch immer Ihr findet.«

Die beiden nicken und wollen sich schon an die Arbeit machen, als Michael sie erneut aufhält.

»Bevor Ihr loslegt, wolltet Ihr mir nicht noch etwas Wichtiges mitteilen?«

Die beiden werfen sich einen Blick zu und Thorsten beginnt, indem er Michael den Block mit den Zahlen zeigt, den er bei der zweiten Durchsuchung zufällig gefunden hat. Das fehlende Handtuch behält er erst einmal für sich. Auf Karsten Reaktion kann er bei diesem Detail gut verzichten.

»Leider habe ich noch nicht herausgefunden, was die Zahlen bedeuten. Aber ich glaube, dass sie wichtig sind, sonst hätte Roger den Block nicht in dem Erste-Hilfe-Kasten versteckt.«

»Da gebe ich dir recht, vielleicht gibst du die Zahlen an Rogers Steuerbüro weiter. Falls die Zahlen mit dem Büro zusammenhängen, können sie diese leichter zuordnen.«

Jetzt klinkt Karsten sich wieder in das Gespräch ein.

»Das Steuerbüro hat Verstärkung bekommen und Olga setzt alles daran, sich morgen um Roger Hammers Steuerunterlagen zu kümmern. Ich habe ihre Mobilfunknummer und kann ihr die Zahlen per WhatsApp schicken.«

»Mach das. Wann kommt übrigens der Physio vorbei?«

Kaum hatte Michael die Frage ausgesprochen, meldete der Empfang einen Willem de Kreup an.

Michael bittet Thorsten, bei dem Gespräch dabei zu sein. Während die beiden sich auf den Weg ins Verhörzimmer machen, ist Karsten stocksauer. Schon wieder hat er die schlechtere Aufgabe zugeteilt bekommen. Recherche. Er hasst sie wie die Pest. Wenn er etwas herausfindet, ist es selbstverständlich, und wenn er nichts entdeckt, ist er der letzte Loser. Beim Verhör ist das ganz anders. Vor allem, wenn es zu zweit durchgeführt wird. Wenn so ein Verhör ergebnislos verläuft, meckert keine Sau.

Der Physiotherapeut ist mittelgroß und athletisch gebaut. Der blonde Mann mit den sehr hellen wasserblauen Augen besitzt ein offenes und freundliches Gesicht. Ein sympathischer Typ, der sich nur mit Will vorstellt und ganz selbstverständlich zum Du übergeht.

Michael möchte die angenehme Atmosphäre beibehalten und lässt die ungezwungene Anrede zu.

»Was für ein Typ war Roger? Wenn du ihn nach dem Spiel behandelt hast, habt ihr euch doch auch privat ausgetauscht. Was hat ihn so beschäftigt?«

»Besonders fasziniert hat mich seine Disziplin. Er hat wahnsinnig hart trainiert, sich supergesund ernährt. Was Ernährung betraf, da war er Profi. Er hörte viel Musik, aber das war nicht mein Geschmack, daher habe ich mir auch nicht gemerkt, was er so erzählt hat. Ansonsten war er politisch sehr interessiert. Er hat gesehen, was in der Welt nicht rund läuft. Für ihn waren die Rechts- und Linksradikalen gleichermaßen schuld an den jetzigen Gesellschaftsproblemen.«

»Was mich noch interessiert, wie war sein Wesen, seine Charakterzüge?«

»Roger war freundlich und zurückhaltend. Er ruhte in sich selbst. Ihn konnte so leicht nichts aus der Ruhe bringen.«

»Damit er so wahrhaftig aus der Hose sprang, musste schon etwas Heftiges passieren? Ist das richtig?«

»Das stimmt.«

Bei dieser Antwort bekommt die Ruhe, die Will bislang ausgestrahlt hat, den ersten kleinen Riss.

»Bei einer Meinungsverschiedenheit mit dir hatte sich der ruhige Roger aber nicht unter Kontrolle. Er ist sogar so wütend geworden, dass er dich körperlich angegriffen hat. Warum?«

Wills Gesichtsfarbe wird dunkelrot, während er verlegen auf seinen Lippen kaut. Sein Blick geht zu Boden, als ob sich die Lösung dort unten versteckt.

Will hüllt sich in Schweigen. Er scheint keine Antwort geben zu wollen.

Thorsten hat eine Idee, um die Wahrheit aus dem Mann herauszulocken. Ihm fällt der Artikel aus den Online News von *Kickerszene Aktuell* ein.

»Unsere Zeugen erzählen, Roger hätte dich beim Handel mit Dopingmittel erwischt. Du weißt, dass dies strafbar ist. Eine Verbindung zum Doping würde dir diesen und auch alle zukünftigen Jobs in der Fußballbranche kosten. Habt Ihr euch deshalb gestritten? Roger war schließlich ein Doping-Gegner! Du solltest dir also gut überlegen, ob du weiter schweigst. Für uns ist es eine Kleinigkeit, einen Durchsuchungsbeschluss für deine Privaträume zu erlangen.«

»Ich habe Roger kein Dope verkauft«, bricht es aus ihm hervor.

Michael zieht die Augenbrauen hoch und Thorsten schüttelt nur den Kopf, als sie sich kurz anschauen. Dann ergreift Michael wieder das Wort: »Der heilige Roger nahm kein Doping, aber er wollte auch nicht, dass andere es nahmen. Richtig? Das wäre nicht nur glaubhaft, sondern auch ein Mordmotiv!«

»Ich habe ihn nicht ermordet. Roger war wegen einer Sache wütend, aber wir haben uns wirklich gut verstanden.«

»Okay, dann erzähle uns jetzt, warum er so verärgert war!«

Will atmet tief aus und schluckt hörbar, bevor er den Mund aufmacht.

»Ich pokere gerne, genau wie Roger. Bei ihm hörte es sich ganz simpel an, große Summen zu gewinnen. Ich dachte, das kann ich auch. Vor allem, weil selbst sein Manager Marcel stolz auf seine Gewinne war. Bei mir war es leider anders. Bevor ich mich versah, hatte ich einen Berg Schulden angehäuft. Ich wusste nicht mehr weiter. Ich war quasi gezwungen, illegale Dopingmittel zu verkaufen. Ihr habt nicht zufällig ein Glas Wasser für mich?«

Nachdem Thorsten ihm ein Glas Wasser geholt hat, geht das Verhör weiter und Will setzt da an, wo er vorher aufgehört hat.

»Roger verstand mein Verhalten nicht. Er sagte, er würde mir das Geld leihen, damit ich meine Schulden tilgen kann. Ich müsste nur mit dem Pokern aufhören und darf den ganzen Scheiß nicht mehr verhökern. Nur, damit waren die Jungs, denen ich das Geld schuldete, nicht einverstanden. Sie erpressten mich. Roger forderte mich auf, zur Polizei zu gehen. Aber ich traute mich nicht.«

»Also hast du weiter verbotene Substanzen verkauft?«

Will war dankbar, dass er nur nicken brauchte.

»Als Roger mich erwischte, ist er ausgetickt. Er hat mir gedroht, es Alfons Steinberger zu stecken. Der hätte mich sofort vor die Tür gesetzt.«

Bei diesem Geständnis schwindet Wills Selbstbewusstsein komplett dahin. Wenn die beiden Polizisten es richtig beobachten, hat er sogar Tränen in den Augen. Die Stimme versagt und er kann nicht weitersprechen.

»Ich denke, du hast jetzt nur noch eine Möglichkeit. Du nennst die Namen der Hintermänner und gestehst die illegalen Geschäfte.«

Der Physio wirkt regelrecht erleichtert. So, als ob er froh darüber ist, dass seine Machenschaften aufgeflogen sind. Wie häufig erlebten sie in der

Vergangenheit, dass die Menschen buchstäblich dankbar sind, dass die Polizei ihnen auf die Schliche gekommen war.

»In Ordnung, kann ich das gleich bei euch tun?«, fragt Will ein wenig schüchtern.

»Nein, wir sind die Mordkommission. Unser Kollege Jürgen vom Empfang nimmt für dich Kontakt zur zuständigen Abteilung auf.«

Will möchte sich verabschieden und reicht den Polizisten die Hand.

So einfach will Thorsten ihn nicht davonkommen lassen.

»Trotzdem bleibt der Streit ein Mordmotiv.«

»Ich war es nicht! Ehrlich, ich bin es nicht gewesen!«

»Das sind Worte. Aber wir müssen wissen, wo du dich am Tatabend aufgehalten hast.«

»Ein Freund von mir hatte Geburtstag. Er hat die Kneipe Mäx in Brühl gemietet. Wir haben bis in die Morgenstunde dort gefeiert. Das können alle, die da waren, bestätigen.«

»Wir benötigen eine Liste aller Gäste. Außerdem solltest du Köln nicht verlassen, bis wir den Mörder oder die Mörderin gefunden haben.«

Mit einem zaghaften Nicken verlässt er die beiden Polizisten. Sie folgen ihm aus dem Verhörraum und beobachten, wie er mit Jürgen vom Empfang spricht. Danach setzt er sich auf einen Besucherstuhl, während Jürgen telefoniert.

Er sieht gut aus. Er stellt sich der Verantwortung.

»Glaubst du, Will ist unser Täter?«, fragt Thorsten.

»Nein, ich traue es weder Will noch Oliver Dahmen zu. Hoffentlich irre ich mich nicht.«

Als sie sich auf den Weg zurück ins Büro begeben, wird Michael stutzig.

»Thorsten, woher wusste eigentlich Rogers Manager Marcel Schmitter von Rogers geheimen Pokerrunden?«

»Es hörte sich gerade danach an, aber es wundert mich. Roger war sehr verschlossen, was sein Hobby anging. Auf der anderen Seite hat er Will davon erzählt. Möglicherweise hat Marcel mitgepokert oder er kennt jemanden aus der Pokerrunde. Wir müssen ihn fragen, um herauszubekommen, wie er davon erfahren hat.«

»Gute Idee, aber gleichzeitig möchte ich, dass du Katharina Groß kontaktierst. Erkundige dich bitte bei ihr, ob Rogers Manager schon einmal bei einer Runde dabei gewesen ist. Das Gespräch mit ihr könnte uns weiterhelfen. Außerdem ist mir noch ein anderer Gedanke gekommen. Die Zahlen auf dem von dir gefundenen Block, könnten diese vielleicht die Gewinnsummen vom Pokerspiel sein?«

»Okay, dann begebe ich mich mal in die Höhle der Schaumerdbeeren.«

Während Thorsten nach Brühl fährt, stürmt Karsten in Michaels Büro.

»Ich habe ihn gefunden!«

»Wen hast du gefunden?«, fragt Michael verdutzt.

»Den gekauften Gefängniswärter! Ich habe mir nämlich überlegt, was ich mit einer großen Menge Bargeld machen würde. Natürlich 'ne richtig geile Karre kaufen. In Ossendorf habe ich auf dem Mitarbeiterparkplatz geforscht. Dabei ist mir ein nagelneuer richtig fetter Maserati aufgefallen. Die KFZ-Zulassungsstelle hat geprüft, wem das Auto gehört und Bingo, direkt einen Treffer gelandet.«

»Wer war es?«

»Ein gewisser Dragan Schmitz. Deutsch-Serbe, wohnt in Ehrenfeld.«

»Gefängniswärter haben Schichtdienst. Bevor wir ihn zuhause aufsuchen, müssen wir seinen Dienstplan kennen.«

Karsten greift zu Michaels Telefon und ruft bei der Gefängnisverwaltung an. Das Gespräch ist kurz. Als er auflegt, ist all seine Euphorie verschwunden.

»Dragan Schmitz ist tot. Angeblich hat er einen allergischen Schock erlitten. Verdammt noch mal, das stinkt zum Himmel.«

»Ich denke, wir haben es mit absoluten Profis zu tun. Karsten, du solltest dir die Wohnung des Gefängniswärters ansehen. Dieser Tod ist kein Zufall.«

Michael steht am Fenster und schaut in den wolkenverhangenen Himmel. Immer noch keine richtigen Fortschritte bei der Aufklärung von Rogers Tod. Dafür mit Roland, Oliver und Dragan drei Leichen. Roger wurde im Affekt getötet, da ist Michael sich sicher. Aber der Tod des Steuerberaters, des Trainers und des Gefängniswärters waren eiskalte Morde. Er muss schnellstmöglich den Menschen finden, der hinter der ganzen Misere steckt, bevor noch mehr Unschuldige sterben.

Er hatte seine Gedanken noch nicht abgeschlossen, als das Telefon klingelt. Seine Chefin ist am Apparat.

»Hauptkommissar Müller, ich wollte mich erkundigen, ob es Neuigkeiten im Fall des toten Fußballers gibt?« Michael glaubt, sich verhört zu haben. Er wurde nicht in Lobels Büro zitiert, er wurde nicht unhöflich angemeckert. Eine vollkommen neue und ihm fremde Situation.

»Wir haben viele kleine Puzzlestücke gefunden. Uns fehlt noch das entscheidende Stück, das alles zusammenfügt und uns zum Mörder führt«, antwortet Michael ausweichend.

Trotz Lobels neuer Höflichkeit will er ihr auf keinen Fall offen mitteilen, wie wenig sie in der Hand haben. Er ist fest überzeugt, der Frieden dauert nur so lange, bis Frank Koch wieder einsatzfähig ist.

»Da hoffe ich, dass sie das fehlende Teil schnell finden. Sie wissen, die Staatsanwaltschaft macht Druck. Ganz zu schweigen von den nervigen Anfragen der Boulevardpresse.«

Wenigstens hat sie ihn bei ihrem letzten Satz nicht enttäuscht und noch eine kleine versteckte Drohung untergebracht.

Thorsten ist in Brühl angekommen und besucht zuerst einmal das gemütliche glutenfreie *Café Twenty2* in der Innenstadt. Hier gibt es einen frischen Pfefferminztee und ein Stück Quiche mit Salat für ihn. Er ist froh, dass er zwar noch keinen großen Appetit verspürt, aber sein Körper wieder ein Hungergefühl entwickelt. Nachdem er sich gestärkt hat, ist er bereit für Frau Groß, die früher immer mit einer Tüte Schaumerdbeeren anzutreffen war.

Als Thorsten vor der Villa Groß vorfährt, verlassen im gleichen Moment Katharina Groß und Hubert von Lauenstein das Haus. Als Katharina, die schon immer eine Schwäche für Thorsten hatte, ihren Lieblingspolizisten entdeckt, kommt sie ihm freudig entgegen.

»Kommissar Kreiner, schön, Sie zu sehen. Leider sind wir ein wenig in Eile. Aber für ein paar kleine Fragen von Ihnen haben wir Zeit. Wie können wir Sie unterstützen?«

»Mein Fehler, ich hätte anrufen sollen. Ich halte Sie nicht allzu lange auf. Ich habe nur zwei Fragen, bei denen ich Ihre Hilfe benötige.«

»Nur zu, dafür reicht die Zeit.«

»Hat Roger Hammer zu den Pokerrunden je seinen Manager Marcel Schmitter mitgebracht?«

Katharina schaut kurz zu Hubert und dann schütteln beide gemeinsam den Kopf.

»Nein, den kennen wir nicht«, antworten sie gleichzeitig.

»Wir haben in der Wohnung von Roger Hammer eine große Menge Bargeld sowie einen kleinen Block mit Zahlen gefunden. Könnten diese Werte seine Gewinne beim Pokern gewesen sein?«

Thorsten nimmt den Block aus seiner Tasche und reicht ihn Katharina Groß.

Die beiden werfen gemeinsam einen Blick auf das Beweisstück, bevor Hubert das Wort ergreift.

»Das sieht nicht nach seinen Gewinnen aus. Hinzu kommt, dass er zwar sehr oft gewonnen, aber auch unregelmäßig verloren hat. Nein, wenn diese Summen zum Pokern gehören, dann müssten auch negative Beträge dort stehen.«

Das leuchtet Thorsten ein, er bedankt sich höflich bei den beiden und begibt sich auf den Rückweg.

Auf der Fahrt ins Präsidium wird Thorsten bewusst, wie viel besser Katharina Groß aussieht. Nicht, weil sie einige Kilos abgenommen hat, sondern weil sie schlicht gelassener wirkt. Auch Hubert hat sich positiv verändert. Scheinbar führen sie eine gute Beziehung, in der jeder dem anderen Kraft gibt. Etwas, dass keiner von beiden in ihrer vorherigen Ehe erleben durfte. Das freut Thorsten sehr und noch glücklicher ist er, dass Katharina jetzt wohl ohne die Begleitung einer Tüte Schaumerdbeeren auskommt.

21. Kapitel

Michael verbringt den Abend im Krankenhaus. Er hat
Ariane erst verlassen, als sie in seiner Gegenwart eingeschlafen ist. Auf dem Heimweg springen seine Gedanken wild umher. Thorstens Informationen sind
weitere kleine Steine auf dem Weg zur Aufklärung des
Falls. Aber Karsten konnte leider keinen einzigen Hinweis in der Wohnung des toten Gefängniswärters
Dragan Schmitz auffinden. Wenn man davon absieht,
dass das Handy des Verstorbenen verschwunden ist.
Als letzte Möglichkeit bleibt ihnen nur, ein Anru-
ferverzeichnis beim Mobilfunkanbieter zu erfragen.
Auch wenn sie schnell an die Daten kommen, geht Michael nicht davon aus, dass sie ihnen weiterhelfen.
Entweder hat der Auftraggeber seine Nummer unter-
drückt oder das vertragslose Smartphone, das für die
Gespräche genutzt wurde, ist schon lange Geschichte.
Um besser denken zu können, nimmt Michael ein paar
Möhren, Gurken, Paprika und Zucchini aus dem Kühl-
schrank. Das stumpfe Zerkleinern des Gemüses und
der roten Zwiebeln hilft ihm beim Nachdenken. Am
Schluss wirft er alles in einen Wok, verfeinert sein Essen mit Garnelen und Kräuterfrischkäse.
Als er gut gesättigt in seinem Bett liegt, sieht er das
Gesicht des Trainers vor sich. Er hätte ihm schlicht
glauben sollen, ist sein letzter Gedanke, bevor er ein-
schläft.

Als Michael am nächsten Morgen mit einem großen
Becher Kaffee und einem Brötchen in der Hand sein
Büro betritt, staunt er nicht schlecht. Zwei aufregende,
überaus hübsche Frauen warten dort auf ihn. Kein

Wunder, dass diese beiden Hingucker nicht am Empfang zu warten brauchten.

»Guten Morgen!«, flöten sie gemeinsam mit einem strahlenden Lächeln und einen atemberaubenden Augenaufschlag.

Michael ist unsicher. Soll sein Blick auf der kleinen Dunkelhaarigen mit asiatischem Einschlag und einem Hauch von einem Kleid bleiben? Oder sollen sich seine Augen für die Blondine mit den Beinen bis zum Hals im Minikleid entscheiden?

»Hi, wir sind Jenny und Svea und wir sind Mitglieder im ersten Fanklub der FC Spieler-Partnerinnen. Wir haben einen Instagram-Account und sind auf TikTok unterwegs.«

Bei diesen Worten klimpern sie verführerisch mit den Augen und lächeln ihn verheißungsvoll an.

»Schön.« Mehr als dieses eine Wort bringt der verdutzte Michael nicht heraus. Die Frauen haben eine sexy Ausstrahlung und irritieren ihn. Was wollen sie nur von ihm?

»Eigentlich möchten wir zu Ariane. Man sagte uns, sie sei krank. Deshalb sind wir hier bei Ihnen.« Dabei zieht die Blondine mit den Wahnsinnsbeinen ihren Rock noch ein Stückchen höher.

»Ja.« Michael ist klar, dass die beiden ihren Sex-Appeal sehr manipulativ einsetzten. Er sollte vorsichtig sein. Dann rücken sie endlich mit der Sprache heraus.

»Wir wollen Ihnen bei der Suche nach Rogers Mörder helfen.«

Die Frauen haben sich bei jedem Satz abgewechselt. Jetzt strahlen sie ihn gemeinsam an. Sie scheinen entschieden zu glauben, dass sie in diesem Mordfall eine ernsthafte Unterstützung sein könnten.

»Das ist sehr freundlich. Aber wie stellen sie sich Ihre Unterstützung für uns vor?«

»Wir sind alle gut über Social Media unterwegs. Da können wir Aufrufe machen und Fragen posten. Wir sind ziemlich gut vernetzt und verfügen über einen recht großen Bekanntenkreis.«

Die zwei Frauen blicken sich siegessicher an und warten auf Michaels weitere positive Reaktionen.

»Es ist nur so, Ermittlungsergebnisse sind streng geheim. Sollte ich sie ausplaudern, könnte ich gefeuert werden.«

Bei dem Satz blicken die Frauen nicht mehr ganz so selbstsicher in Michaels Richtung. Diese Antwort haben sie weder erwartet noch vorhergesehen.

»Ich versprechen Ihnen, sollte sich eine Gelegenheit ergeben, wo wir die Öffentlichkeit mit ins Boot nehmen, sind Sie unsere erste Anlaufstelle.«

Diese Zusage ist ein viel zu kleines Trostpflaster für das Ego der Frauen. Ihr Gesichtsausdruck spricht Bände.

»Ich muss Sie jetzt bitten, zu gehen. Die Arbeit wartet und ich muss einen Mörder finden.«

Sehr schmallippig, mit einem kurzen »Tschüss« sind die Frauen auch wieder verschwunden.

Nachdem die Tür schließt, greift Michael zum Telefonhörer.

»Hallo, Jürgen, ich hatte gerade ungebetenen Besuch. Wer hat die zwei Frauen in mein Büro gelassen?«, fragt Michael den Kollegen vom Empfang.

»Die kamen zusammen mit Karsten hier an. Er sagte mir, sie seien wichtige Zeugen und hat sie gleich mitgenommen.«

»Danke.«

Wütend steht Michael auf und stapft ins Großraum-
büro. Seine Laune sinkt weiter in den Keller, als er die
beiden Spielerfrauen an Karstens Schreibtisch stehen
sieht. Ohne einen Gruß sagt Michael nur:
»Karsten, du bringst die Frauen zum Empfang und
kommst dann direkt in mein Büro.«
Dann dreht er sich um und verlässt den Raum.
In seinem Büro angekommen reißt er das Fenster auf
und lässt die feuchtkalte Luft ins Zimmer. Hoffentlich
hilft ihm die Kälte, sich zu beruhigen.
Noch bevor Karsten die Bürotür geschlossen hat,
staucht Michael ihn zusammen. Dabei packt er seinen
Frust über die schleppende Ermittlung mitsamt seinem
üblichen Kaffeemangel in Worte.
»Bist du vollkommen wahnsinnig? In unseren Büros
haben Fremde nicht zu suchen. Schalt dein Gehirn ein.
Wenn die beiden irgendetwas posten, dass sie bei uns
aufgeschnappt haben, dann knallt es hier.«
Karsten ist vollkommen perplex. So hat er seinen Kollegen noch nie erlebt.
»Sorry, Micha, aber ich habe mich von den Bitches um
den kleinen Finger wickeln lassen.«
»Das ist mir scheißegal. Noch so eine Extrawurst und
du kannst wieder für Frank Koch arbeiten. Du kannst
gehen.«
Karsten schleicht zurück zu seinem Schreibtisch. So
stinkig hat er Michael noch nie erlebt. Er hätte sich von
den sexy Weibern nicht blenden lassen dürfen. Die
waren aber auch so scharf und er ist auch nur ein
Mann. Warum ist Michael auf die Spielerfrauen nicht
abgefahren? Schon komisch, aber egal. Die Sache ist
ernst. Er muss höllisch aufpassen. Er will auf keinen
Fall zurück in das Team von Frank Koch.

Im Laufe des Vormittags meldet Jürgen vom Empfang den Manager Marcel Schmitter an.

Michael geht mit dem Manager in die Kantine und spendiert ihm einen Kaffee.

»Danke, dass Sie es noch einmal einrichten konnten, so kurzfristig vorbeizukommen. Wir sind für jede Unterstützung dankbar.«

»Sehr gerne. Schließlich ist es mir wichtig, dass Sie den Mörder von Roger finden. Es würde mich freuen, wenn ich Ihnen dabei helfen kann.«

»Kommen wir noch einmal zurück zum Todestag. Berichten Sie uns noch einmal von ihrem Besuch bei Roger.«

»Ich habe Roger am Abend seines Todes aufgesucht, um mit ihm über seine Wechselabsicht zu Bayer Leverkusen zu reden. Als ich ihn verließ, traf ich seinen Trainer Oliver Damen vor dem Haus. Es sah so aus, als ob er zu Roger wollte.«

»Bitte erklären Sie uns Folgendes: Warum hat der Trainer es uns genau anders herum erzählt? Er sagte, als er ging, sind Sie gekommen.«

Michael beobachtet Marcel Schmitter bei dieser Frage genau. Er möchte wissen, ob seine Körpersprache seine Aussage bestätigt oder eine Lüge verrät. Aber der Mann zeigt keine verräterische Reaktion.

»Auch diese Aussage ist richtig. Wir sind uns tatsächlich zweimal begegnet. Als ich zu Roger ging, verließ ihn sein Trainer. Als unser Gespräch beendet war, sah ich ihn wiederkommen.«

»Warum haben Sie das nicht gleich ausgesagt?«

»Sorry, mein Fehler. Ich bin davon ausgegangen, dass nur maßgebend ist, wer der letzte Gast bei Roger war.«

Michael wechselt abrupt das Thema.

»Wussten Sie von Rogers Pokerrunde?«

»Ja, er hat mir davon erzählt. Wir hatten ein sehr enges und gutes Verhältnis.«

»Wie gut kannten Sie die Liebe seines Lebens?«

»Was für eine konservative Umschreibung für eine so schöne Frau. Ariane hat er unter Verschluss gehalten. Ich kann es ihm nicht übelnehmen, sie ist ja auch mit Abstand die attraktivste aller Spielerfrauen gewesen.« Michael lächelt ihn zustimmend an.

»Dann bedanke ich mich für Ihr Kommen.«

Er spürt, irgendetwas stimmt mit dem Mann nicht. Wie kann er ihn aus der Reserve locken?

Nach dem dritten Kaffee und zwei Schokoriegeln ruft er Ariane an.

»Hast du in deiner Zeit als offizielle Hammerbraut Spieler der Nationalmannschaft kennengelernt?«

»Roger hat sich ausgesprochen gut mit Pierre Aubré von Real Madrid verstanden. Ihn hat er mir mal vorgestellt. Warum fragst du?«

»Ich hatte gerade ein Gespräch mit Rogers Manager. Mit Marcel Schmitter stimmt etwas nicht. Ich weiß zwar nicht, ob es mit dem Mord zusammenhängt, aber irgendetwas stört mich.«

»Ich kann ihn bitten, uns zu unterstützen. Wenn Pierre ihn anruft, weil er zum Beispiel einen neuen Manager sucht, dann bekommst du möglicherweise einen neuen Anknüpfungspunkt und die Meinung eines neutralen Dritten. Roger erwähnte einmal, Pierre würde über eine gute Menschenkenntnis verfügen. Es ist eine Chance.«

»Das ist eine hervorragende Idee von einer überragenden Polizistin. Danke für deine Hilfe. Wir sehen uns heute Abend, Liebste.«

Auf dem Rückweg zu seinem Büro trifft Michael den Polizeipräsidenten.

Nach einem kurzen Austausch über die Entwicklungen im Fall Roger Hammer möchte Michael wissen, wie es um Frank Koch bestellt ist.

»Die Disziplinaraufsicht hat sich des Falls angenommen. Bis es Ergebnisse gibt, wird noch einige Zeit vergehen. Das dauert noch, genau wie sein Krankenhausaufenthalt.«

»Möchten Sie, dass Karsten Pohlmann als Unterstützung zu Hannes ins Team wechselt?«

»Nein, er soll weiter für Sie arbeiten. Die Suche nach dem Mörder unseres Fußballstars hat Vorrang. Die Medien sitzen uns im Nacken! Mehr brauche ich Ihnen nicht zu sagen.«

»Nein, das ist nicht nötig.«

Am Nachmittag ruft Anthony Ismalüg, ein Spieler der deutschen Nationalmannschaft, im Präsidium an.

Anthony spielt seit einem Jahr bei Fenerbahce Istanbul. Er ist zum 1. Geburtstag seines Neffen in Deutschland.

Er wünscht ein Gespräch mit Michael. Leider hat er nur wenig Zeit, in zwei Stunden geht sein Flieger zurück nach Istanbul. Daher bittet er Michael um ein Treffen am Köln Bonner Flughafen.

Michael schnappt sich seine Jacke und macht sich sofort in seinem alten Auto auf den Weg. Von der Freisprechanlage seines Mercedes aus ruft er Thorsten an. Er möge umgehend Hintergrundinformationen zu Ismalüg suchen.

»Anthony Ismalüg hat eine afrikanische Mutter und einen türkischstämmigen Vater. Beide sind aber Deutsche und daher hat er auch einen deutschen Pass. Er

spielt seit zwei Jahren unregelmäßig in der Nationalmannschaft. Vor seinem Engagement in der Türkei
war er als Spieler beim 1. FC Köln.«

Am Flughafen wartet der dunkelhäutige Fußballer bei
der Filiale einer beliebten Fastfoodkette auf ihn.

Mit den Worten: »Danke, dass Sie so schnell gekommen sind«, begrüßt er Michael mit einem festen Händedruck. Der Mann sieht unendlich jung aus. Aber er
wirkt sehr ernst. Die Trauer über Roger und seinen Ex-
Trainer scheint ihn noch im Griff zu haben.

»Natürlich, wir sind froh über jeden Anhaltspunkt.
Was haben Sie für uns?«

»Roger und Oliver sind tot, dass macht mich fertig.« Er
legt eine kurze Pause ein, um sich zu sammeln und
weitersprechen zu können.

»Oliver wurde von der serbischen Wettmafia erpresst.
Jetzt sehe ich ihrem Gesicht an, dass Sie wissen wol-
len, woher ich das weiß. Ganz einfach, er war nicht der
Einzige! Ich werde auch erpresst.«

Wahnsinn, das ist eine Aussage mit Dynamit!

»Wie schaffen die das?«

»Die Methoden sind sehr unterschiedlich. Entweder
kriegen die ihren Willen durch Druck oder durch
Geld. Glauben Sie mir, wenn Ihre kleine Schwester
auf den Weg in die Schule bedroht wurde und Angst
hat, alleine das Haus zu verlassen, dann machen auch
Sie Dinge, die Sie nie tun wollten.«

Michael betrachtet den jungen Mann. Er spürt seine innere Anspannung und lässt ihm Zeit, sich zu sammeln,
damit er weiterreden kann.

»Was Wetten angeht, ist die serbische Wettmafia feder-
führend. Sie wetten auf die verrücktesten Sachen. Ein
verschossener Elfmeter oder eine rote Karte in der
zweiten Halbzeit. Dinge, die Spiele beeinflussen

können. Natürlich kann auch ein Trainer manipulieren. Einwechslungen wirken ganz natürlich, aber manchmal sind sie auch überraschend. Dann wurde darauf gewettet.«

Jetzt fällt Michael ein Artikel ein, den er einst zu dem Thema gelesen hat. Darin wurde ausführlich über die gescheiterten Bemühungen, den Wettsumpf trockenzulegen, berichtet. Ihm wird deutlich, dass es sich um ein System handelt, welches nicht kontrolliert werden kann.

»Woher wussten Sie, dass Oliver Dahmen erpresst wurde?«

»Meine kleine Schwester ging gemeinsam mit seiner ältesten Tochter in Budapest in eine Klasse. Die beiden waren eng befreundet. Beide hatten große Angst. Obwohl sie schweigen mussten, haben sie sich einander anvertraut. Glauben Sie mir, wenn Sie einmal einen Blick für diese beklemmenden Angstzustände bei Ihren Kollegen entwickelt haben, dann wissen Sie auch, wer betroffen ist.«

»Wenn ich Sie richtig verstanden habe, baut die Mafia wie immer und überall Ängste auf, um ihr Ziel zu erreichen.«

»Ja, erst die Drohung, dann die Angst und dann das Geld. Danach gibt es kein Zurück mehr!«

»Hat noch nie ein Betroffener versucht, die Polizei um Hilfe zu bitten?«

»Das ist genau der Punkt, warum ich weiß, dass Oliver ermordet wurde. Er war in ihrem Gewahrsam und konnte über die Erpresser aussagen. Damit das nicht passiert, wurde er für immer mundtot gemacht.«

Michael denkt über die Worte des jungen Fußballers nach. Dieser schaut währenddessen auf seine

Armbanduhr und möchte sich verabschieden, als Michael noch eine letzte Frage an ihn richtet:
»Was ist mit Roger Hammer? Glauben Sie, dass hinter seinem Tod auch die Wettmafia steckt?«
»Roger wirkte auf mich nicht wie jemand, der erpresst wurde. Ich weiß nicht, wer ihn auf dem Gewissen hatte. Aber glauben Sie mir, Oliver war nicht sein Mörder! Zum einen war Roger als Spieler viel zu wichtig für ihn und zum anderen war Oliver kein gewalttätiger Typ. Der Trainer besaß eine natürliche Autorität. Die Spieler haben auch so gemacht, was er wollte. Ich muss jetzt gehen.«
Nachdem er aufgestanden ist und seine Tasche nimmt, blickt er Michael ein letztes Mal an: »Bitte, finden Sie den oder die Mörder!« Mit diesen Worten ist auch schon verschwunden.

Als Michael auf dem Rückweg ins Präsidium ist, ruft Karsten an.
»Micha, du musst sofort nach Brühl ins Steuerbüro kommen. Olga hat ein paar sehr interessante Sachen gefunden.«
Karsten Stimme klingt so aufgekratzt, dass Michael seine Aufregung durch das Telefon spüren kann.
Keine dreißig Minuten später schließt er auf dem Brühler Belvedere Parkplatz sein Auto ab und begibt sich zum Steuerbüro. Unterwegs gönnt er sich noch schnell beim Bäcker am Markt einen Kaffee zum Mitnehmen.

Der Eingangsbereich des Steuerbüros ist solide eingerichtet. Ein schlichter, aber hochwertiger Naturholzschreibtisch mit einem großen Blumengesteck. Auf dem zweiten Blick erkennt Michael, dass es sich um künstliche Blumen handelt. Hinter dem Schreibtisch hängt eine Luftaufnahme der Stadt Brühl. Auf der rechten Seite stehen drei gemütlich aussehende Holzstühle mit geflochtenen Sitzen und Lehnen, auf der linken Seite befindet sich ein schmaler Tisch. Er ist aus dem gleichen Holz wie der Schreibtisch und die Stühle. Auf dem Tisch sieht Michael eine Kapsel-Kaffeemaschine und eine Etagere mit verpackten Süßigkeiten.

Der junge Mann hinter dem Schreibtisch scheint auf ihn gewartet zu haben.

»Hauptkommissar Müller?« Michael nickt ihm zu. »Sie werden bereits erwartet. Wenn Sie freundlicherweise mitkommen würden.«

Bevor Michael dem jungen Mann hinterhergeht, greift er bei der Etagere zu und steckt die ergatterten Süßigkeiten in seine Jackentasche.

Michael betritt hinter dem jungen Mann einen kurzen Gang. Als dieser eine Tür öffnet, blickt Michael in Olgas Kabuschs Büro. Dort wartet die junge Frau zusammen mit Karsten auf ihn.

Nach der Vorstellungsrunde dreht Olga den Bildschirm zu Michael hin.

»Sehen Sie die Beträge auf der linken Seite?« Michael möchte sie nicht unterbrechen und nickt nur stumm.

»Das sind die Einnahmen. Sie gliedern sich in Gehaltszahlungen, Prämien, Einnahmen aus Werbung und die Gelder, die ihm seine Immobilien und Wertpapiere einbrachten.«

Michael ist von den Summen beeindruckt. Er wusste, dass Fußballspieler sehr viel Geld verdienen, aber so viel? Das hatte er unterschätzt.

»Auf der rechten Seite sehen Sie die Ausgaben. Auf den ersten Blick erkennen Sie, dass die Spalte um ein Vielfaches länger ist. Es gibt diverse Hypothekendarlehen von seinen Immobilien, etliche Beträge für das Wertpapierdepot, alles einzeln aufgeführt. Da finden wir natürlich auch Geld für Lebenshaltung, wie zum Beispiel ein neues Auto.«

»Für mich sieht das alles korrekt aus. Was stimmt also nicht?«

»Anfang des Jahres hat sich Roger ein Auto gekauft. Das Geld floss von seinem Konto direkt an das Autohaus. Er hat uns über den Kauf informiert. Damit klar ist, der Kauf ist korrekt. Zwei Monate später hat er sich anscheinend wieder ein Auto gekauft. Diesmal war es aber sein Manager, der die Zahlung bestätigte und das Geld floss auch nicht an das Autohaus, sondern auf ein Konto in Paris.«

»Warum kauft er sich bereits nach zwei Monaten einen neuen Wagen und das auch noch im Ausland?«

»Richtig! Dieser Frage bin ich nachgegangen. Damit hatte ich den ersten losen Faden gefunden. Aber bei den anderen Geldflüssen war es gar nicht so leicht, herauszufinden, welchen Weg sie genommen haben. Vor allem bei Kunstgegenständen und Schmuck gab es ein ständiges Hin und Her von Käufen und Verkäufen. Dabei habe ich festgestellt, dass alle Aktionen über den Manager liefen und immer im Nachhinein ein Minus auf Rogers Konto war. Also eine clevere Vorgehensweise, Geld zu unterschlagen.«

»Das ist Ihrem Chef Roland Rauschenbach aufgefallen und das hat er Roger Hammer mitgeteilt. Wurde er deshalb ermordet?«

»Mensch, Micha, da fragst du noch? Was Olga herausgefunden hat, ist eine Bombe! Der Typ hat die Gelder unterschlagen, ist aufgefallen und hat beide erledigt. Ganz einfache Geschichte!«

»Karsten, wir können dank Frau Kabuschs Hilfe die Unterschlagungen beweisen, aber keinen der beiden Morde. Dir ist doch klar, ohne Beweise kriegen wir keinen Haftbefehl!«

Karstens Laune sackt in den Keller! So hatte er sich Michaels Reaktion nicht vorgestellt. Wenn er ehrlich zu sich war, ging er von der Lösung des Falls aus. Er hat gute Arbeit geleistet. Eine fette Prämie oder gleich eine Beförderung zum Hauptkommissar hätten drin sein können. Jetzt muss er zusehen, wie seine Träume platzen. Er kann gar nicht in Worte fassen, wie frustriert er ist.

Olga verfügt über das richtige Gespür für seinen Zustand. Die Einladung in ihre Wohnung lässt ihn seinen Frust nicht ganz vergessen, aber ein Lichtblick ist es auf jeden Fall.

22. Kapitel

»Du siehst ganz schön müde aus«, stellt Michael verwundert fest, als er Thorsten im Büro begegnet.
»Ich wollte heute Morgen mal wieder eine Runde jog-
gen, aber ich habe tatsächlich abbrechen müssen. Das
ist mir noch nie passiert.«
Michael kann sich gut vorstellen, wie hart das für einen einst so sportlichen und durchtrainierten Menschen wie Thorsten ist. Bislang kannte er kaum Grenzen, aber die geringe Essenszufuhr der letzten Tage
kombiniert mit großem Schlafmangel fordern ihren
Tribut.
Michael hat Mitleid und will Thorsten aufmuntern.
»Das wird schon wieder. Mit ein wenig Geduld
schaffst du beim nächsten Lauf ein paar Kilometer
mehr. Es ist also nur eine Frage der Zeit, bis du deine
alte Leistungskurve erreicht hast.«
Auch wenn Thorsten ihn für diese Worte anlächelt, hat
Michael den Eindruck, dass seine Worte kein echter
Trost für ihn sind.

Das Telefon klingelt und die Zentrale stellt für Michael das Gespräch des deutschen Fußballnational-
spielers Pierre Aubré aus Spanien vom Trainingsgelände des Vereins Real Madrid durch.
Michael bittet Thorsten, das Telefonat in sein Büro
umzuleiten und dann zu ihm zu kommen. In seinem
Refugium können sie gemeinsam mit dem Spieler
über Lautsprecher reden.
»Herr Aubré, danke für Ihren Anruf. Was konnten Sie
für uns herausfinden?«

»Ich habe mich mit Rogers Manager Marcel getroffen. Ein toller Typ. Ich muss gestehen, wenn ich mit Jeróme nicht so zufrieden wäre, würde ich den Mann engagieren.«

Michael und Thorsten schauen sich enttäuscht an, das ist nicht die Antwort, die sie erwartet haben.

Michael kann seine Enttäuschung schwer verbergen, als er sich bedankt und verabschieden möchte.

»Nicht so schnell. Etwas fand ich bei unserem Gespräch interessant. Marcel erzählte mir, dass er über die allerbesten Kontakte zu Paris St. Germain verfügt. Falls ich den Verein wechseln möchte, wäre er mir gerne behilflich.«

»Das verstehe ich jetzt nicht. Wo ist das Problem? Ist doch klasse, wenn er über Kontakte nach Frankreich verfügt. Ist Paris aktuell nicht sogar erfolgreicher als Real?«, fragt Thorsten leicht verwirrt.

»Ja, erstmalig ist das so. Aber ich spiele erst seit dieser Saison in Spanien. Es wäre zu früh für einen Wechsel. Hinzu kommt, dass meine Position in Frankreich bereits doppelt durch zwei Topscorer belegt ist. Bei der Konkurrenzlage wäre es sogar ziemlich blöd für mich zu wechseln.«

»Das ist wirklich interessant. Bei der Gelegenheit, hat sich Roger je dazu geäußert, den 1. FC Köln zu verlassen?«

»Roger, nein, der liebte seinen Verein. Köln spielte mit ihm international und kämpfte mit Roger um den Meistertitel, zu wem sollte er gehen?«

»Wir haben gehört, dass er einen Vertrag bei Bayer Leverkusen unterzeichnen wollte.«

»Das glaube ich nicht. Damit hätte Roger einen großen Teil seiner Fans und hohe Werbeeinnahmen verloren. Nein, das passt nicht.«

Die Polizisten bedankten sich noch einmal bei Pierre Aubré für seine Unterstützung und beendeten das Telefonat.

Eine kurze Zeit sitzen sie sich schweigend gegenüber. Michael beendet das Schweigen zuerst.
»Ich erinnere mich, wie Marcel Schmitter erzählte, ein Wechsel zu Leverkusen wäre nur über einen Umweg wie zum Beispiel Paris möglich.«
»Du meinst, Paris hat eine Bedeutung? Aber wie sollen wir das herausfinden?«
Michael ist bereits aufgestanden und sucht etwas in seinem Handy.
»Da ist er. Bei einer polizeilichen Weiterbildung habe ich einen Polizisten aus dem Elsass kennengelernt. Er spricht deutsch und französisch. Vielleicht kann er uns helfen.«
»Das hört sich gut an. Bin gespannt, ob er helfen kann.«
Eine kleine Pause entsteht, bevor Michael die Nummer wählt.
Er hat Glück und sein französischer Kollege nimmt das Gespräch direkt an. Der Kollege erinnert sich an Michael und freut sich über den Anruf. Anschließend verspricht er, sie zu unterstütizten. Er wird Kontakt zu Paris St. Germain aufnehmen und sich erkundigen, ob sie ihm etwas zu Roger Hammer oder Marcel Schmitter sagen können.

Nachdem Michael das Telefonat beendet hat, möchte Thorsten wissen, wie sie jetzt weiter vorgehen.
»Lass uns zum Essen in die Kantine gehen«, lautet Michaels Antwort.

»Wir haben noch nicht einmal elf Uhr! Das ist zu spät zum Frühstücken und zu früh für das Mittagessen.«

»Stimmt, die leckeren Brötchen sind um diese Zeit verkauft.«

Im gleichen Moment klingelt Michaels Handy. Ein Nachbar ruft an.

»Hallo, hier ist Martin Scheich. Ich wohne unter Roger. Wir hatten kurz miteinander gesprochen. Ich soll mich bei Ihnen melden, wenn mir irgendetwas Wichtiges einfällt.«

»Richtig, ist Ihnen noch etwas eingefallen?«

»Die Professorin, die gegenüber von Roger wohnt, ist ziemlich viel auf Reisen. Aber jetzt ist wieder da.«

»Danke, dass Sie uns benachrichtigt haben.«

»Lass uns nach Brühl fahren, Thorsten. Dort habe ich ein schönes kleines Café, ganz in der Nähe vom Marktplatz gesehen. Bei der Gelegenheit können wir uns mit Rogers Nachbarin unterhalten. Sie ist von ihrer Reise zurückgekehrt.«

Thorsten fällt es immer noch schwer, das Haus, indem Rogers Wohnung liegt, zu betreten. Gleichzeitig ist ihm bewusst, dass er dankbar sein darf, an dem Fall mitzuarbeiten. Also verdrängt er kommentarlos sein Unwohlsein und begleitet Michael nach Brühl.

In Brühl angekommen parken sie diesmal auf dem Parkdeck der *Giesler Galerie*. Auf dem Weg durch das Gebäude stellen sie fest, wie viele Menschen hier zum Einkaufen unterwegs sind. Sie sind richtig froh, als sie auf der Straße sind, dort sind bei weitem nicht so viele Passanten unterwegs und der Weg zum *Café Buschheuers* ist schnell zurückgelegt.

Das Café ist gemütlich eingerichtet und verfügt über eine abwechslungsreiche Auswahl an Torten und Quiche.

Während Michael das große Frühstück ordert, bestellt er für Thorsten ein Stück Quiche mit Salat. Eigentlich will dieser nur einen Kakao trinken, aber damit ist Michael nicht einverstanden.

»Wenn du wieder Sport treiben willst, musst du auch ordentlich essen. Ohne Nahrung kann dein Körper keine Leistung bringen. Wir gehen erst, wenn du aufgegessen hast.«

Als die Kellnerin sein Essen bringt, bezweifelt Thorsten, dass er diese Portion aufessen kann. Ob es an Michaels Gesellschaft oder schlichtweg dessen Begeisterung beim Essen ist, am Ende hat er zu seiner eigenen Verwunderung tatsächlich alles verspeist.

Zudem muss er sich eingestehen, dass es wirklich lecker war. Zum ersten Mal spürte er wieder richtigen Hunger beim Essen.

Die beiden Polizisten überqueren den Leamington-Spa-Platz auf dem Weg zu dem Haus, in dem Rogers Wohnung liegt. Dort klingeln sie an der gegenüberliegenden Wohnungstür. Als sich die Tür öffnet, begrüßt sie die Frau mit den Worten:

»Ich brauche nichts und ich kaufe nichts. Auch wenn wir uns hier schon mal begegnet sind, sollten Sie besser sofort verschwinden oder ich sehe mich gezwungen, die Polizei zu rufen!«, dabei blickt sie Thorsten direkt an.

Michael betrachtet die Frau aufmerksam. Sie ist um die vierzig Jahre alt, mittelschlank, dezent und teuer gekleidet. Eine Kurzhaarfrisur ziert Ihre bereits grauen Haare. Das ausgefallene Brillengestell unterstreicht ihre dominante Ausstrahlung. Diese Frau weiß, was sie will und kann es bestimmt auch gut durchsetzen.

Thorsten und Michael zeigen ihr ihre Dienstausweise. »Darf ich mich vorstellen: Hauptkommissar Michael Müller und Kommissar Thorsten Kreiner. Wir untersuchen den Mord an Ihrem Nachbarn Roger Hammer. Bitte verraten Sie uns, wer Sie sind?«

»Professor Bayimie. Guten Tag, kommen Sie gerne rein, ich habe gerade einen Tee gekocht.«

Elif Bayimie öffnet die Türe, damit die Polizisten eintreten können. Roger hatte das Glück, dass alle seine Fenster sowie sein Balkon einen Blick auf das Schloss und den Schlosspark zeigen. Frau Professor muss scheinbar mit der anderen Seite zufrieden sein. Zudem ist die Wohnung bei weitem nicht so großzügig geschnitten. Die Einrichtung hingegen ist außergewöhnlich. Jedes Möbelstück ist ein aus alten Materialien recyceltes Werk. Die Möbel sind alle bunt und extrem originell. Damit das Auge trotz der vielen Farben keinen Infarkt bekommt, sind die Übergardinen, der Teppich und die Kissen in einem schlichten Senfgelb gehalten, wie auch die Bilder an den Wänden.

»Ich bin Professorin für Design. Die Möbel habe ich, bevor ich an die Uni berufen wurde, alle selbst hergestellt. Setzen Sie sich, die Sessel sind bequemer, als sie aussehen.«

Selbst Michael mit seinen langen Beinen muss ihr recht geben.

Kurz darauf erscheint ihre Gastgeberin mit einem Tablett und drei großen Teebechern. Der Kaffeejunky Michael hätte zwar lieber einen Kaffee gehabt, aber er möchte nicht unhöflich sein und nimmt den Tee entgegen. Zu seiner eigenen Überraschung schmeckt ihm der grüne Tee mit einer leichten Limonennote.

Frau Professor Bayimie ergreift als Erste das Wort.
»Haben Sie bereits eine Spur vom Täter meines geschätzten Nachbarn gefunden?«
»Leider nein, falls Sie über Hinweise verfügen, die uns weiterhelfen, wären wir sehr dankbar.«
»Da Sie mit dem Liebhaber meines Nachbarn zusammenarbeiten, glaube ich nicht, dass ich Ihnen noch etwas Neues berichten kann.«
Bei dem Wort Liebhaber verschluckt sich Thorsten hörbar.
»Ich bitte Sie. Ich müsste schon mit Blindheit geschlagen sein, dass mir nicht aufgefallen ist, dass Sie und nicht seine offizielle Freundin, die Hammerbraut aus dem *Express*, hier regelmäßig übernachten. Außerdem bin ich Frühaufsteherin und habe Sie oft genug gegen fünf Uhr am Morgen die Wohnung verlassen hören.«
»Das ist richtig«, stimmt Michael ihr zu, »aber das ist offiziell nicht bekannt und es wäre schön, wenn es auch so bliebe.«
»Ich weiß es schon lange und habe es immer verschwiegen. Es gibt für mich keinen Grund, daran etwas zu ändern.«
»Danke!«, sagt Thorsten sichtlich erleichtert.
»An dem Tag seines Todes, waren Sie da hier?«, möchte Michael wissen.
Die Frau nimmt einen Schluck aus ihrer Teetasse, bevor sie antwortet.
»Ja, ich war hier. Ich bin aber noch in der Nacht zu einer Vortragsreihe in die Staaten aufgebrochen und bin erst vor einer halben Stunde zurückgekommen. Glauben Sie mir, ich habe Herrn Hammer sehr geschätzt und bedaure zutiefst, nichts von einem Streit oder Ähnliches mitbekommen zu haben.«

»Roger hatte an dem Abend Gäste, haben Sie zufällig einen davon gesehen?«

»Leider nicht.«

»Ihnen ist überhaupt nichts Außergewöhnliches aufgefallen?«

Frau Professor trinkt einen erneuten Schluck Tee, bevor sie antwortet.

»Mir ist nur eine Sache aufgefallen. Aber ob die etwas mit Ihrem Fall zu tun hat, kann ich Ihnen nicht beantworten.«

»Erzählen Sie uns einfach, was Sie bemerkt haben.«

»Als ich am Abend aus dem Fenster sah, verließ ein Mann unser Haus. Er traf auf einen anderen Mann. Der wollte schon an ihm vorbei in Richtung unseres Hauses gehen, aber der erste Mann sagte wohl etwas zu ihm und daraufhin drehte dieser sich um und sie gingen zusammen weg. Eigenartig war nur, dass der zweite Mann, der ja nach dem Gespräch umgedreht hatte, nach ein paar Minuten wieder zurückkam. Er steuerte direkt auf unser Haus zu. Mein Telefon klingelte und ich habe die Szene nicht weiter beobachtet.«

Michael holte sein Handy hervor und zeigte ihr Fotos von Oliver Dahmen und Marcel Schmitter.

»Erkennen Sie einen der Männer zufällig wieder?«

Frau Bayimie betrachtet die Fotos eingehend, bevor sie antwortet:

»Den ersten Mann habe ich nur von hinten gesehen. Es könnte dieser hier gewesen sein. Aber da schwanke ich.« Bei ihren Worten tippt sie auf das Foto des Trainers.

»Bei dem zweiten Mann bin ich mir absolut sicher, dass es dieser hier war.«

»Sie sind sich ganz sicher? Trotz der Dunkelheit?«

»Der Platz ist beleuchtet und ich kann mir Gesicherter sehr gut merken. Sie können sich auf die Richtigkeit meiner Aussage verlassen.«

»Wenn das stimmt, ist Marcel Schmitter entgegen seiner eigenen Aussage noch mal zurückgekommen und nicht Oliver Dahmen. Er hat also gelogen. Er war dann als Letzter in Rogers Wohnung. Danke für Ihre Hilfe. Es ist nun unsere Aufgabe, den Grund für seine Falschaussage herauszufinden.«

Mit diesem Wissen gehen Sie zurück zum Parkdeck der Giesler Galerie. Auf dem Weg greift Michael zum Handy und ruft Karsten an.

»Karsten, bitte nehme Kontakt zu den Bikern auf, die du am Nürburgring kennengelernt hast. Zeige ihnen allen das Foto von Marcel Schmitter. Ich muss wissen, ob er dort gesehen wurde.«

Thorsten sieht Michael an und beide haben in dem Moment die Vorahnung, der Lösung der Morde näherzukommen.

Währenddessen ist Karsten rundum zufrieden. Eine Tour in die Eifel mit einer kleinen Extrarunde auf dem Nürburgring ist genau nach seinem Geschmack. Bei diesem Auftrag gibt es kein Gemecker und keine Fragen von seiner Seite. Stattdessen macht er sich heute mit seinem Motorrad sofort auf den Weg in die Eifel.

Zurück im Präsidium geht Michael mistrauisch zur Lobel. Auch wenn sie sich beim letzten Telefonat zivilisiert benommen hat, traut er ihr nicht über dem Weg. Er klopft an ihre Bürotür und wartet auf eine Antwort. Nachdem er nichts hört, versucht er es noch einmal. Er klopft lauter an die Tür. Wieder keine Antwort. Soll er es wagen, die Tür ohne Aufforderung zu öffnen? Falls sie da ist, holt er sich deswegen nur eine unnötige

Zurechtweisung ab. Darauf verzichtet er gerne. Er war hier, und wenn sie ihn nicht hineinbittet oder nicht da ist, ist es nicht sein Problem.

Als er über einen Umweg am Kaffeeautomaten vorbei sein Büro betritt, sieht er eine Nachricht auf seinen Schreibtisch liegen. Der Polizeipräsident wünscht, ihn zu sprechen. Das war vor einer Stunde. Michael macht sich direkt auf den Weg in die oberste Etage und hofft, dass der Chef noch in seinem Büro ist.

»Hey, Micha!«

Michael dreht sich um und sieht seinen Kollegen Holger auf ihn zukommen. Holger ist Hauptkommissar in der Abteilung für Wirtschaftskriminalität und hat ihm bei der Aufklärung des Mordes an Sophia von Lauenstein erheblich geholfen.

»Hi, Holger, ich bin auf dem Weg zum Präsidenten, kann ich dich später anrufen?«

»Ich will dich nicht aufhalten. Mich interessiert nur, wie es der Kollegin Schäfer geht?«

»Ariane hatte großes Glück, den Angriff zu überleben. Jetzt ist sie glücklicherweise auf dem Weg der Genesung.«

»Wenn du sie das nächste Mal siehst, bestelle ihr gute Besserung von mir und ich freue mich, wenn sie bald wieder hier ist.«

»Klar, mache ich. Ich muss los, aber wir sollten mal wieder ein Kölsch zusammen trinken.«

Keine fünf Minuten später bietet der Polizeipräsident Michael einen Platz an seinem Besuchertisch an. Dann bittet er seine Sekretärin, ihnen Kaffee und ein paar Kekse zu bringen.

Michael hatte immer ein gutes Verhältnis zu seinem Präsidenten, aber diese Vorzugsbehandlung verwundert ihn doch sehr.

Der Präsident wartet, bis seine Sekretärin das Gewünschte auf den Tisch stellt und die Bürotür hinter sich schließt.

»Hauptkommissar Müller, ich habe Sie zu mir gebeten, um Ihnen mitzuteilen, dass Ihre Vorgesetzte, Frau Polizeirätin Lobel, und auch Ihr Kollege, Hauptkommissar Frank Koch, vom Dienst suspendiert sind.«

Jetzt ist Michael klar, warum er nichts aus Lobels Büro gehört hat, die Frau ist gar nicht mehr da.

»Ach was! Gibt es schon nähere Informationen von der Dienstaufsicht?«

»Der Untersuchungsausschuss hat mich über seine Vorschläge in Kenntnis gesetzt. Demnach wird Herr Koch aufgrund seines eklatanten Fehlverhaltens aus dem Dienst entfernt. Frau Lobel konnte nur geringe Kenntnis zu Kochs Fehlverhalten nachgewiesen werden. Trotzdem hat sie als seine Vorgesetzte versagt und soll ihren aktuellen Rang verlieren. Es wurde zudem Anspruch auf ihre Versetzung zuzüglich einer Geldstrafe erhoben. Die Untersuchungen sind abgeschlossen und diese Disziplinarmaßnahmen wurden vom Ausschuss vorgeschlagen. Es ist davon auszugehen, dass sie auch umgesetzt werden.«

Eigentlich sollte Koch ihm leidtun, schließlich wird ihm seine Existenzgrundlage komplett entzogen. Es wird nicht leicht für ihn, beruflich in einem anderen Arbeitsgebiet Fuß zu fassen. Aber Michael spürt kein Mitleid, sondern nur Erleichterung, diesen Idioten nicht mehr als Kollegen zu haben. Er ist sicher, dass sehr viele seiner Kollegen so wie er denken werden.

»Wissen Sie schon, wie es weitergeht?«

»Hauptkommissar Müller, Sie kennen die Personalprobleme genauso gut wie ich. Daher muss ich Sie bitten, vorerst auch den Bereich Koch zu übernehmen.

Mir ist klar, welche enorme zusätzliche Belastung das für Sie bedeutet. Glauben Sie mir, auch ich möchte den Posten neu besetzen. Leider fehlt uns das Personal.«
»In der Mordkommission gibt es drei ganz hervorragende Kommissare. Ariane Schäfer, Thorsten Kreiner und Hannes Krug. Ich traue allen dreien zu, den Posten auszufüllen.«
Der Polizeipräsident steckt sich lächelnd einen Keks in den Mund. Nachdem er den Rest mit einem Schluck Kaffee hinuntergespült hat, antwortet er:
»Ich verstehe, warum Ihre Leute sie so schätzen. Ich werde schauen, was sich da machen lässt. Schreiben Sie mir doch einen Vermerk über Ihre persönliche Einschätzung zu jedem einzelnen der drei Kollegen.«
»Das kann ich nicht. Ich wäre nicht objektiv«, gesteht Michael. »Ich könnte Herrn Krug nicht genauso positiv sehen wie die beiden Kommissare, mit denen ich seit Jahren eng zusammenarbeite.«
»Mir reicht vollkommen Ihre persönliche Einschätzung. Ich werde dies berücksichtigen, wenn Ihre Bewertung zu den drei Kollegen auf meinem Tisch liegt. Mir ist bewusst, dass sie subjektiv eingefärbt ist.«
Michael weiß, wann eine Diskussion beendet ist. Bevor er geht, möchte er noch wissen, ob schon jemand für die Nachfolge der Lobel feststeht.
»Auch hier ist noch keine Entscheidung gefallen.«

Nach dem Gespräch möchte Michael alleine sein. Er wirft einen Blick auf seine Armbanduhr und geht in die Kantine. Dort kauft er sich eine Flasche Mineralwasser und eine Flasche Apfelsaft und sucht sich einen ruhigen Platz. Er setzt sich ein wenig abseits, direkt am Rand der aufgestellten Tische, um in Ruhe nachdenken zu können. Hätte er dem Präsidenten von seiner

Beziehung erzählen müssen? Würde er mit diesem Geständnis Ariane um ihre verdiente Beförderung bringen? Wenn er ehrlich zu sich selber ist, wen müsste er von den drei Kommissaren vorschlagen? Alle haben ihre Stärken und auch ihre Schwächen. Wer hat es am meisten verdient, befördert zu werden? Ariane, Thorsten oder Hannes, den Eva so hoch lobte?

Während seine Gedanken hin und her pendeln, klingelt sein Handy.

»Hallo, Mathieu, hast du etwas für mich herausfinden können?«

»Du hast unverschämtes Glück, weil der Schwager meines Schwagers bei Paris St. Germain in der Buchhaltung arbeitet.«

»Was konnte er dir berichten?« Michael spürt ein Kribbeln im Magen, seine Neugier lässt ihn unruhig auf seinem Stuhl wippen.

»Marcel Schmitter hatte einen Vorvertrag für Roger Hammer mit dem Verein abgeschlossen. Hierfür hat der Mann ein stattliches Sümmchen erhalten. Nachdem sich Roger weigerte, den Vertrag mit Paris zu unterzeichnen, platzte der Deal. Schmitter musste das Geld zurückzahlen. Das hat sich ganz schön hingezogen. Er hat diverse Mahnungen verstreichen lassen. Das Geld zahlte er erst, als ihm juristischer Ärger bevorstand.«

»Danke, Mathieu, du hast mir sehr geholfen. Wann immer ich mich revanchieren kann, zögere nicht, mich anzurufen.«

Nachdem sie noch ein paar private Höflichkeiten ausgetauscht haben, macht sich Michael auf die Suche nach Thorsten.

Gutgelaunt fährt Karsten mit seinem Motorrad Richtung Nürburgring. Die Suche nach Bikern, die den Typen auf dem Foto wiedererkennen könnten, muss erst mal hintenanstehen. Schließlich hat er sein Bike eingepackt, um damit auch ein paar Runden drehen zu können.

Wie bei seiner ersten Tour zum Nürburgring entscheidet sich Karsten für die Route über die Autobahn 61 und dann über die Landstraße 257.

Als Karsten an der Rennstrecke ankommt, fährt er direkt wieder zum Schotterparkplatz, um sich am Tickethäuschen für eine Fahrt auf der Nordschleife des Nürburgrings anzumelden.

Noch ehe er die Türklinke in die Hand nehmen kann, geht die Tür auf und Axel und Daniela stürmen heraus. Als sie Karsten sehen, bleiben sie abrupt stehen.

»Ah, unser Superbulle! Wie geht´s? Habt ihr schon den Mörder von Roland gefasst?«

Karsten begrüßt die beiden mit einer Umarmung. In dem Moment ist ihm klar, dass er die Runde mit dem Bike zurückstellen muss.

»Wir stehen kurz davor. Vorher muss ich noch ein Detail klären.«

Karsten kramt das Foto von Marcel Schmitter heraus. Daniela und Axel beobachten ihn aufmerksam. Das Interesse an der Polizeiarbeit kann man ihnen ansehen.

Zuerst nimmt Axel das Foto in die Hand, schüttelt den Kopf, »Kenn ich nicht!«, und gibt es an seine Freundin weiter.

Daniela betrachtet es ein wenig länger. Dann greift sie zu ihrem Handy, und ehe Karsten eingreifen kann, macht sie ein Foto von dem Foto.

»Ich habe Kai das Foto geschickt. Das ist doch okay für dich?« Fragend blickt sie zu Karsten, der schweigend nickt. Jetzt wäre es eh zu spät, nein zu sagen.

»Wir waren an dem Tag, als Roland starb, zusammen unterwegs. Dem Kai ist ein Typ aufgefallen. Er hat mir damals irgendetwas zu dem erzählt, ich habe nicht richtig hingehört. Hat mich seinerzeit nicht interessiert, sorry.«

»Quatsch, das ist doch okay so. Es ist super zu wissen, dass am Tag, als Roland starb, einer da war, der hier nicht hingehört. Das hilft uns weiter.«

Karsten hatte den Satz noch nicht beendet, als Danielas Handy eine neue Nachricht mit einem Pling meldete.

Karsten will sofort wissen, ob die Nachricht von Kai ist und was er schreibt.

»Also, der Typ auf dem Foto sieht zwar ein wenig anders aus, aber Kai glaubt trotzdem, dass er es war.«

»Mist, das reicht nicht. Da könnten die Richter zugunsten des Angeklagten entscheiden.«

»Kai hat außerdem mitbekommen, dass der Typ in einen roten Ford Mustang mit einem Kölner Kennzeichen eingestiegen ist.«

Karsten strahlt über das ganze Gesicht. Das hört sich schon viel besser an. »Kannst du mir Kais Kontaktdaten schicken.«

»Klaro, aber versprich mir, dass du dich nur bei ihm meldest, wenn es um den Fall geht. Versprochen?«

»Natürlich, warum sollte ich den Kerl sonst behelligen?«

Als Karsten die Kontaktdaten von Daniela bekommt, sieht er das WhatsApp-Foto von Kai und sein Mund bleibt offenstehen.

»Aber ist das Kai Huckenbeck?«

»Richtig, es ist unser bester deutscher Biker. Deshalb sollst du ihn auch in Ruhe lassen.«

Karsten ist absolut begeistert, die Kontaktdaten von Huckenbeck, einem deutschen Einzelmeister im Speedway zu besitzen. Er geht zurück zu seinem Bulli und ruft Michael an. Diese Aussage von einem Promi des Motorsports muss er sofort weitergeben. Wenn Michael Bescheid weiß, bekommt Karsten unter Umständen trotz alledem noch eine Gelegenheit, hier eine Runde zu drehen.

Thorsten verabschiedet sich von Karsten und fragt den in diesem Augenblick eintretenden Michael:

»Weißt du zufällig, welches Auto Marcel Schmitter fährt?«

»Einen roten Ford Mustang. Warum fragst du?«

»Dann haben wir jetzt einen Zeugen für den Tag, an dem Roland Rauschenbach starb.«

»Hat der Zeuge ihn am Nürburgring gesehen? Ist diese Aussage unwiderlegbar?«

»Ja, und ich bin der festen Überzeugung, dass der Mann vor Gericht überzeugen wird.«

»Inwiefern?«

»Karsten hat einen ziemlich berühmten Rennfahrer als Zeugen gefunden.«

»Dann sollten wir Marcel Schmitter verhaften. Möchtest du mitkommen?«

»Da fragst du noch?«

Gemeinsam machen sich Thorsten und Michael auf den Weg zur Wohnung des Managers im Stadtteil Marienburg. Aus dem Melderegister wissen sie, dass er dort eine Zeitlang mit einer Amanda Muirres gewohnt hat, die seit ein paar Monaten dort nicht mehr gemeldet ist. Wohin sie verzogen ist, konnten sie nicht herausfinden. Vielleicht ist sie einfach in ihr Heimatland zurückgekehrt.

»Sag mal, hat in diesem Stadtteil nicht einst Tina Turner gewohnt?«, möchte Michael wissen.

»Ich glaube, sie hatte eine Villa im Hahnwald. Kölns teuerster Gegend. Aber genau weiß ich es nicht.«

»Die Menschen aus Marienburg sind jetzt auch keine Bürgergeld-Empfänger.«

»Das ist schon eine tolle Gegend, aber es geht immer und überall noch einmal eine Stufe hinauf.«

»Roger hätte sich die Nobelgegend von Köln locker leisten können, trotzdem lebte er in Brühl«, bemerkt Michael.

Thorsten muss lächeln, als er antwortet: »Tja, Köln hat nun mal kein Schloss.«

Kurz bevor sie die Adresse von Marcel Schmitter erreichen, hält Michael kurz an, um sich noch einmal mit den Kollegen von der Streife abzusprechen.

Die Streifenpolizisten erhalten von Michael die Anweisung, ihr Auto so abzustellen, dass es vom Wohnhaus des Verdächtigen nicht gesehen werden kann.

Anschließend parkt Michael seinen Mercedes am Straßenrand des ruhigen und gepflegten Viertels und begibt sich mit Thorsten auf den Weg zum Manager.

Schmitter wohnt in einer Villa mit drei Mietparteien. Bei dem Objekt im Stadtteil Marienburg handelt es sich um ein altes Gründerzeithaus. Es wurde voraussichtlich nicht im Zweiten Weltkrieg getroffen, da auf der hellen Fassade immer noch die alten Stuckverzierungen erhalten geblieben sind. Ob das Haus immer schon ein Mehrfamilienhaus war oder dazu umgebaut wurde, können die Kommissare von außen nicht erkennen. Aber es wäre durchaus vorstellbar. Früher hatten die reichen Bewohner auch Dienstpersonal, welches im Haus lebte. Somit benötigten sie weitaus mehr Wohnfläche als in der heutigen Zeit. Der Garten ist üppig und sieht mit dem alten Baumbestand wie ein kleiner Park aus. Wer hier wohnt, hat das nötige Kleingeld und legt zudem großen Wert auf eine exquisite Umgebung.

Als sie einen Blick auf die Klingelschilder werfen, wird ihr Eindruck bestätigt.

Im Erdgeschoss residiert ein bekanntes Kölner Schauspielerehepaar und im ersten Obergeschoss ein prominenter Kölsch Rocker. Marcel Schmitter bewohnt die Wohnung im zweiten Obergeschoss.

Ein Blick auf das Gebäude lässt Michael vermuten, dass der Manager nur die kleinste Wohnung im Haus bewohnt.

Thorsten drückt auf die Klingel und nichts passiert. Verwundert wandert sein Blick zu dem vor der rechten Garage abgestellten roten Ford Mustang.

»Versuche es noch einmal. Sein Auto steht hier. Er sollte zuhause sein«, ermuntert ihn Michael.

Nachdem Thorsten die Klingel zum zweiten Mal betätigt, dauert es ein paar Minuten, bis die Gegensprechanlage knistert. Ein verschlafen wirkender Marcel Schmitter fragt, wer dort sei.

»Hallo, Herr Schmitter, die Polizei ist hier. Wir entschuldigen uns für die Störung, aber wir hätten eine Frage an Sie. Dürfen wir hereinkommen?«

»Natürlich, aber geben Sie mir ein paar Minuten.«

Der Türöffner summt und die Polizisten betreten ein herrschaftliches, recht ausladendes Treppenhaus. Als sie oben angekommen sind, ist die Wohnungseingangstür noch geschlossen. Als ihnen kurze Zeit später geöffnet wird, wirkt es so, als ob Schmitter sich noch auf die Schnelle eine Jogginghose und ein Shirt überziehen musste. Beides sieht ein wenig verknittert aus. Die Polizisten gehen davon aus, dass sie den Mann tatsächlich geweckt haben.

Neugierig schaut sich Michael um. Er ist sich in diesem Moment nicht sicher, womit er genau beim Betreten der Wohnung gerechnet hat. Aber mit einer wenig geschmackvoll zusammen gewürfelten Ikea Einrichtung definitiv nicht.

Marcel Schmitter beobachtet Michaels Blick.

»Sorry für das Ambiente. Aber meine Ex hat bei ihrem Auszug, nach unserer Trennung, alle Möbel mitgenommen. Das Ende der Beziehung war ein wenig unschön und mir ist noch nicht wieder nach Shoppen zumute. Das hier sind Möbelspenden von meinen Freunden, bis ich Muße habe, mich neu einzurichten.«

»Wer weiß, ob das notwendig sein wird, Herr Schmitter.« Michael versucht, ihn mit dieser kleinen Provokation aus der Reserve zu locken.

Eigenartigerweise bleibt das Gesicht des Mannes bei den Worten entspannt. Er müsste doch unruhig werden bei dem versteckten Vorwurf.

Die Polizisten werfen sich einen kurzen Blick zu, beide sind über die Ruhe, die ihr Verdächtiger ausstrahlt, überrascht.

Michael spricht weiter: »Uns liegt eine Zeugenaussage vor, dass Sie die letzte Person waren, die Roger Hammer lebendig gesehen hat.«

Schmitter bietet ihnen keinen Sitzplatz oder gar ein Getränk an. Er bleibt im Dielenbereich stehen. Bei der Frage verschränkt er die Arme vor seine Brust. Eine typische Abwehrbewegung. Vielleicht ist er doch nicht so entspannt.

»Dann hat sich Ihr Zeuge geirrt«, lautet seine Antwort.
»Ich habe Ihnen doch gesagt, dass ich nach meinem
Gespräch bei Roger auf Oliver getroffen bin. Da wird
uns Ihr Zeuge wohl verwechselt haben.«
Seine Worte klingen immer noch vollkommen ruhig
und höflich und er zeigt abermals keine Anzeichen
von Nervosität.
»Selbst wenn sich unsere Zeugin geirrt haben sollte,
wurden Sie am Todestag von Roland Rauschenbach
von einer Gruppe Motorradfahrern am Nürburgring
gesehen. Ich glaube nicht, dass hier ein weiterer Irrtum
vorliegt?«
»Ich bitte Sie, Herr Hauptkommissar, jeder weiß, dass
die Jungs aus der Bikerszene nicht seriös sind. Sex and
Drugs and Rock and Roll. Was erwarten Sie von solchen Menschen?«
»Herr Schmitter, im Gegensatz zu Ihnen halte ich unsere Zeugen für absolut vertrauenswürdig. Wir gehen
davon aus, dass Sie Roger Hammers Steuerberater in
einer Kurve am Nürburgring so geblendet haben, dass
es zu einem tödlichen Sturz kam. Sie haben ihn getötet, um den Grund für Ihren Mord an Roger Hammer
zu vertuschen. Das hat Ihnen nichts genutzt. Denn das
Steuerbüro verfügt über mehrere, fähige Mitarbeiter.
Wir wissen von Ihren Unterschlagungen. Im Steuerbüro ist aufgefallen, dass viele von Ihnen veranlasste
Transaktionen zum Nachteil von Roger Hammer
durchgeführt wurden. Einfach ausgedrückt, Sie haben
ihren Mandanten bestohlen. Alle Indizien sprechen
gegen Sie. Aus diesem Grund verhaften wir Sie wegen
Mordes an Roger Hammer und Roland Rauschenbach!«
Thorsten legt dem Manager die Handschellen an.

»Bitte gehe mit ihm zu den Kollegen. Ich schaue mich hier noch um.«

Während die beiden Männer die Wohnung verlassen, betritt Michael das Wohnzimmer und schaut in die Mündung einer Pistole.

»Wer sind Sie?«, fragt er die junge Frau. Sie ist groß, schlank mit wohlgeformten Gesichtszügen und Augen so klar wie ein Gebirgsbach. Ihre rotbraunen langen Haare umrahmen ihr hübsches Gesicht.

»Das ist nicht wichtig. Ich habe beschlossen, dass Sie mir bei der Flucht helfen.«

»Und wenn ich das nicht mache?«

»Dann erschieße ich Sie. Ich habe nichts mehr zu verlieren. Es ist nur eine Frage der Zeit, wann dieses Weichei Marcel alles ausplaudert.«

Die Frau fordert Michael mit der Waffe auf, zum Tresor zu gehen. Michael bemerkt, auch dieser Raum ist genauso lieblos zusammengewürfelt eingerichtet wie der Eingangsbereich.

Die Pistole in der rechten Hand fordert sie Michael auf, den Tresor zu öffnen.

Mit der Zahlenkombination 114711 schwingt die Türe auf.

Als die Frau das sieht, wirft sie ihm einen Stoffbeutel zu.

»Los, leerräumen!«, fordert sie Michael auf.

Michael nimmt zwei Mappen, ein kleines Kästchen und mehrere tausend Euro aus dem Tresor. Danach wird er mit der vorgehaltenen Waffe gezwungen, ins Schlafzimmer zu gehen, wo er die Wertsachen in einen der beiden mit Kleidung gefüllten Sporttaschen deponiert. Damit ist Michael klar, warum Schmitter so lange zum Öffnen der Tür brauchte. Der Manager und seine Freundin ahnten, was passieren könnte. Die beiden haben vorsichtshalber ihre Taschen gepackt.

»Wie ist Ihr Plan?«, fragt Michael, um ein wenig Zeit zu schinden. Vielleicht fällt ihm auf die Schnelle ein Ausweg aus dieser vertrackten Situation ein. »Wie wollen Sie fliehen?«

»Sie werden mein Chauffeur sein. Sie bringen mich in Ihrem Auto über die Grenze und dann sehen wir weiter. Also, keine Dummheiten, oder es hat tödliche Folgen. Das ist Ihnen hoffentlich klar. Nehmen Sie meine Tasche und tragen Sie sie zu Ihrem Wagen.«

Michael muss langsam vor der Frau die Treppe des Hauses hinuntergehen. Sie bleibt dicht hinter ihm und richtet dabei die Waffe, verdeckt durch Michaels schwarze Lederjacke, auf ihn. Er zweifelt nicht daran, eine falsche Bewegung oder ein falsches Wort von ihm und die Frau drückt ab.

Die beiden verlassen das Haus und Michael ärgert sich über seine eigene dämliche Anweisung, Thorsten mit Schmitter zu den Kollegen geschickt zu haben. Bestimmt haben sie sich schon auf den Weg ins Präsidium begeben.

Die Frau fordert Michael auf, die Taschen auf dem Rücksitz abzulegen. Danach zwingt sie ihn, über die Beifahrerseite einzusteigen. Nur so kann sie ihn weiter mit der Waffe bedrohen.

Nachdem Michael hinter dem Steuer seines Mercedes Platz genommen hat, setzt die Frau sich neben ihn auf den Beifahrersitz.

Michael wird bewusst, falls die Kollegen noch da sind, müssen sie unbedingt nach rechts abbiegen. Nur so kann der Streifenwagen, falls er noch da parkt, sie sehen. Michael kann nur hoffen, dass er gleich die Anweisung erhält, rechts abzubiegen. Sollte es anders kommen, bleibt ihm nur die Hoffnung, dass die Kollegen irgendwann unruhig werden und sich fragen, wo er bleibt. Hoffentlich warten sie nicht allzu lange darauf.

Die Frau übernimmt wieder das Kommando.

»Fahren Sie los, hier links und dann die zweite rechts und wieder links Richtung Köln Süd und dann auf die Autobahn A 4 nach Aachen«, lautet ihre knappe, aber ausdrückliche Anweisung.

Also links abbiegen. Damit fahren sie leider nicht an dem möglicherweise wartenden Streifenwagen vorbei. Michaels Gehirn arbeitet auf Hochtouren. Wenn er erst einmal auf der Autobahn ist, hat er keine Möglichkeit mehr, die Frau zu überwältigen. Bei dem Tempo, das auf der Autobahn gefahren wird, kann er nicht aktiv werden, ohne sich und andere Verkehrsteilnehmer zu gefährden.

Natürlich könnte er darauf hoffen, dass die Kollegen von der Streife stutzig werden und die richtige Vermutung anstellen. Anschließend würden sie alle Autobahnen und natürlich auch die A 4 sperren lassen. Aber das wäre wie ein Sechser im Lotto. Es muss eine andere Lösung geben.

Langsam steuert Michael seinen alten Mercedes durch die Straßen um die parkenden Autos herum. Dabei fällt ihm auf, dass er sich aus Gewohnheit angeschnallt hat. Die Frau jedoch nicht.

Nachdem er das zweite Mal abgebogen ist, hat er freie Fahrt. Er will die kurze Strecke bis zum Verteilerkreis ausnutzen. Die Erinnerung an sein letztes Fahrsicherheitstraining ist ganz wach in seinem Bewusstsein.

Michael beschleunigt sein Auto, bis die Tachonadel nichts mehr hergibt.

Die Frau hat nach ihrer Richtungsanweisung geschwiegen. Jetzt erwacht sie zum Leben und schreit Michael an.

»Sind Sie wahnsinnig! Wir sind hier in einem Wohngebiet und nicht auf dem Nürburgring! Fahren Sie langsamer, Sie Idiot!«

Genau das wird Michael nicht machen. Er hat einen Plan und will ihn umsetzen.

In der Zwischenzeit verfrachtet Thorsten Rogers Mörder in das Auto der Kollegen. Er weist sie an, den Verdächtigen ins Präsidium zu bringen, während er beschließt, zurück zu Michael zu gehen. Vielleicht kann er ihm bei der Durchsuchung der Wohnung behilflich sein. Als er um die Ecke kommt, sieht er gerade noch, wie Michael etwas ungelenk von der Beifahrerseite aus in sein Auto steigt. Die Frau, die sich neben ihn setzt, hat den Arm eigenartig angewinkelt und Michaels Lederjacke über den Arm gelegt. Die Frau kennt er doch. Das ist eine Spielerfrau aus der ersten Mannschaft des 1. FC Köln. Nur welche? Was hatte die Frau in Schmitters Wohnung zu suchen? Nach einem kleinen Schockmoment dreht Thorsten um und rennt winkend hinter dem Streifenwagen her.

Michael ignoriert das Geschrei seiner Entführerin und gibt stattdessen weiter Vollgas. Er denkt an die vielen guten Performances, die er bei seinem letzten Fahrsicherheitstraining erlernt hat. Das ist noch nicht allzu lange her und er glaubt fest daran, sie hier und jetzt wiederholen zu können. Im Training konnte er verschiedene Varianten mit seinem Auto testen. Nur welche ist in diesem Fall die Richtige? Die Straße ist frei und er richtet seine Aufmerksamkeit auf sein Ziel. Das liegt in der nächsten Kurve.

Michael atmet tief durch und konzentriert sich auf die Aufgabe, die vor ihm liegt.

Mit hoher Geschwindigkeit brettert der Mercedes in die Kurve hinein. Michael handhabt sein Lenkrad sehr präzise und geschickt. Durch gezieltes Bremsen und gleichzeitiges Gas geben bringt er den alten Mercedes dazu, seitlich auszubrechen und in einen kontrollierten Drift, um die Kurve zu gleiten.

Damit hat seine Geiselnehmerin nicht gerechnet. Die Frau bekommt Panik, diese Aktion kommt für sie absolut überraschend. Sie ist nicht angeschnallt und verliert ihr Gleichgewicht. Die Pistole fällt ihr aus der Hand, während sie sich hektisch an der Seitenhalterung festkrallt.

»Verdammte Scheiße, was soll der Mist! Wollen Sie uns umbringen? Sind Sie vollkommen durchgeknallt?«

Die Frau sitzt starr auf dem Beifahrersitz und hält sich dabei weiter verzweifelt fest. Michael hört, wie sie laut fluchend eine unflätige Bemerkung nach der anderen von sich gibt. Ihre Stimme ist absolut schrill, als sie ihn hysterisch anschreit.

»Halten sie endlich an! Ich will nicht sterben!«

Kurz scheint es so, als ob sie versucht möchte, mit der linken Hand in Michaels Lenkrad zu greifen. Durch die atemberaubende Fahrt wird ihr Körper zur Seite gedrückt.

Michael ist hochkonzentriert. Sein Adrenalinspiegel steigt an. Er hat aus den Augenwinkeln wahrgenommen, dass die Pistole am Boden liegt. Je wütender die Frau schimpft, umso besser. Dann ist sie nicht auf die verlorene Waffe konzentriert, sondern sorgt sich um ihr Leben.

Kaum hat der Mercedes die Kurve genommen, verursacht Michael eine Vollbremsung. Dabei schlägt der Kopf der Frau gegen das Armaturenbrett.

Es ist genauso abgelaufen wie im Training. Bevor das Auto stillsteht, hat Michael seinen Sicherheitsgurt geöffnet und packt die Frau am Hals und drückt ihr Gesicht gegen die Seitenscheibe. Dabei hilft ihm seine Körperlänge. Seine kräftemäßige Überlegenheit gibt den Rest dazu. Er kann die Frau ziemlich weit von sich entfernt festhalten.

»Das Spiel ist aus. Ich weiß zwar noch nicht, welche Rolle Sie bei dem Doppelmord spielten, aber ich nehme Sie auf jeden Fall wegen Geiselnahme fest.«

Kaum hat Michael den Satz beendet, wird in diesem Moment die Tür von den Streifenkollegen aufgerissen. Erleichtert beobachtet Michael, wie die Polizisten die Frau unsanft von ihrem Sitz zerren und ihr Handschellen anlegen.

Michael steigt aus und nickt den Kollegen zu: »Danke, Jungs, Ihr seid rechtzeitig dazugekommen.«

Jetzt sieht er Thorsten neben ihm stehen.

»Alles in Ordnung mit dir?«

»Danke! Gut, dass Ihr da seid. Ihr habt den perfekten Moment erwischt.«

Michael bittet die Kollegen von der Streife, die Frau zu Schmitter auf die Rückbank des Polizeiautos zu verfrachten. Mit einem Kugelschreiber nimmt er die Waffe vom Fußboden auf und sichert sie in einem Asservatenbeutel für die Spurensicherung.

Anschließend bittet er Thorsten, in seinen Wagen einzusteigen und gemeinsam geht es Richtung Polizeipräsidium.

»Was ist in der Wohnung passiert, nachdem ich unseren Mörder abgeführt habe?«

»Die Frau hat mich mit einer Waffe bedroht und gezwungen, ihr bei der Flucht behilflich zu sein. Leider hat sie mir nicht verraten, wer sie ist. Ich habe keine Ahnung, wer mich entführen wollte.«

»Ich habe sie schon einmal gesehen. Ich bin felsenfest überzeugt, dass sie eine von den Spielerfrauen ist. Leider kann ich dir nicht sagen, um welche es sich handelt. Aber das finden wir heraus.«

»Jetzt verrate du mir, warum Ihr so schnell zur Stelle wart?«

»Ich habe beobachtet, wie sie dich gezwungen hat, über die Beifahrerseite einzusteigen. Da bin ich umgedreht und habe die Kollegen zurückgeholt. Die haben sofort geschaltet und sind mit mir hinter dir her gerast! Dein Wagen hat nicht zufällig Schaden genommen, so dass du dir endlich einen neuen gönnen kannst?«

»Wenn ich ehrlich bin, hat mir die alte Karre heute einen so guten Dienst erwiesen, dass ich sie gar nicht loswerden möchte.«

Kickerszene Aktuell Kickerszene Aktuell

Roger Hammers Mörder gefasst

Die Mordkommission Köln hat den Mörder unseres Weltfußballers Roger Hammer gefasst. Gestern wurde der bekannte Fußballmanager Marcel Schmitter verhaftet.
Warum er seinen Mandanten ermordet hat, erfahren wir gegen 16 Uhr heute Nachmittag. Um diese Zeit ist eine Pressekonferenz angesetzt. Die Polizei wird die Hintergründe für diese absolut unvorstellbare Tat veröffentlichen.

Außerdem haben wir aus einer zuverlässigen Quelle erfahren, dass bei der Gelegenheit auch die Gerüchte erläutert werden, dass eindeutige Verdachtsmomente gegen Schmitter für den Mord an dem Steuerberater Roland Rauschenbach vorliegen.

Außer dem 1. FC Köln und der Deutschen Nationalmannschaft ist ganz Fußballdeutschland erleichtert, dass diese schreckliche Bluttat schlussendlich aufgeklärt ist. Endlich erhalten seine Familie und seine Kollegen genügend Zeit, um diese unvorstellbare Tat zu verarbeiten.

23. Kapitel

Die Tür zum Verhörraum eins schließt sich. Dort wartet Marcel Schmitter auf sie. Im zweiten Verhörraum sitzt die junge Frau, die ihren Namen als Gina Hirstova angegeben hat.

Thorsten und Michael beginnen mit der Befragung von Rogers Manager Marcel Schmitter. Er und sein Anwalt sitzen ihnen gegenüber an dem Holztisch mit der Resopal Oberfläche. Michael startet die Aufnahme. Nachdem alle Formalitäten geklärt sind, entsteht eine kurze Pause, bevor Thorsten ihn mit seinen Fragen zur Rede stellt.

»Herr Schmitter, warum haben Sie Roger Hammer ermordet?«

Marcel schaut zu seinem Anwalt. Dieser nickt ihm aufmunternd zu. Sein Anwalt weiß, dass der Polizei alle notwendigen Indizien für eine Verurteilung vorliegen. Jetzt hat sein Mandant die Chance, das Strafmaß durch ein umfassendes Geständnis zu reduzieren. Marcel Schmitter muss alles was er weiß aussagen und seine Reue über die Gräueltat zeigen.

Der Manager blickt konzentriert mit geneigtem Kopf auf die Tischplatte, bevor er sich wieder aufrichtet und endlich antwortet.

»Ich wollte Roger nicht töten. Ehrlich! Ich habe ihn wahrlich wertgeschätzt. Falsch, ich habe ihn wirklich gemocht.«

Michael und Thorsten wollen, dass er von sich aus fortfährt, und stellen erst einmal keine weiteren Fragen.

Nachdem der Manager schweigt, entscheidet Michael, das Gespräch durch eine Bemerkung wieder in Gang zu bringen: »Die Spurensicherung hat nach Abschluss ihrer Tatortuntersuchungen bestätigt, dass es eine Tötung im Affekt war. Wie kam es, dass sie keinen anderen Ausweg sahen?«

Durch Michaels Einwurf findet der Verdächtige seine Sprache wieder.

»Roger war überragend. Er war der Beste. Alle wollten ihn. PSG Paris ganz besonders. Sie haben mir ein Vermögen geboten, wenn ich es schaffte, Roger zum Wechsel zu bewegen. Er hätte mehr Geld verdient und Roger wäre in einem ganz anderen Umfeld aktiv gewesen. Ich war so überzeugt, dass er meinen Argumenten folgt und den Vertrag unterschreibt. Ich hätte alles darauf verwettet. Aber ich habe mich geirrt, er wollte nicht.«

Marcel Schmitter nimmt die Hände vor sein Gesicht und kämpft mit den Tränen, als er weiterspricht.

»Alle meine Argumente interessierten ihn nicht. Er wollte unbedingt beim FC bleiben. Das Geld, die Herausforderung, die Reputation, alles war ihm egal.«

Jetzt kann der Mann seine Tränen nicht mehr aufhalten und heult wie ein kleines Kind. Sein Anwalt reicht ihm ein Taschentuch. Nachdem er sich die Nase geputzt hat, schluckt er einige Male hörbar. Der Anwalt nickt nur mit dem Kopf und Marcel Schmitter spricht weiter. Er scheint froh zu sein, sich alles von der Seele reden zu können.

»Ich hatte für den Vertrag mit Paris einen fetten Vorschuss erhalten. Das war wichtig, weil ich Geld brauchte. Ich habe ein Verhältnis mit der Spielerfrau meines Mandanten. Sie ist toll, aber kostspielig. Ich bin ihr verfallen und wollte sie nicht verlieren. Sie hat mir klargemacht, wie wichtig ihr ein luxuriöser Lebensstil ist. Ohne Geld sei ich uninteressant.

Um mehr Geld zu bekommen, habe ich von Rogers Konto Geld abgezweigt. Ein Freund gab mir den Tipp, das Geld gewinnbringend in Bitcoin anzulegen. Das habe ich gemacht und dann kam der Crash und ich war weder in der Lage, Paris Saint Germain das Geld zurückzuzahlen noch Roger sein Geld zu erstatten. Ich war verzweifelt. Die Bosse aus Paris haben mich juristisch massiv unter Druck gesetzt und wollten den Vorschuss zurück. Ich wusste nicht mehr weiter, also habe ich Gina die Wahrheit gesagt. Sie meinte, wenn ich in der Vergangenheit Gelder von Roger unterschlagen konnte, kann ich das auch in der Zukunft.«

»Warum haben Sie sich nicht geweigert? Es war doch offensichtlich, dass es zum ganz großen Knall kommt«, fragt Michael, während Thorsten einwirft:

»Ich verstehe nicht, warum Sie nicht offen mit Roger über Ihr Geldproblem gesprochen haben?«

Für Thorsten ist es ein Schock, dass ausgerechnet der großzügige Roger wegen Geld ermordet wurde. Wenn einem Menschen das viele Geld egal war, dann doch wohl ihm!

»Ich habe mich geschämt und mich nicht getraut, zu meinen Fehlern zu stehen. Es war dumm von mir. An dem Abend seines Todes habe ich Roger alles gebeichtet. Er war superenttäuscht von mir und meinen Betrügereien. Er hat mich rausgeworfen und in dem Moment brach mein ganzes Leben, alles brach zusammen und ich habe einfach zugeschlagen. Glauben Sie mir, ich wünsche mir seit diesem Abend nichts sehnlicher, als dass ich damals nicht die Kontrolle verloren hätte«, schwört er leise mit bebenden Schultern.

Thorsten steht auf und verlässt den Raum. Er ist fassungslos. Eine riesengroße Wut breitet sich in ihm aus, so heftig, dass er am liebsten seinen ganzen Frust in Marcel Schmitter hineinprügeln möchte.

Als Thorsten den Raum verlassen hat, befragt Michael ihn noch zu der Ermordung von Roland Rauschenberg. Hier erfährt er, dass es Ginas Hirstoras Idee war, den Mann zu töten. Sie hatte riesige Angst, dass der Steuerberater Marcels Unterschlagungen nach Rogers Tod findet und der Polizei meldet.

Nach der Vernehmung führen die Kollegen Marcel Schmitter zum Zellentrakt. Sein Geständnis und seine Reue werden den Richter oder die Richterin sicher milde stimmen, obwohl die Strafe für einen Doppelmord nicht niedrig ausfallen wird.

Bei diesem Gedanken wirft Michael einen letzten Blick in den Rücken des Mörders und begibt sich auf die Suche nach Thorsten.

»Wie sieht es aus? Möchtest du auch bei dem Verhör von dieser Gina dabei sein?«

»Das überlasse ich dir. Ich muss erst mal runterkommen. Das war ziemlich heftig für mein Gefühlsleben. Wenn du fertig mit ihr bist, können wir gerne reden.«

Michael betritt das Verhörzimmer zwei. Auch Gina Hirstora sitzt nicht mehr alleine da. Ihr Verteidiger ist eingetroffen.

Nach der Aufnahme der Formalitäten sagt der Jurist: »Meine Mandantin möchte ein Geständnis ablegen.« Michael betrachtet die Frau neugierig. Sie ist zwar wunderschön, gleichzeitig wirkt sie kalt und berechnend.

Als sie den Mund öffnet, klingt sie ganz anders als noch vor Stunden in Schmitters Wohnung. Es fühlt sich an, als ob eine Schauspielerin ihren Text aufsagt.

»Hauptkommissar Müller, ich möchte mich in aller Form bei Ihnen für mein indiskutables Verhalten entschuldigen.«

Bei diesen Worten zeigt sie ihm ein zerknirschtes Lächeln mit einem perfekten Augenaufschlag.

»Ich bin sehr glücklich mit meinem Mann verheiratet. Er ist einer der Stammspieler beim 1. FC Köln. Ich bin selber auch sehr erfolgreich auf Instagram. Marcel Schmitter ist der Manager meines Mannes. Mir war schnell klar, dass er bis über beide Ohren in mich verliebt war. Deshalb ist auch seine Beziehung in die Brüche gegangen, weil er einfach seine Finger nicht von mir lassen konnte.«

»Sie haben ihm nicht seine Grenzen gezeigt?«

»Was sollte ich machen? Für meinen Mann war er wichtig. Ich bin da nur hineingerutscht. Ich habe nichts mit den Morden zu tun. Niemals hätte ich irgendetwas in der Art von Marcel verlangt.«

»Schade für Sie, dass wir eine Zeugin haben. Die sieht die Sache ein bisschen anders.«

Viel hatte Mona nicht mitbekommen. Das will er der Frau aber nicht verraten.

»Die Zeugin hat gehört, wie sie von Marcel Schmitter einen Mord einforderten und er Ihnen antwortete: *Das kannst du Roger nicht antun.*«

Dieser Vorwurf reicht aus, dass Gina die Beherrschung verliert.

Plötzlich ist ihr Barbiegesicht verschwunden und die Gina, die er bei seiner Entführung kennengelernt hat, wieder da.

Lauthals krakelt sie: »Was soll die Scheiße, ihr verdammten Arschlöcher? Ich lasse mir von euch Wichsern keinen Mord in die Schuhe schieben! Wenn der Dummkopf Marcel Menschen ermordet, ist das nicht meine Schuld!«

Selbst der Anwalt ist vollkommen geschockt von der derben Sprache der tobenden jungen Frau.

»Frau Hirstora, bitte mäßigen Sie sich! Ihr Verhalten ist alles andere als förderlich!«, versucht er sie zu besänftigen.

Nach dieser Aufforderung wenden sich Ginas wütende Schimpftiraden auch gegen ihren Anwalt.

»Hören Sie, Sie Schwachkopf. Sie sollen dafür sorgen, dass mir nichts angehängt werden kann. Also sorgen Sie dafür, dass die Aussage der Zeugin nichtig ist. Das ist Ihr Job!«

Michael ließ sie gewähren. Als sie endlich eine Pause einlegt, meinte er nur:

»Ich danke Ihnen für Ihr Statement, das ich komplett auf Band aufzeichnen durfte.«

Michael verabschiedete sich von dem immer noch fassungslosen Anwalt und bittet eine Kollegin, Gina Hirstora zum Zellentrakt zu begleiten.

Michael findet seinen Kollegen an seinem Schreibtisch. Dort scheint er so oft mit den Fäusten auf die Tischplatte eingeschlagen zu haben, dass die Schreibtischunterlage blutig ist.

»Hier bist du. Ich habe dich überall gesucht«, sagt Michael und geht um den Schreibtisch herum, um Thorsten eine Hand auf den Rücken zu legen.

So verharren sie ein paar Minuten, bevor es aus Thorsten herausbricht: »Es ist traurig, dass ich die Liebe meines Lebens verloren habe. Es ist unerträglich. Alles nur wegen einer geldgierigen Frau. Sein Tod ist vollkommen unnötig.«

»Ja, da hast du recht«, lautet Michaels Antwort. »Sein Mörder ist gefasst. Wir haben die Frau, die Marcel Schmitter dazu gebracht hat. Der Fall ist gelöst, wenn auch nicht so, wie wir es uns möglicherweise gewünscht haben. Ich glaube aber, dass es ohne unseren Erfolg viel schwieriger für dich geworden wäre, die grausame Tat zu verarbeiten.«

Michael ist erleichtert, dass der Täter überführt werden konnte. Er ist überaus zufrieden, dass es ihnen gelungen ist, die Beziehung zwischen Thorsten und Roger geheim zu halten. Wäre die Wahrheit ans Licht gekommen, hätte sie für überregionale Schlagzeilen gesorgt und die Medien wären über Thorsten hergefallen. Rogers Ruf wäre posthum beschädigt und an die Folgen für Thorsten und seine Karriere will er gar nicht erst denken. Manche Geschehnisse sind im Moment noch nicht für die Öffentlichkeit bestimmt. Dafür braucht es noch ein wenig Zeit.
Zufrieden begibt sich Michael auf den Weg zum Polizeipräsidenten. Er berichtet vom Abschluss der Ermittlungen und erzählt ihm von den wichtigsten Details der Verhöre.
»Das war sehr gute und vor allem sehr effiziente Arbeit. Haben Sie schon mit unserem Pressesprecher wegen der Pressekonferenz gesprochen?«
»Wir haben die Konferenz für sechzehn Uhr angesetzt. Ich würde mich freuen, wenn Sie auch daran teilnehmen.«
»Nur keine falsche Bescheidenheit. Wir haben die Festnahme Ihnen und Ihrem Team zu verdanken. Sie

dürfen gerne auch das Lob der Presse in Anspruch nehmen.«

»Danke für das Kompliment. Im Hinblick auf das weit überregionale Interesse der Medien wäre ich wirklich dankbar, wenn Sie das Ende der Ermittlungen bekannt geben.«

Der Polizeipräsident stimmt Michaels Wunsch zu. Er möchte trotzdem von ihm begleitet werden. Michael muss der Presse gegenüber kein Statement abgeben, aber er sollte im Hintergrund stehen, schließlich ist es sein Erfolg. Nach dieser Übereinkunft begeben sie sich gemeinsam zur Pressekonferenz, um den Fahndungserfolg publik zu machen.

Nachdem die Medienmeute verschwunden ist, hat Michael noch eine Bitte.

»Da Frau Lobel nicht mehr für mich zuständig ist, bitte ich Sie, mir eine Woche Urlaub zu genehmigen.«

»Selbstverständlich, Hauptkommissar Müller, Sie haben sich ein paar freie Tage verdient. Sobald Sie wieder an Bord sind, warten schließlich zwei Teams auf Sie.«

Dankbar informiert Michael noch die Kollegen über seine Urlaubstage. Thorsten hat sich in der Zwischenzeit beruhigt und als Entgegenkommen bietet er Michael an, den noch anstehenden Papierkram zu übernehmen.

»Ich danke dir. Dann kann ich direkt aufbrechen.«

Michael ist froh, dass er das Präsidium mit der Zusage ein paar freier Tage verlassen kann. Die Ärzte haben Ariane heute entlassen und sie wartet jetzt darauf, dass er sie abholt. Dass er und Ariane ein Paar sind wird Thorsten zu einem späteren Zeitpunkt erzählen. Obwohl sie sich in der Zeit ihres Krankenhausaufenthalts so viel nähergekommen sind, kann Michael die

Nervosität, die er auf dem Weg zu ihr spürt, nicht richtig einordnen. Als er die Zimmertür zu Arianes Krankenzimmer öffnet, sitzt sie neben einer gepackten Reisetasche auf ihrem Bett und spricht mit der diensthabenden Ärztin.

Michael schließt erneut die Tür und wartet darauf, dass die Ärztin den Raum verlässt.

Kaum ist sie an ihm vorbeigegangen, da betritt er auch schon das Krankenzimmer und Ariane wirft sich in seine Arme. Minutenlang bleiben sie eng umschlungen stehen.

»Wollen wir verschwinden? Wie sieht es aus? Wohin darf ich dich fahren?«

»Ich würde sagen, zu deiner Großmutter. Sie hat extra Streuselkuchen für uns gebacken«, lautet Arianes Antwort.

»Ich hätte mir denken können, dass meine Oma schon etwas geplant hat. Abgesehen davon ist ihr Streuselkuchen ein sehr überzeugendes Argument.«

Er schnappt sich Arianes Reisetasche. Als er sie aufnimmt, kommt eine Geschenktüte. zum Vorschein.

»Was ist das denn?«, fragt er neugierig.

Ariane grinst ihn an: »Ein Geschenk von einem Verehrer!«

Michael spürt Eifersucht in sich aufsteigen. »War Jose etwa wieder da?«, möchte er wissen. Das fehlte ihm gerade noch, dass Arianes Ex-Freund wieder sein Glück bei ihr versucht.

»Nein, es ist ein Geschenk von meinem Fan, dem Kriminalobermeister Kevin Schenkenberg. Du darfst gerne hineinschauen«, meint Ariane lächelnd. Dabei wartet sie sehr gespannt auf seine Reaktion.

Michael öffnet die Geschenktüte und schaut ziemlich verdattert aus, als er den Inhalt sieht. Vorsichtig greift

er hinein und nimmt einen rosa Plüschhasen heraus.
Das Stofftier umschlingt ein rotes Herz. Auf dem Herz
steht: *I love you.*

DANKE

Ich bedanke mich ganz herzlich bei Andrea, Angela, Christian, Heike, Marion, Michaela, Ralf und Uli!
Ihr habt mich bei diesem Buchprojekt unterstützt und mich immer wieder neu motiviert.

Mein besonderer Dank gilt dem 1.FC Köln für die Erlaubnis den Vereinsnamen in meiner erfundenen Handlung zu verwenden.

MC Schulz